文脉中国 小说库
wenmaizhongguo xiaoshuoku

西海魔咒

肖子树 著

中国文联出版社

图书在版编目（CIP）数据

西海魔咒 / 肖子树著. -- 北京：中国文联出版社，
2021.9（2023.3 重印）
ISBN 978 - 7 - 5190 - 4525 - 8

Ⅰ.①西… Ⅱ.①肖… Ⅲ.①长篇小说—中国—当代
Ⅳ.①I247.5

中国版本图书馆 CIP 数据核字（2021）第 179759 号

著　　者　肖子树
责任编辑　顾　苹
责任校对　韩福萍
装帧设计　中联华文

出版发行　中国文联出版社有限公司
地　　址　北京市朝阳区农展馆南里 10 号　　　　邮编　100125
电　　话　010 - 85923025（发行部）　　　　85923091（总编室）
经　　销　全国新华书店等
印　　刷　三河市华东印刷有限公司

开　　本　710 毫米×1000 毫米　　1/16
印　　张　17.5
字　　数　240 千字
版　　次　2023 年 3 月第 1 版第 2 次印刷
定　　价　78.00 元

在古老东方大陆的西部，有一片高高隆起的高原大陆，南面横亘着昆仑山与阿尼玛卿山，北面横亘着祁连山。这三座延绵千里的大山，就如同一个顶天立地的巨人，袒胸露腹张开双臂，拥抱着一个无边无际的靛青色大海，被称为西海。碧波万顷的西海，如同一颗巨大的蓝宝石，镶嵌在这高高耸立的高原之上。

"龙生九子不成龙"的预言，如同一道魔咒，困扰着西海龙王。直到数万年以后，西海龙王才窥破天机，却惊奇地发现，能破解这道魔咒的人，竟然与世代生息在西海边，以捕鱼为生的阿旺有着莫大的关联……

西海魔咒

Xihaimozhou

contents

第一章 大山的向往

1

风，凛冽的寒风，在冰天雪地的山谷里呜咽着奔跑着，奔向大海。

一向狂躁的靛青色大海，在这凛冽寒风的劝慰与安抚下，终于开始泛起了白，也开始安静下来。毗邻山口的海面，已经开始结上一层厚厚的冰。这凛冽的寒风似乎达到目的，也不再呜咽，放慢脚步，贴着冰面走向大海深处，所到之处，深蓝的海面再也涌不起波涛，很快就变成洁白的冰雪世界。

冬季里最难熬的日子终于来临。阿旺站在静谧的大海边张望，心里有些焦急。前些天，他还盼望晚些日子封冻，那样可以多捕几天鱼。可看到雪山上的积雪越来越白越来越耀眼，阿旺只得赶在封冰之前，将船拖到岸上，否则就会被冻裂。果然，第二天早晨起来一看，海边已经开始结冰。这时候，阿旺开始盼望着大海早日完全封冰。

在这段时间里，阿旺和村落所有的男人一样，只能望洋兴叹。船不能出海，海面也没有完全封冰。男人们只有耐着性子等到海面完全封冻才能出海，在厚厚的冰面上钻出一个洞就可以捕捞。然而，要等到大海完全封冻，至少也是十天半月以后。

在海面尚未完全封冻的时候出海捕捞，稍有不慎就会葬身大海。即便如此，总是有人为填饱肚子铤而走险。

"天神也会打盹的。"看到有人冒险出海，阿旺就想到最后一次跟随阿爸出海捕鱼时的痛苦，也清晰记得第一次跟着阿爸出海的情景。

第一次出海时，阿旺还是一个刚满十四岁的少年，阿爷阿奶已经老了，而阿弟才旺和阿妹旺毛还小，需要阿妈照看，可阿爸出海捕捞需要帮手，只能带上阿旺。阿旺每次跟着阿爸出海捕捞，虽然每次都是早出晚归，可捕回来的鱼永远只够吃一天的，几乎没有剩余，因为家里人口实在是太多。

阿旺第一次跟着阿爸出海捕捞，在渔网快要拖出水面时，看到渔网里的鱼拼了命似的奋力挣扎着，窜动着，纷纷从网眼中挣脱出去。看着收网时满满的一网鱼，可等到拖出水面，只剩下可怜的几条时，阿旺有些不解。

"网眼为什么要这么大呢？"看着比阿爸的拳头还要大的网眼，阿旺就忍不住问阿爸，"好多的鱼都跑掉了，要是再小一点，我们就能捕捞到更多的鱼。"

"网眼不能再小了，要不这大海里就是有再多的鱼，也会被我们捕捞尽的。"阿爸还说，"那样，海神会发怒的。"

阿旺虽然有点不太明白阿爸的意思，但他相信阿爸的话。那时，阿旺似乎从来没有过忧愁，因为有阿爸阿妈，还有阿爷阿奶，以及才旺和旺毛，即便把人累得趴下，还饿得肚子咕咕叫，但依然是很有趣的，尤其是初夏季节。

每年夏天来临的时候，大海里的鱼要洄游到河里，然后一直溯流而上去产卵。阿旺还不懂事的时候，就拿着自己编织的小渔网去河里捕捞，却被阿爸拦住。阿爸告诉他，在鱼儿洄游产卵的季节，就连大海上都看不到一条船，如果还有人在河里捕捞，这往后，大海里的鱼就越来越少，最后只怕连一条鱼也没有。于是，阿旺就带着才旺和旺毛，蹲在河边看鱼。有些时候，整个河床里都挤满了鱼，有时大概是挤不下了，鱼就跳出河面，在水面上飞翔。

阿爸能阻止阿旺去河里捕捞洄游产卵的鱼儿，却阻止不了蜂拥而来的鸟群。有的鸟群是从大海上飞来的，可更多的鸟群却并不是常见的。阿旺不明白，这些鸟群是从哪里来的。天空、河岸还有河床里，都成了鸟的天堂。阿旺十分讨厌这些鸟群，它们不光要吃鱼，还总是把粪便拉在人的身上，而且怎么也躲避不了。鸟群实在是太多了。

"是鱼儿的洄游吸引了鸟群的到来，鸟群的到来为草原和森林，还有河流和大海带来生机。"阿爸似乎说得很明白，可阿旺还是不明白，鸟群吞食了多少鱼儿，给大海带来的只有死亡。阿爸告诉他，鱼儿把鸟群吸引过来，正是鸟群的粪便，滋养着大海周边的草原和森林，而草原与森林养育着河流与大海。阿旺还是没有听懂，但他深信阿爸，也深信自己，将来总有一天会明白过来的。

可没等阿旺明白过来，阿爸就走了。那年阿旺刚满十六岁，大海刚开始封冻的时候，阿爸带上阿旺冒险出海。阿旺没有想到，这竟然是最后一次跟着阿爸出海。他们拖着大块大块的木板，在冰面上小心翼翼地前行，一直走到踩上去就嘎吱嘎吱作响的地方才停下来。阿旺站在原地，将木板传递给阿爸，继续向前行进，直到前方海面上的冰比木板厚不了多少才停下来。

阿旺回头看看，这儿离海岸还是很近，只能碰碰运气，但愿能捕到半篓鱼，哪怕是勉强能够全家人吃一天也好，只要不饿肚子就行。

前面的冰一敲就破，无须费多大力气。阿爸小心地在冰面上敲出一个窟窿，再清理水面上的浮冰，清理出来的冰块在冰面上哧溜一下就滑得远远的。浮冰清理得差不多后，阿爸才开始撒网。

虽然踩在木板上，但稍微一使劲，脚下就嘎吱嘎吱响个不停，听起来随时都有裂开的可能。

"阿爸，这是不是冰开裂的响声。"阿旺有些担心，也有些害怕。

"封冻的时候也会发出这种响声的。"这时，阿爸正在撒网，已经顾不上别的。

拉网的时候，阿旺看着渔网在抖动着，一看就是鱼在网里拼命地窜动着。这种感觉对以捕鱼为生的人来说，实在是最美好的享受，阿爸完全沉浸其中。

突然咯吱一声响，阿旺看到阿爸连同他脚下的木板整个晃动一下，可阿爸全然不顾，正在使劲拉网，他从渔网抖动的力度感觉到鱼儿的无助，拉得越来越起劲。

"阿爸，真的是冰裂了。"阿旺看到阿爸连同他脚下的木板都在移动，向前面移动，渐渐地，水面已经溢过木板。

"阿爸，快松手，冰已经裂开了。"阿旺大声喊叫。

阿爸仿佛没有听到阿旺的呼喊，他正在全神贯注地使劲拉网，只要把网完全拉出水面，饥饿与危险也就全都解决了。当阿爸感觉到自己开始旋转时，海水已经灌进他的靴子，只差最后一把，渔网就能出水。

突然，阿旺看阿爸猛地往下一沉，海水立即没过阿爸的膝盖，整个身子向前倾倒。显然，阿爸脚下踩着的冰块完全裂开。阿旺伸出双手，可哪里还够得着，他眼睁睁看着阿爸沉下去。

"阿爸，阿爸。"阿旺趴在木板上，看着阿爸被海水吞没消失不见。

当人们持着火把沿着木板划过的痕迹找到阿旺，他已经冻僵了，可还在喃喃地念叨着"阿爸，阿爸"。

那天晚上，阿旺总是睡不着，脑海里总是浮现出阿爸落水时的情景，仿佛，阿爸不是在大海里挣扎，而是在阿旺的脑海里拼命挣扎，直把他的头弄得昏昏沉沉，还有些胀痛，就连阿妈跟阿爷阿奶说些什么都听不清，仿佛跟阿爸有关。阿妈说要去寻找阿爸，可阿爷要阿妈必须留下来照顾好孩子，孩子们已经失去阿爸，不能再失去阿妈。说着说着，地穴里只剩下抽泣和长吁短叹，以及阿弟和阿妹均匀的呼吸声。

第二天天刚亮，阿爷和阿奶相扶相携着走出冰冷的地穴，阿妈一手搂着才旺，一手搂着旺毛，面无表情地倚在门边。阿旺不知道他们要去哪里，自从入冬以来，他们就没有走出过地穴。阿旺挣扎着爬起来，正要跟上去搀扶阿爷阿奶，却被阿妈异样的目光制止。

阿爷阿奶出走后，就再没有回到地穴。

"他们找你阿爸去了。"傍晚的时候，阿妈才对阿旺说。

"那天，天神一定是在打盹。"阿旺时常梦到阿爸被海水吞没的情景，可醒来时，心底里依然留恋着大海，留恋着与大海融为一体的阿爸。

2

每年冬天，都是渔村的人们向着昆仑大山南迁的高峰期。从大海开始封冻到次年的解冻，再到鱼儿的洄游季节，在这长达半年的时间里，几乎都是休渔期，很多人家是没法度过的。阿爸的不幸，使得村落里更多的人终于下定决心向南面的昆仑山下迁移，可每次阿旺带着阿弟出海捕捞到的鱼，并没有因为捕捞人的减少而有所增多。

在此后的几年里，阿旺一直难以下定向山下迁移的决心。虽然村落里不断有人在每年的冰封季节往大海南面的山下迁移，他也不止一次设想过向南面的昆仑山迁移后的新生活，但始终心存犹豫。可每次领着阿弟一起出海捕鱼的时候，都会想起阿爸。他无法确定，哪一条鱼是阿爸的化身，哪两条是阿爷阿奶的化身。

不光是阿旺留恋着阿爸，阿妈也留恋着阿爸。每年到了大海开始封冻的时候，阿妈就会独自去祭海，去祭阿爸，直到有一天，阿妈也老得走不动了，需要阿妹旺毛搀扶着才能走到海边。

有一天，凛冽的寒风从山谷里奔跑出来，纷纷跑到海面上溜冰，阿妈没有叫旺毛，而是叫阿旺扶她起来，说要去祭海，祭阿爸。没有阿爸的陪伴，阿妈似乎老得更快，眼珠子也时常被流不完的泪水浸泡着，视线越来越模糊，几乎看不见东西。阿旺扶着阿妈走到海边，可阿妈没有停下来，一直往前走，一直走到阿爸落水的地方。

"儿啊，阿妈一直在想着你的阿爸，阿爸也在想阿妈。现在你已经长大成人，可以照顾好阿弟和阿妹，阿妈也就放心了。"这时，阿妈挣脱阿旺的手，"你回去吧，好好照顾阿弟和阿妹，阿妈要去找你阿爸了。"

阿旺痴痴地看着阿妈，看着她缓缓地蹲下身，双手扶着冰面，然后整个身子都趴在冰面，向前爬行。

阿旺呆呆地站在那里，他不知道要不要挽留阿妈，更不知道该怎样挽留阿妈。最后，他想到，阿妈想着阿爸，阿爸也想着阿妈，他俩已经分开这么久，不能再分开了。

看着阿妈不停地向前爬行，阿旺还是不忍离去。突然，听到咯吱一声响，阿妈的身子猛地往下一沉，海水立刻翻上冰面，浸湿阿妈的衣服。冰裂开了，然后开始倾斜开始打转。阿旺看着阿妈的侧脸，一脸的安详，还有满足。也许，阿妈已经看到阿爸。阿妈还在艰难地往前爬，身下的冰块猛地翘出水面，阿妈往前一滑，便滑进水中，溅起一点水花，像是一尾鱼扎进水里，很快就消失不见。

"阿妈去找阿爸了。"阿旺回到家，就把阿弟和阿妹叫到一起，对他们说，"我们也得迁移到山下去。"

阿旺无法确定，阿妈化身成哪一条鱼，因此，再也不能去大海里捕鱼。

阿旺在清理阿妈的遗物时，在她的榻前发现一处有点松动的木板，打开一看，是一个坑，渗进来的水都已经结成冰块。阿旺跪在地上，将手伸进坑里，探了探，发现坑的一侧还有个洞，里面似乎藏着什么东西。

阿旺趴在坑边，把手伸进去摸索着，感觉里面有硬邦邦的块状东西，都冻成一坨，使着劲才扳松一块，掏出来一看，阿旺简直不敢相信自己的眼睛。

自从阿爸走后，阿旺每天领着阿弟才旺出海捕捞，兄弟俩年轻胆大，可即便是在深水区，也捕捞不到几条鱼。出海捕捞完全是凭着经验讨吃的活，像阿旺这样没有什么经验的年轻人，要养家糊口的确很难。

阿旺甚至想过重新编织一张网眼小一点的渔网，哪怕只是缩小一个指头宽，那样的话，等到渔网拉上来的时候，不知会多出多少条鱼。可这个念头每次弹出来时，阿爸总是如影随形出现在脑海中。阿爸依然是满脸堆着笑，全然没有责备的神情，他伸出手掌绕到阿旺的后颈，轻轻地抚弄着他那披在肩上已经好些天没有清洗有些卷曲的头发。

"网眼不能再小了，要不这大海里就是有再多的鱼，也会被我们捕捞尽的。"阿爸的声音很小，但每个字都是那么清晰。

阿旺打消重新编织渔网的念头后，带着阿弟才旺，出海时总是能赶到别人前头，回来也比别人晚，还是能够勉强维持生计。而且，阿旺每次都是领着阿弟在离海边较近的地方捕捞，封冻季节，就在冻得严严实实的冰面上捕鱼。这是阿妈交代的，宁愿省着吃哪怕是挨点饿，也不要去冒险。

"鱼！"阿旺看到掏出来的是一条鱼，的确有些吃惊，一屁股坐在地上。在那些吃了上顿没有下顿的日子里，阿妈竟然还能攒下来鱼，而且没有被兄妹几个发现。

阿旺找来一根木棒，顺便把阿弟和阿妹叫过来，他们用木棒撬，把冰冻的鱼一条条掏出来，居然有一大篓。这么多的鱼，阿妈应该是从入冬时候开始攒的。可阿旺想不明白，阿妈为什么要攒这些鱼。

阿旺捡起盖板，抱在胸前，感觉盖板上还留存着阿妈的气息。他怎么也想不明白，阿妈攒下这些，难道是为了让全家人不用冒险也能度过封冻期。可这长达十天半月的封冻期，仅靠这一大篓的鱼显然是不够的。

"阿哥，你看盖板的下面。"才旺惊叫一声。

阿旺翻过盖板，看到上面一幅图，图上刻着一个箭头，直指一座大山，正是自己仰望过无数次，却一直没有下定决心迁移过去的昆仑山。

"难道，阿妈在示意我们向山那边迁移？"阿旺自言自语地说，却得到了阿弟和阿妹的积极响应。

其实，阿旺一直就没有断过向山脚下迁移的念头，更何况梅朵一家已经在去年大海封冻时就已迁移过去。

梅朵是阿旺的心上人，他俩打小就在一起玩。去年，大海开始封冻的时候，梅朵就跑来告诉阿旺，说她阿爸已经下定决心往南面的大山迁移。

"你们一家随我们迁移过去吧。"梅朵几乎在央求阿旺。她知道，这次，阿爸已经铁心向南面的山下迁移，谁也劝阻不了。

"我得听阿妈的，可她不想离开大海，她想在海边守望着阿爸。"阿旺说。

其实，阿旺也清楚，村落里迁移到山下生活的人，都是男人们集体上山狩猎。有道是水火无情，相比之下，这比在大海里单独捕捞的风险要小得多。

自从梅朵一家向南迁移后，在阿旺的脑海里，迁移的念头一直在与对大海的留恋相互撕扯着纠缠着，越来越纠缠不清。而这次，这个念头终于因为阿妈最后的指示占据了上峰。阿弟和阿妹也一直抱怨，大海边的地穴太潮太冷，一年四季都觉得异常的潮湿阴冷，尤其是冬季，简直就是一个冰窖。

"如果不是封冻期和休渔期太长，其实住在海边也是不错的选择。"虽然已经决定往山脚下迁移，但阿旺的心里，依然留存着对大海的依恋。

阿旺对大海的依恋，其实更多的是对阿爸阿妈的依恋，而自己身上，又寄托着阿弟阿妹的依恋与依靠。至今，他们还能清晰地记起小时候跟着阿哥跑到河边，然后溯流而上，看鱼儿洄流时的欢乐，似乎整个河床都在随着鱼儿的跳跃而躁动起来。鱼儿的洄流吸引来各种各样的鸟儿，有的甚至是从来就没有看见过的，它们拉下来的粪便实在是太密集，令人无处躲避。草原上，枯黄的草丛都被鸟的粪便砸服帖了，只有那泛着浅绿的草尖白一块黑一块的还在倔强地挺立着。

阿旺仿佛明白过来，河床里如此众多而拥挤不堪的鱼儿的到来，只给河流和大海带来新的生命，而鸟儿的到来，则是给草原与森林带来无限生机。鱼儿的洄流，是死亡之旅，更是孕育生命之旅。或许，鱼儿知道，在这生与死的轮回中，自己只能给河流与大海带来新的生命与生机。只有把鸟群召唤过来，才能给草原与森林带来新的生命与生机，而大海，只有在生机勃勃的草原与森林的孕育中，才能保持活力充满生机。也许，无论是对河流还是大海，草原还是森林来说，人类与生活在她们怀抱中的鸟群与鱼儿，飞禽与走兽，没有什么不同。

3

阿旺背着阿妈储存下来的鱼，带着阿弟阿妹出发了。

走出门洞的时候，阿妹旺毛想把门帘取下来，被阿旺阻止了，他不愿看到自家地穴的门洞如此敞开着。走出几步后，阿旺突然格外留恋，回过头来想多看几眼时，发现门帘还在晃动，仿佛刚刚有人进去了。阿旺转身跑回来一把掀起门帘，地穴里除了弥漫着的鱼腥味什么也没有。

阿旺一家的迁移惊动了大家，他们纷纷走出地穴，有的倚着门洞，目送着阿旺一家。看到他们羡慕或惊讶的眼神，阿旺突然觉得有些难过和不舍，他让阿弟和阿妹把背上的鱼筐取下来，把鱼分给大家。在这个时候，谁家都不容易，都是在苦挨着，而自己完全可以放下旧的生活，迎来新的生活。

在向南面山脚下迁移的途中，看到好多地穴都没有人住，有的已经开始坍塌，阿旺甚至想不起来地穴的主人曾经是谁了，他只记得梅朵家的地穴了，虽然还没有坍塌，但门洞已经出现裂缝，估计很快就会坍塌下来。

阿旺突然有点恍惚起来，他似乎看到梅朵还端坐在地穴里等着自己，便不由自主地走过去，扶着门洞朝地穴里张望几眼，里面空无一人。越发觉得，向山脚下迁移的决定是正确的，更何况，阿爸阿妈还有阿爷阿奶都化身为鱼，我们怎么还能以鱼为食呢！

阿旺还想到，将来，一定要带着自己的儿子，在初夏季节回到海边，然后，溯流而上，去看洄流的鱼儿。即便是冬天大海开始封冻的时候，也要回到海边，祭奠化身为鱼的阿爸阿妈和阿爷阿奶，阿弟和阿妹肯定也有这种想法，他们也会带上各自的孩子跟随自己回来的。

只用了一天的行程，就来到了大山脚下。村落里早先迁移过来的人，在山脚挖好地穴，已经习惯狩猎的新生活。他们对阿旺一家的到来感到有些意外，但都很乐意帮忙，还送来新鲜的烤熟的羊肉，闻着就流口水。尤其是梅朵一家人，她的阿爸还帮着阿旺选择地穴的位置。

先后迁移过来的人们，他们的地穴从谷口开始，顺着山脚依次排开。在进入山谷后，地穴还是沿着山谷分列成相互面对着的两排，挨家挨户地依次朝着山谷里延伸，中间隔着一条已经结冰的小溪流。阿旺看着这条即便是等到冰雪消融的夏天也能一步就跨过去的溪流，还是觉得一家人不能那样分居两边，他沿着山谷往里寻找，希望能找出一个更合适的地方。

走着走着，阿旺看到前面有一个脊坡，便爬上去，往下一看，顿时便觉得眼前一亮。阿旺的脑海里翻腾出来一条鱼，在洄游产卵的旅途中遇到一道坎，水流十分湍急，这条鱼看到同伴们被水流冲得上腾下翻左转右旋，便停了下来，微微摆动着尾巴，像是在喘息，又像是在跃跃欲试。忽然，鱼儿使出全身的力气甩摆尾巴，跃出了水面，朝着横亘的坎斜斜地冲刺。

鱼儿奋力上游的场景，仿佛是刻在阿旺的脑子里。猛地一看，这半圆状的脊坡，就像鱼儿冲刺前奋力甩摆的身形。如果地穴挖在这半圆形的脊下，那北面大海上刮来的冷风，跑到这里时，正好被脊坡挡住，而从南面山谷下来的风，就得在这里转上一圈才能继续赶路。

"那时我怎么没有发现这地方呢？"梅朵的阿爸说，但他还是为阿旺能找出这么一处好地方感到高兴。

阿旺带领阿弟阿妹立刻动手，在梅朵一家人的帮助下，赶在天黑前挖出一个三步深的洞穴，可以凑合着度过迁移到山脚下生活后的第一个夜晚。

月亮爬上山顶的时候，村落的人无论男女老少都走出地穴，在山谷中的那片开阔地上点燃篝火，然后围着篝火，欢快地跳起来。

火光映着梅朵的脸，有些泛红。她看着阿旺，脸上充满期待。在梅朵的鼓舞与期盼中，阿旺情不自禁地走过去，拉着梅朵的手，加入跳舞的行列，尽情狂欢。这是阿旺第一次拉着梅朵的手，有些紧张，手心里老是冒出汗来。

"这火烧得太旺。"阿旺说。

"嗯。"梅朵感觉阿旺的手心滚烫滚烫的，"你会越来越喜欢这里的。"

"你们，每天晚上都这样围着篝火跳舞吗？"阿旺的心里本来有好多的话想对梅朵说，可他害怕被别人听到，一张嘴，这声调就变了，言语也都变得无关痛痒。其实，根本就没有人注意到他在说些什么，大伙儿围着篝火尽情地跳着唱着。

"以前是，以后也会是的。"梅朵说，"你很快就会忘记以前在大海边的生活的。"

"大海边的地穴简直就是个冰窟窿。"阿旺想起曾经在大海边的生活，嘴里虽然这么说，但在心底里还是有些怀念。

看着眼前的篝火，那扑腾扑腾窜动的火苗，仿佛是阿爸手牵着阿妈，他们也在欢快地跳着舞。看到阿旺一手牵着梅朵，一手牵着旺毛，旺毛牵着才旺，阿爸和阿妈仿佛在交头接耳说些什么，虽然听不清，但从他们的神情可以看出来，心里装满了欣慰。

大伙儿围着篝火，一直跳到月亮开始西斜的时候才尽兴而归。梅朵拉着阿旺的手，却迟迟不愿松开。

"快回吧，你阿爸阿妈都回了。"阿旺说。

当梅朵转身离开的时候，阿旺一直看着她的背影，直到消失在黑暗中。

当晚，不知是兴奋还是换了新地方，阿旺的心里一直难以平静下来，没有一点睡意。看着累了一天的阿妹旺毛和阿弟才旺已经酣睡，阿旺悄悄地爬起来，站在脊坡上，俯视整个村落，这里离村落的中心地带虽然有点远，但整个村落尽收眼底。半空中的月亮虽然没有圆起来，但很光亮，阿旺又走到山谷对面，看着自己选的地方，越看越觉得这地形好。

"如果月亮能照进地穴里，那该多美啊！"阿旺的脑子里突然冒出一个新奇的想法，自己的地穴，白天有阳光照进来，晚上有月光射进来，笼罩着自己和梅朵，不知该有多幸福。

阿旺坐在石头上，双手托着下巴，开始构想着如何才能实现这个梦想，直到想明白了才回去睡觉。

第二天，阿旺让阿弟才旺跟随梅朵的阿爸，和村落里的男人一起上山狩猎，自己领着阿妹旺毛继续挖地穴，梅朵也过来帮忙。他决定先挖出一条四五步深的通道，然后在左右两侧各挖出一个地穴。

"门洞可以低矮一点，"梅朵说，"门洞上挂上一块兽皮，就可以挡风。"

地穴的构造也得有些讲究，地穴的顶部呈弧形，坡度正好与山坡的坡度相反。挖出来的土和石块就在坡上堆砌成一堵墙，夯得实实的。墙里还架上几根树干，树干向里一直延伸到地穴的正中，树干的上面搭上树枝，下面支起一根横梁。这样，即便是夏天土壤解冻时，石块和土渣也不会掉落下来。然后再在夯实的墙上掏出一个圆孔，太阳和月光就可以从这里照射进里面。在朝里向的地方搭起一个平台，上面可以铺上一块兽皮，或者羊毛编织成的毯子，用来睡觉。

阿旺对自己的设计十分得意，尤为重要的是，这创意非凡的地穴也吸引着梅朵。梅朵的弟弟都还小，不是围着阿妈转，就是追着梅朵玩。梅朵的阿爸成天忙着狩猎，根本顾不上为阿旺和梅朵新挖一个地穴。但阿旺觉得，自己得给阿弟和阿妹挖一个地穴，让他们永远跟自己生活在一起。

"照顾好阿弟和阿妹"，这是阿妈最后的嘱咐，阿旺一直牢记在心。

月亮圆了又缺，阿旺和阿妹旺毛在梅朵的帮助下，终于建好地穴。脊坡的下面是旺毛的，完全独立出来的一间，那是位置最好的。依次过来是才旺的，然后才是阿旺自己的。这两间是相连的，从中间的通道进来，左右各一间。

阿旺似乎没有想到，他的这一突发奇想和举措，竟然无意识地把西部高原大陆推向一个崭新的半地穴栖居时期。也正是这半地穴式栖居，将梅朵吸引过来，在开启狩猎新生活的同时，也开启了一个崭新的时期。

第二章 多吉的诱惑

4

阿旺怎么也没有想到，在离开大海迁居到山脚下的二十几年间，就相继失去阿弟才旺、阿妹旺毛和儿子达娃，还有梅朵。

"梅朵是找儿子达娃去了。"阿旺一直这么认为。

尽管阿旺才刚开始老去，就已经失去所有至亲的人，但他仍然坚信，迁居山下是一个美丽的选择。

只是，一个人有些孤单。

或许是太想念梅朵和达娃还有阿弟的缘故，阿旺时常做梦，梦到他们，甚至在中午时候打个盹也能梦到。可这次，出现在梦里的竟然不是梅朵和阿弟，也不是达娃，而是一个婴儿。阿旺怀抱着这个婴儿，左看看右看看，不像是达娃，也不像卓玛的孩子罗布，却好像在哪儿见过一样，感觉十分亲切，仿佛就是自己的孩子。

这个孩子就是多吉。

多吉出现在大海以南的雪山脚下这个村落时，是一个初秋的清晨。据说，多吉不是阿爸阿妈生出来的。准确地说，多吉根本就没有阿爸阿妈，至少没有人知道他的阿爸阿妈是谁。也许，正因如此，村落里的男女老少都成为他的亲人，其中，有不少就是他的阿爸阿妈。

关于多吉的降临，最确切的版本是在一个漆黑的夜里，黎明到来之前，天格外的黑。这时，天上突然出现一道蓝色的光，将黑夜撕成两半，但很快就愈合了。紧接着，一声巨响，震得整座大山连同大地都晃动起来。然而，很快，一切都恢复了平静。

阿旺老爹说，这是他平生第一次看到这样耀眼的光芒，也是平生第一次听到这样巨大的响声。

"天神要发怒了。"阿旺老爹有些忧心，开始坐卧不安。

那天晚上，阿旺老爹一个人躺在铺着野牦牛皮的平台上，虽然感觉很松软很暖和，却难以入睡。他不停地臆想着，天神发怒，会给地上的生灵什么样的惩罚呢？也许，天神会使唤山神来惩罚，喷出火红的岩浆，摧毁家园；也许，天神会命令海神来惩罚，卷走家园。这是老爹最为担心的，大火烧过后，总能残留点什么，可海浪会把家园卷得无影无踪，什么也不会留下。

想着想着，阿旺老爹又想起梅朵，这么多年过去，他依然清晰地记得和梅朵第一次手拉着手围着篝火跳舞的情景。那是自己领着阿弟和阿妹，从世世代代栖居的大海边迁居到昆仑山下的第一天。虽然已经过去二十多年，可回想起来，就像是昨天刚发生的事。

整个晚上，阿旺老爹都没有睡着。他透过圆孔看着外面，等到天空开始破晓，就从地穴里钻出来，站到脊坡上。这是村落里的最高点，可以看到整个村落依山而筑呈不规则状态排列的地穴，再看看自己的地穴，颇有些讲究，一半在地下，一半在地面，还开出一个圆孔，方便阳光与月光照射进去。

阿旺老爹这么早起来，那是因为他的确很急切。他想知道，这次，天神将怎样惩罚地上的生灵。他想看看有没有什么异样。通常，山神或海神要惩罚地上的生灵，总会有预兆的。

山神发怒时，山上的野兽是有所感知的，它们会惊慌失措地四处逃窜，虽然无论逃到哪里，都难以逃避山神的惩罚。同样，海神发怒时，海里的鱼儿也会有所感知的，但海神对待自己的孩子还是仁慈的，只迁怒于栖居在岸上的人类。

然而，这一切看起来都显得十分平静。阿旺老爹走出地穴，然后顺着山谷走去，一边走一边四处张望，快走到山谷口也没有发现什么异常。村落里的人们还在熟睡，他们要等到天地间完全亮堂开了才会醒来，然后点燃柴火，让地穴和村落温暖起来。老爹走着走着，不时回头看看，村落里依然很安静，没有烟火，没有半点不祥的征兆。

突然，阿旺老爹发现村落还有整个山谷亮堂许多，像是太阳跃上山顶时的巨大光芒照亮似的。可这光芒似乎来自身后，那是西面。太阳怎么从西面出来呢？老爹满腹狐疑地回过头去的时候，一切都恢复了原样。

阿旺老爹回过头来，目光落在山谷口的石台上，那是村落里的祭台。奇怪的是，祭台上似乎有一样东西，看上去还像是一个什么活物，四脚朝天的样子，好像还在动。老爹不由得迈开大步快走几步，走近了才看清是一个婴儿，一个看起来刚出生不久的婴儿。

"祭台上怎么会有婴儿呢？"阿旺老爹立即警觉起来，首先想到的是山鬼。

山鬼有时会趁人熟睡的时候闯进村落，把婴儿叼走。可山鬼是黑色的，而且从来不发善心。它为什么没有吃掉这个婴儿呢？难道，山鬼只是用婴儿当诱饵。

这似乎有点不合常理。为了谨慎起见，阿旺老爹还是后退几步，四周看了看，又顺着山坡的方向走几步，站在高处，四下里看得清清楚楚的，没有发现任何异常后才走了过去。

石台上的婴儿正在吮吸着自己的手指头，看上去玩得正开心。老爹的出现让玩得正起劲的婴儿感到有点意外，他看一眼老爹，小手朝着老爹挥舞着，还冲着老爹笑开了。老爹还是有点犹豫。这时，那婴儿张开嘴咿呀一声，太突然了，以至老爹没有听清楚他在说什么。

阿旺老爹在几步外的地方站着观望着，婴儿的头发有些泛黄，他的小手掌和小脚丫不停地在空中舞动，还射出一道光芒，有些耀眼。老爹定睛一看，只见婴儿的两只脚掌上都有一块形同太阳的环形标记，环形的周围还环绕着一圈火苗。然而，这个环绕着火苗的环形标记在放射出光芒后，正渐渐消隐，很快就消失不见。

这时，太阳刚爬上山顶，才露出一点点，天地间顿时亮堂起来。阳光撒在石台上，婴儿那泛黄的头发一下子变得金黄金黄的。阿旺老爹发现，刚才还白白净净的婴儿，也突然变成金黄色。

太阳的光辉似乎让婴儿有点不适应，手掌和脚丫都停止舞动，但很快，他就适应这暖洋洋的太阳光。婴儿伸出双手，似乎在向老爹招手，想要老爹走过去抱他。果然，老爹禁不住他的诱惑，大步走过去将他抱起来时，他就咯咯地笑出声来。

"这是天神赐给我的孩子。"阿旺老爹突然想起自己的儿子达娃。

在迁移到昆仑山下的第二年，梅朵就生下一个女儿，可没几天就夭折。后来又相继生下一个儿子和一个女儿，但都没有养活。生下达娃时，阿旺和梅朵总是担心这孩子养不大，没想到的是，达娃没病没灾就长大了，可最终还是……

如果后来达娃不是被山鬼吃掉，现在也该有女人有儿子了。那样，梅朵也不至于为寻找儿子坠下山崖。

"达娃。"阿旺老爹决定给孩子起名叫达娃。

"达娃。"阿旺老爹轻轻地摇晃着怀里的婴儿，可他一点反应也没有。

难道他真的不是达娃。阿旺老爹记得达娃出生几个月后，自己每次狩猎回到地穴，哪怕是轻声的一声呼唤，达娃都会把头扭过来，在咧开小嘴笑开了同时，还会伸出手来。

"达娃。"阿旺老爹又叫唤一声，可他依然没有反应，刚才还骨碌碌直转的眼珠儿也直直地望着天空，仿佛在聆听什么。老爹不得不腾出一只手来，拨弄他的下巴。小家伙这才有了反应，伸出手来一把抓住老爹的指头。

阿旺老爹想，他可能不喜欢别人拨弄他的下巴，可老爹还是忍不住想逗他笑一笑，用指头轻轻地挠他的手心，可他竟然没有什么反应。就在老爹正开心地逗弄着怀里的婴儿时，突然感觉到身后有点动静，顿时惊出一身冷汗。可看到怀里的婴儿正冲着自己在笑，笑得那样安详，老爹的心也莫名地平静下来。老爹想，身后即便是山鬼，也没什么可怕的。

5

站在阿旺老爹身后的是巫师尼亚。

看到巫师尼亚脸上四处流溢的怪异，阿旺老爹着实吓了一跳。

在这几天里，巫师尼亚总是觉得有什么事情要发生。每天早晨，看着村落里的男人都上山狩猎，尼亚就开始祈祷，祈祷他们都能平安归来。可看到村落里的平和，以及男人们的平安归来，收获甚至比以往多出很多，尼亚越发感到不安，越是这样的平静和安宁，越是有大事要发生。

可究竟有什么样的大事要发生，巫师尼亚有些捉摸不定，直到昨天晚上，这种感觉越来越强烈，整个晚上都无法入睡，一直等到黎明快要到来时，突然感觉有些犯困。这时，虽然合上眼皮，但尼亚仍能感觉到天空出现的耀眼光芒。

巫师尼亚睁开眼睛时，光芒已经消失，紧接着就听到震耳欲聋的声响，隐隐约约听到有人说话的声音。可以断定的是这声音来自很远很远的地方。天亮后，尼亚迫不及待地跑出地穴四处察看，只见到阿旺老爹一个人在山谷口傻站着，就跟过来。

"多吉，"巫师尼亚猛然发现阿旺老爹怀里还抱着一个婴儿，大吃一惊，"洛桑多吉。"

"洛桑多吉？"阿旺老爹看了一眼怀里的婴儿，他仿佛听懂了似的，咧开嘴笑起来。

"这是谁家的婴儿，你认识他吗？"阿旺老爹突然感到十分失望和泄气，原来，这婴儿不是天神赐给自己的孩子。

"不，"巫师尼亚仰起头，一脸的虔诚，"多吉是天神赐给大地的孩子，能给地上的生灵带来吉祥的洛桑多吉。"尼亚说着，双手合十跪拜在地，开始祈祷起来。

阿旺老爹抱着多吉回去的时候，人们纷纷从地穴里钻出来，远远地望着老爹，望着老爹怀里金黄色的婴儿。他们以为自己的眼睛，被这早晨的阳光扎花了，便一个劲揉搓着眼睑，直到把眼前的景物都揉搓得白花花模糊不清。

卓玛看一眼自己怀里熟睡的罗布，再看看阿旺老爹怀抱里的孩子。没错，是一个孩子，虽然跟别的孩子的确有那么一点点的不同，但肯定是一个孩子。卓玛将罗布递给自己的男人扎西，迎过去。

卓玛是阿旺的阿妹旺毛的女儿，旺毛在生下卓玛后，又接连生了几个男孩，但都夭折了，再后来，旺毛在难产中死了。那时，卓玛还不到十岁，阿旺就让梅朵把卓玛领过来，当成自己的女儿抚养。老爹看到怀里的婴儿向卓玛伸出双手，还咯咯地笑，他应该是饿了。

"这是天神赐给我的孩子，巫师尼亚说，他叫洛桑多吉。"阿旺老爹兴奋地告诉卓玛。

听老爹这么一说，卓玛突然觉得心里酸酸的，她知道，老爹一个人实在是太孤单了。一个人，孤单的时候总是会想起往事，而且一直沉溺在往事中。有些时候，卓玛也不停地想，为什么老爹那么疼爱着身边的每一个人，可他们却一个个都那么忍心，一个接着一个离老爹而去，最终，让老爹的疼爱无处安放，只能埋藏在心底里。

"现在好了。"卓玛看着老爹怀里的婴儿，突然有了一些安慰，她深信，老爹一定能把这婴儿养大成人的，也深信，这是天神赐给老爹的孩子。

巫师尼亚望着阿旺老爹兀地伸直了的背影，心底里突然腾起些许酸楚，也许，天神早就想把这个叫洛桑多吉的孩子托付给老爹，这才把老爹身边的亲人一个个都带走，让老爹把对亲人的疼爱积压在心底，最终在见到多吉时迸发出来。

"仁慈的天神啊，请原谅我的胡思乱想。"巫师尼亚再次双手合十祈祷。

卓玛把多吉抱过去的时候，顺手揭起衣襟，刚要把奶头塞进多吉的嘴里，又停下了。卓玛揭起衣袖，在自己的奶头上擦拭几下，这才将奶头塞进多吉早就张开的小嘴里。多吉吮吸几口，便停下来，只见他伸出双手抱住奶子，然后，使劲地吮吸起来，还呱叽呱叽直响。

突然，吮吸声停止了，多吉吐出奶头，然后咿呀一声。卓玛没有听清楚，可她恍惚觉得多吉在喊自己。这时，多吉又咿呀一声，听起来真的像是在喊"姆妈"。

多吉的一声"姆妈"令卓玛的骨头都酥软了，手臂有些乏力，怀抱里的多吉差点就滑落下来。幸亏多吉的双手突然开始用力，将奶子抱得紧紧的，然后一口就咬住，再次吮吸起来。

多吉的吮吸越来越起劲，卓玛感觉到他的双手也在不停地用力搓揉着奶子，而且力气越来越大，似乎在挤奶，使劲地挤，像自家男人那样有力。卓玛满足地闭上眼睛，有些陶醉，还忍不住呻吟起来。

终于，多吉吐出奶头，松开双手。卓玛这才回过神来，低下头，不经意瞟了一眼自己的奶子，顿时大吃一惊。看到自己的奶头突然变得干瘪瘪皱巴巴的，就像是被风干了似的，卓玛有些奇怪，但更多的是吃惊。然而，更令人吃惊的是，她的另一个奶子也变得干瘪瘪皱巴巴的。卓玛捧着自己的奶子，使劲地挤了挤，竟然挤不出一丝奶水。

第二天，卓玛的奶子仍然没有鼓胀起来。好在卓玛的男人扎西是一个勇敢而又机智的男人，在儿子罗布饥饿的哭闹声中，就想到上山捕猎野牦牛，正值哺乳期的野牦牛。他想，只要捕回来一头野牦牛，那硕大的奶子里充溢着的奶水，就足够喂养多吉和罗布。

扎西把自己的想法告诉巫师尼亚，他想请巫师尼亚帮他想想办法，怎样才能捕获正在哺乳的野牦牛。

在这高原大陆上，还从来没有听说有人捕获过母野兽，更何况是正值哺乳期的母野兽。这些，都是只有山鬼才能享用的。虽然，这只是传说，但从来没有人怀疑过。

巫师尼亚也想不出来好的办法，因为，活捕野兽的事从来没有发生过，更何况是哺乳期体型庞大身体健壮的野牦牛，除了山鬼，人类是无法接近的。

扎西把村落里的男人都聚集到一起，可巫师尼亚还是没能想出办法来。

"母羊。"最后，扎西想到野羊，一只羊肯定不够，可以多捕获几只。

男人们进山的时候，巫师尼亚开始祈祷，向天神祈祷，向山神祈祷，向山鬼祈祷。

卓玛抱着自己的孩子罗布，阿旺老爹也抱着多吉，去村落里有奶的人家讨奶吃。村落里本来喂奶的女人就不多，而且她们也都听说了，奶子只要是被多吉吮吸过，就会被吸干，而且不会再有奶水。

村落里正值哺乳期的女人都不敢给多吉喂奶，可她们谁也抵挡不住多吉的诱惑。当阿旺老爹把多吉抱到她们跟前时，多吉咯咯笑个不停，还有那双伸过来招摇不住的小手掌，尤其是他那一声听起来很像"姆妈"的呢喃，仿佛，多吉就是自己的孩子。

这令人无法抵挡的诱惑，令村落里所有正值哺乳期的女人，在犹豫片刻后放下自己的孩子，一把将多吉揽在自己的怀抱里，还不忘把奶子擦拭干净，塞进他嘴里。

"多吉就是我的孩子。"村落里所有哺乳期的女人把多吉揽进自己怀抱的时候，这个念头就会涌进自己的脑海。很快，女人的奶子在自己的呻吟中和多吉呱叽呱叽的吮吸中，都变成被风干了似的。

赶在天黑之前，村落里的男人们就捕回来三只正值哺乳期的母野羊，以及几只羔羊。大伙儿还帮扎西打起围栏，把捕获的羊圈起来。羊圈里的野羊很不安分，不停地沿着羊圈打转，还叫唤不停。

很快，整个村落都跟羊圈里的野羊一样慌乱起来。当男人们帮着扎西打好围栏，回到各自的地穴时，才发现自家女人的奶子也被多吉吮吸干了，怀里的孩子都是嗷嗷待哺，哭闹不止。

那天晚上，村落里没有燃起篝火，甚至没有人想到要点燃篝火，孩子们的哭闹声与野羊的叫唤声，以及女人哄孩子的夜曲与男人的叹息，在村落里此起彼伏，整个村落都无法安睡。

6

自从多吉出现在海南村落里，吸干村落里所有哺乳期女人的奶子后，彻底打乱人们延续已久的生活方式，整个村落的男人都在忙着想法子，解决后代的哺育问题。最后想出挖陷阱和设圈套，这样才能活捕更多的野羊，还有野马。

这高原上的野马，个头都比较大，还特别擅长奔跑，捕获起来自然要比捕捉野羊费事费力许多。

"但一匹母马能顶好几只羊。"扎西想到自家已经有几只羊，下定决心要捕获一匹母马回来。

扎西从树上砍下一根长长的藤条，在长藤一端扎一个圈套，然后鼓动着大伙儿同自己一起进山去活捕正值哺乳期的母野马。大伙儿何尝不想把高大而且奶水充足的母野马捕获回来，一个个都摩拳擦掌。

野马通常是在山里的河谷地带或平缓的草地上觅食，扎西他们很快就找到野马群。这河谷地带的草，在冰川雪水的滋养下，生长得特别丰茂，可野马群总是觉得前面的草地更加丰茂，不停地移动着。

野马群不停地移动，有时像是一阵横冲直撞的风，有时又像一团无拘无束的云，就不时会有母野马还有小马驹离群。大伙儿看到机会来了，就趴在草地上，让扎西一个人拿着圈套，朝着母野马的方向匍匐前行。母野马正带着小马驹悠闲地吃草，全然没有发觉自己已经离群，也没有发觉人类正在靠近。

越是靠近母野马，扎西越是小心，一旦惊扰到母野马或者小马驹，就很难再有靠近的机会。爬到离母野马大约只有十几步远的地方时，扎西看了看手中的长藤，估摸着能不能够得着。为了保险起见，扎西小心翼翼地向前爬两步，直到确定完全可以够得着，才侧起身子，使出全身的力气，将圈套甩向母野马的头。甩出的圈套就像一个刚学会走路的孩子，在空中踉跄着转了几圈，直到把地上的藤条腾空而起，圈套才朝着母野马的头直直飞过去，不偏不倚落在母野马的头上。

"套上了。"

扎西刚想松口气，母野马被这突如其来的袭击惊扰得四蹄乱窜，还打了个趔趄，扎西被母野马拖得腾空而起，然后重重地摔在地上，藤条也从手中脱落了。母野马很快就站住脚，然后撒开四蹄飞奔起来。眼看着藤条就要随着母野马飘忽起来，扎西赶紧从地上翻滚着爬起来，全身的力气都灌注在双腿上，然后竭力弹跳起来，伸出的双手准确无误地将藤条拽在手中。

在母野马的拉拽下，扎西从草地上飞起来，然后再一次重重地摔在地上。不过，这次扎西早就有所准备，在落地时连连打了几个滚，右手腕也迅速在翻转着，将藤条绕上几圈，当手腕停止翻转时，左手手掌迅速抱住右手拳头，这才将藤条拽紧了。

母野马发狂似的奔向野马群，扎西拼命抓住长藤，感觉自己在飞翔，草尖从身下飞快地滑过。躺在草丛中的人们见到扎西被拖飞起来，赶紧跳起来奔跑过去。大伙儿有的飞奔过去抓藤条，有的扑过去抱住扎西，一个个都使出吃奶的力气，可还是被母野马拖得东倒西歪，然后前面的绊倒后面的，一个个都扑倒在地。

"手不能松，使劲。"扎西大喊一声。

大伙儿来不及翻身起来，一个个躺在草地上，死死地抱住藤条或拽住扎西，僵持没多久，就将奔跑的母野马拉住。刚刚还在享受着飞翔快感的扎西，突然觉得脸上还有脖颈都火辣辣的难受，手心手背也是火辣辣的。

扎西伸出双手，这才发现手腕被藤条勒得青一条紫一条的，手背被草尖划出一道道长长的口子，渗出来的血已经凝固。估计脸上和脖颈也是这样，扎西咧开嘴，活动一下脸部，这时，火辣辣的感觉变成了疼痛。

整个野马群都被惊扰得像一阵风，在河谷地带左右飘忽着，然后朝着山谷深处呼啸而去。只有那匹小马驹，在惊慌中跟着野马群跑出不远后，发现阿妈不在自己的身边，便停下来。它回过头，看到阿妈被人死死地拉住，前蹄还在空中乱踢乱踏，最后还是踏回原地。小马驹在犹豫片刻后，就朝阿妈走过来，但不敢靠近，远远地观望着。

被套住的母野马还是不听使唤，即便是被硬拉着打了个趔趄，可站直后依然是在原地。扎西只好抓住马鬃爬上马背，母野马立即昂起脖子高扬起前蹄，扎西猝不及防被甩了下来。当扎西再次翻身爬上马背时，便一把抱住马的脖颈，双腿使劲夹住马肚。

母野马似乎更加狂躁，压低脖子弓起腰背，后蹄一阵踢踢，想把扎西甩下来，可扎西把全身的力气都使在双腿和双手上，如同粘在马背上。母野马终于耗尽力气，口吐白沫安静下来。

扎西虽然如愿以偿，可阿旺老爹依然为多吉发愁。不知道是为什么，多吉不习惯吃羊奶，完全不像别的孩子那样。别的孩子刚开始也不吃羊奶，可他们似乎只是一时不习惯羊的膻味，当饥饿难耐，哭闹得声嘶力竭后，就完全不顾羊的膻味。唯独多吉，总是伸出双手，使劲把羊奶子推开。

"多吉一定是不喜欢羊的膻味。"阿旺老爹肯定多吉是讨厌羊的膻味。

就在阿旺老爹无计可施的时候，卓玛想出来一个办法。她坐在地上，一手把母羊揽在怀里，一手抱着多吉。多吉似乎一时没有分辨出是人奶子还是羊奶子，或许是饿急了，张嘴就叼住羊奶子，可很快就吐出来，还使劲挣扎着，伸出双手推开羊奶子。

卓玛不得不变换姿势，还挤出一滴羊奶抹在多吉的嘴唇上。多吉在挣扎几下后，大概是尝到了羊奶的滋味，也许更多的还是饥饿的缘故，最终还是抱住羊的奶子，咬住奶头，尝试着吮吸几口，也渐渐适应了。

羊奶子下奶的速度似乎比人的奶子要快，多吉的嘴角都抿出一线白花花的奶水。多吉将羊奶子吮吸得呱叽呱叽响，可没响多久就停了下来。这时，阿旺老爹看到多吉的嘴角出现红色的液体。

"快，快拔出来。"阿旺老爹惊叫一声。

卓玛这才低下头，看到多吉嘴角流出的红色液体，赶紧将羊奶子从多吉嘴里拔出来。

是血！多吉已经吸干羊的奶水，在他的双手使劲揉搓下，血也被吮吸出来。

卓玛和阿旺老爹都惊呆了。相对多吉而言，母羊的个头确实有点小，那点奶水实在是不够他吃一顿的。看来，只有野牦牛的奶水，才能让多吉吃饱肚子。

这时，村落里的男人都进山去捕获哺乳期的野羊野马，还没有回来，阿旺老爹只能自己想办法。老爹绞尽脑汁，也想不出来好办法，决定独自进山，去捕获体格庞大正值哺乳期的母野牦牛。

"你一个人！"阿旺老爹把自己的决定告诉巫师尼亚时，巫师尼亚的嘴巴张得老大，惊愕的表情也异常夸张，"从来没有谁敢一个人进山，更何况是黑夜。"

"我必须得进山。"阿旺并不是个固执的人，因为，一个固执的人，是无法在这山里生存下去的，"为了多吉，多吉是我的孩子。"

"要不等大伙儿回来再商量商量。"巫师尼亚不知道该如何劝阻阿旺老爹，说话间，还抬起眼皮，用一种怪异的目光看了老爹一眼。

阿旺老爹在巫师尼亚怪异的目光中感受到某种凶险，他决定再等等，等扎西他们回来再商量一下。

夜幕快要降临的时候，村落里的男人还没有回来。阿旺老爹看着怀里的多吉眼巴巴看自己，就把多吉托付给卓玛，然后一个人带着火把进山去了。

"天神啊，求您护佑地上的生灵吧！护佑我们的洛桑多吉吧！护佑我们的阿旺吧！"看着阿旺老爹消失在暮色中的背影，巫师尼亚有些担心，却又无可奈何，只得不停地祈祷。

山坡上与山谷里，慢慢升腾起来的雾气，与缓缓垂落下来的夜色，很快就交织在一起，薄薄的夜幕，一张嘴就吞没了雾气，连同阿旺老爹。

看着阿旺老爹的背影消失在被夜色填满的山谷里，巫师尼亚点燃祭坛上所有的火炬，驱赶着紧随黑夜而来的鬼怪。尼亚还拜伏在地，不停地祈求天神的保佑，祈求山神的怜悯，也祈求山鬼的谅解，能让阿旺老爹活着回来。

第三章 阿旺的壮举

7

七月是高原最好的季节，雨水丰沛冰雪消融四处漫浸，滋养着山川河谷与草原，草木疯长。夜幕降临的时候，水气便从草丛和树林中渗透出来，那草尖上的露水，很快就把阿旺老爹身上裹着的兽皮打得湿透，水滴顺着兽皮上的毛发直往下淌。

夜晚的寒意与清凉的露水令阿旺老爹禁不住打了个寒战，头脑也开始清醒过来，独自一个人在这漆黑的夜里进山，无异于把自己往野兽的嘴里送。而且，野牦牛都藏在雪山深处的深山老林里，只有暗无边际的黑夜或清晨才出来活动，活动区域也通常在雪线附近，想要找到或接近野牦牛，几乎没有半点可能性。

在这雪山深处的深山老林里，还分布着别的村落。各个村落在狩猎中，为追捕猎物而互相争斗，直到经历几次大的争斗之后，才划分出各方认同的界线，彼此互不越界。而且，在界线的两边，各方还让出来一百步作为缓冲带。这些年来，除了野兽和山鬼，没有人敢踏进缓冲带半步。

想到这些的同时，阿旺老爹还想到了嗷嗷待哺的多吉，以及因多吉的到来而在村落里迅速流溢开来的慌乱。如果自己捕获不到野牦牛，不仅多吉没法养活，村落里其他婴儿更是难以存活下来。与其让多吉饿死，还不如自己被野兽吃掉。老爹打定主意后，继续顺着山谷走，山路越来越窄，也越来越陡。他不知走了多久，也不知道走了多远。

是的，阿旺老爹已经有几年没有进山。自从儿子达娃被山鬼吃掉，梅朵也跟随达娃走了之后，阿旺一下子就苍老起来，从那以后，他就再也没有进过山。好在老爹年轻时，经常进出这一带的深山老林，对山形地貌和大小山路熟记于心。路还是这条路，只是觉得比从前更加陡峭。

阿旺老爹有些喘不过气来，看到眼前横亘着一块巨石，就爬上去，他想歇息一会儿。火把上的松油也快燃尽，溅不出火星了，如果不赶紧续上松油，就连火把都会燃成灰烬。老爹不敢久坐，他得赶紧走进深山老林里去，找到那片松柏林，给火把续上些松油。

凭着记忆，阿旺老爹找到最近的松柏林。林子里，人们早已将那几棵一个人都合抱不住的巨大松柏树割出一道道口子，松脂从这道口子流出来，淌在粗大的树干上，慢慢就凝固了。老爹将火把凑近凝固的松脂，烤化的松脂开始流淌，续上松油的火把重新开始哗哗剥剥溅出火星。在火星的怂恿下，红黄的火苗似乎感受到自己的孤独，在这暗无边际的深山老林里，有些胆战心惊，开始呼哧呼哧地使劲往上蹿，似乎是想极力挣扎，极力挣脱火把的束缚，然后隐身在这无比深沉的黑夜里。

火星毕毕剥剥绽放的声响，在这静谧的深山老林里显得十分突兀。其实，黑夜里的深山老林并不静谧，几乎所有的猛兽都喜欢在夜间活动，追逐与搏杀是再寻常不过的。阿旺老爹已经感觉出来，方围至少有数十双眼睛盯着自己。老爹还知道，这些野兽既要盯住自己，还要提防其他种群的掠夺。

在阿旺老爹周围各类伺机而动的野兽当中，最狡猾最凶狠的应该是狼群。在这高高的高原上，狼的种群还真不少，但最多的还是高原狼和荒原狼。顾名思义，荒原狼的活动范围通常是河谷等地势较平坦的区域，通常是家族群居，攻击力略逊于高原狼。生活在昆仑山中的深山老林里的高原狼，不仅种群庞大，还异常狡猾，攻击力自然十分强大，时常攻击体格比它们大出几倍的野兽。

的确如阿旺老爹所料。这时，狼群并没有死盯着人类，而是盯着其他凶猛的野兽，譬如长着獠牙的猛虎，只要是有机可乘，猛虎也有可能成为它们的攻击对象。

獠牙虎通常是单独出来觅食，个体攻击力虽然很强，但如果处在混乱的捕猎环境中，一旦处于劣势或者受伤，那后果就难以预料。可在这个季节里，形势变得更加严峻，除了公虎外，母虎也领着快要长成的小虎一起出来觅食。狼群已经嗅出几只虎发出的不同气味，它们变得更加谨慎了。

黑熊和棕熊看上去有些笨，但它们并不傻。它们虽然有时成双成对出现，但更多的时候是独来独往的。即便这样，也同样不好对付，一巴掌就能把狼拍个半死，再无反抗之力的狼自然就成为黑熊或者棕熊的美餐，甚至成为同伴的美餐。

庆幸的是，狼并不是虎和熊食物链上的动物，只要狼群不去惹祸上身，也能相安无事。当然，今晚是个例外，因为，人类是它们食物链上共同的食物。

阿旺老爹感觉到危险离自己越来越近，但自从出发后，他就知道自己没有退路。他在极力回忆曾经搭建在树上的窝棚的方位，应该就在附近哪棵大树上。

公虎似乎发现阿旺在寻找退路，它迈开步子逼近阿旺。它对自己的攻击力充满绝对的信心，从来不把别的野兽放在眼里。狼群见公虎在逼近阿旺，也开始蠢蠢欲动，它们虽然不想率先发起对人类的攻击，但绝不想在这场混战中错失任何机会。黑熊和棕熊不甘示弱，大有势在必得之志，也分别从不同方向朝着阿旺走过来。母虎发现竞争对手都在逼近食物，有些发怒，低沉地吼一声，四只小虎仿佛是得到指令，便一字排开朝阿旺走过去。

母虎的吼叫提醒阿旺，野兽的争夺与攻击马上就要展开。尽管这种阵势阿旺老爹也是第一次经历，但他迅速作出判断，将火把咬在嘴里，撒开双腿甩开膀子飞快地绕过左面的两棵树，跑到第三棵格外粗大的树下时，便手脚并用往树上蹿。果然，树上有一个窝棚。

狼群一见形势不妙，迅速朝阿旺包抄过来，试图抢在别的野兽的前头。这时，阿旺老爹已经爬到高高的树上。一只狼似乎仍不死心，奔跑过来就往树上扑，可除了把树皮抓得四处飞溅，挣扎几下就滑了下去。头狼绕着树转了一圈，再看看迈着大步蹿过来的公虎，以及争先恐后的四只小虎，它们的身后还跟着母虎，只能领着同伴识趣地走开。黑熊和棕熊也很识趣，停下脚步，犹豫一会儿，各自转身离去。

阿旺老爹知道，狼群还有黑熊和棕熊，它们都没有走远，肯定是隐藏在某个地方。它们在继续观望着，等待转机。谁也无法预料，在这个伸手不见拳的漆黑长夜里，还会发生什么事。但老爹知道，只要熬过这个漆黑长夜，自己或许还有一线生机。老爹低头看着下面，只剩下公虎与四只小虎在对峙，似乎没有相让的意思。

这时，母虎朝公虎走过去，走到跟前时，抬起前掌，对准公虎的头就是一巴掌。公虎似乎明白母虎的用意，看了四只小虎一眼，转身走了。看着公虎走远，四只小虎这才放松，趴在树下，仰起头盯着阿旺，母虎则在树下蹿来蹿去，守护着自己的孩子，也守望着自己的猎物。

树干很粗壮，树叶也很茂密，阿旺老爹蜷缩在树上，与树下的虎群对峙着。母虎似乎不达目的不罢休，在树下绕来绕去转了几圈后，抬起头来看一眼老爹，后腿一蹲坐在地上，继而前腿一屈趴了下去，还翻着眼皮瞟一眼树上的老爹后，索性闭上了眼睛，没有半点离去的样子。小虎们似乎也不想这么站着，都聚焦过来趴在母虎身边。老爹知道，自己恐怕再也找不到活路了，能熬过这个黑夜，已经是山神最大的恩典。

8

阿旺老爹的脚手开始发麻，如果继续这么蜷缩着，自己很快就会站立不稳掉下去，成为母虎和小虎们的美餐。看着母虎根本无意离去，老爹决定钻进窝棚睡上一觉等着天亮，可他实在是太大意，竟然没有发现树枝上的支架和藤条已是腐朽不堪。他刚吁出一口气，想钻进窝棚时，没想到整个窝棚都塌了下来，连同自己，都坠落在小虎的背上。

小虎们似乎也没见过这阵势，一只只跳起来，撒腿就跑。母虎也掉转身去退后几步，然后盯着阿旺。阿旺老爹翻身爬起来，捡起火把，缓缓地挪动脚步往后退，直到后背靠上大树，再无处可退。这时候，如果转过身再往树上爬，将自己的后背留给獠牙虎，那是极不明智的，一旦母虎哪怕只是其中一只小虎发起攻击，自己就死定了。

四只小虎远远地望着阿旺，不敢近前，母虎也不敢上前。显然，它们还没有回过神来，尤其是小虎，这应该是它们第一次受到这种袭击，有些惊魂未定。阿旺老爹突然想到山鬼，虽然自己只知道山鬼的传说，没有真正见过，但曾经听到山鬼长长的吼叫声，的确是令人毛骨悚然。而这些长年与山鬼同在这深山老林里活动的野兽应该见过，即使只是见过山鬼的影子，或是听到过山鬼长长的吼叫声，也必然会有所忌惮。

想到这，阿旺老爹咧开嘴，活动几下脸上的肌肉，然后极力张开，深深地吸进一口气，对着火把呼出来，火苗拼命地窜动起来，紧接着就是一声嚎叫。

阿旺老爹的嚎叫虽然不像是山鬼的吼叫声，但小虎们看到这种架势，就更加害怕，往后退了几步。母虎看到小虎在后退，也跟着后退半步。母虎并不是害怕阿旺，它只是担心自己的孩子。可小虎见母虎也在后退，又后退几步。

阿旺老爹看到自己的举措和嚎叫似乎产生效果，便壮着胆子，蹲下身子,将火把举到树干上那凝结的松脂下,在估摸着松脂开始软化时猛地一戳,然后嚎叫着扬起火把朝着母虎用力一甩,刚粘上的松脂爆出来大把的火星,哔哔剥剥呼啸着扑向母虎。母虎赶紧后退,四只小虎退得更远。母虎回头看了看自己的孩子,它已经感觉出来孩子们的惊恐,隐隐约约还能感觉到某种威胁。

这时,天也快亮了,林子里透着微弱的零零碎碎的光亮,那些原本隐藏在林子里的黑影开始显露出来。阿旺老爹看着母虎似乎有了去意,又装出狰狞的样子嚎叫起来。母虎终于转过身去,领着四只小虎,消失在林子里。可老爹不敢再大意,他得退回到林子外面那块歇息过的巨石上,这样至少可以防守野兽的进攻。

站在巨石上放眼四望,四周显得很空旷,从山脉的走向来看,还隐隐约约能分辨出村落的方位。突然,山谷两边林子里的鸟群飞上林子上空,盘旋一会儿,又没入林子。阿旺老爹不知道山林出现什么情况,也许是野牦牛群出现在那片山林里。他得趁野牦牛清晨出来活动时,赶紧去诱捕正值哺乳期的母野牦牛。

白天的林子依然很安静,甚至能感觉出阳光从高远的天空撒下来,被枝叶撕扯得支离破碎后,跌落在林子里的声响。阿旺老爹能感觉出来,昨晚出现过的野兽仍在周围活动,潜在的危机虽然不似夜晚那般隐秘,却无处不在,可他得赶在野牦牛群出来喝水的时机,完成自己的使命。

通常,野牦牛在清晨的活动就是出来喝水。这深山老林里,山大沟深的,水源倒是不少,但适合野牦牛群的水源并不多,甚至可能只有一处,因为野牦牛群的水源是相对固定的。而且,水源必须在相对开阔的地带,水流相对平缓。

阿旺老爹知道,只有大山深处的山沟里,才有这样的水源。他依稀记得,自己所在这座山的南面山沟里,有这么一处水源。以前,那也是野牦牛出没的地方。如果时光倒退二十年,似乎没有什么事能难住阿旺。那时候,正值壮年的阿旺时常领着村落里的男人,各自带上牛犊般的儿子,一天能

第三章 阿旺的壮举

33

过几个山头。

阿旺老爹已经无暇顾及无处不在的危机，他相信，有惊无险地度过黑夜，白天更有理由能逢凶化吉。这时，他发现右面百步外的树丛背后有一个黑影在晃动，它正盯着自己，极有可能是黑熊。

没错，这只黑熊是昨晚就开始盯上阿旺的。可昨晚盯上阿旺的野兽实在太多，黑熊自知难以得手，但仍不死心。不死心的还不止黑熊，阿旺老爹知道，黑熊之所以没有袭击自己，那是因为盯着自己的野兽能让这只黑熊感到不安。想到这，老爹反倒感觉轻松许多，不由得加快脚步，他得赶在野牦牛出来喝水前赶到水源地。

阿旺老爹仿佛回到青壮年时代，完全不用顾忌对自己虎视眈眈的野兽们。

青壮年时代的阿旺的确是狩猎的好手。从大海边迁移到山下居住后，阿旺很快就适应山里的生活方式，还成为同龄人追随的对象。那时，他经常领着阿弟才旺还有村落里的年轻小伙儿，出没于这一带的深山老林。有一次，他和才旺在追捕一只长角羚羊的时候，与大伙儿拉开了距离。

羚羊慌不择路地狂奔，没想到竟然跑进虎的活动范围。这也是阿旺没有想到的，当他正摸索着接近羚羊的时候，突然发现右侧正隐藏着一双眼睛，正盯着羚羊。阿旺定睛一看，是一只獠牙虎。看上去很瘦，可能是老了的缘故，它的行动并不迅捷，但阿旺还是不敢大意。

阿旺赶紧提醒阿弟才旺趴在地上，屏住呼吸，伺机而动。当时，阿旺并未想到要与獠牙虎搏斗，而是祈望着獠牙虎能成功捕杀到羚羊，在饱餐一顿后自行离去。如果獠牙虎对羚羊的捕杀失败，而自己一旦暴露，獠牙虎必然弃羚羊转而捕食人类。

在这深山老林里，人类不是真正的主宰，猛兽也不是，真正的主宰是速度与隐秘，当然，智慧与勇猛也是一种生存技能。但此时此刻，当人类与羚羊同时出现在獠牙虎面前，人类便毫无疑问地成为弱者，因为羚羊的速度绝对快过人类。

獠牙虎正在小心翼翼地靠近羚羊，眼看就要发起致命的攻击，这时，羚羊察觉到危险，立即撒开四蹄。慌不择路的羚羊竟然朝着阿旺隐藏的地方狂奔过来，獠牙虎自然不忍就此放弃，张开大嘴紧追不舍。羚羊直跑到跟前才发现隐藏在眼前的阿旺，后腿猛地一弹，高高跃起，从阿旺的身上飞越过去。

獠牙虎没有发现阿旺，紧随羚羊而来，眼看就要扑在阿旺的身上，这时，阿旺抓紧投枪，对准那张开的血盆大口，使出全身的力气投掷过去。

掷出投枪后，阿旺甚至来不及看一眼是否射中就赶紧打几个滚，滚到才旺身边时，一把抓住才旺的手，兄弟俩从地上弹跳起来后，就朝着村落里的年轻小伙们活动的方向狂奔。可跑出十几步后，阿旺发现身后没有一点动静，这才放慢速度回过头去看了一眼，羚羊已经没有了踪影，獠牙虎也不见踪影。

阿旺壮着胆子上前几步，这才看到獠牙虎正趴在自己刚才隐藏过的地方，一动也不动。阿旺壮着胆子走过去，看到自己的投枪从獠牙虎的嘴里射进去后，还在后颈上扎出一个洞。

阿旺和阿弟才旺把獠牙虎抬回村落时，村落里的男女老少都出来迎接他们。阿旺将獠牙虎送给梅朵的阿爸。没过多久，梅朵的阿爸竟然答应阿旺的请求，全然不顾村落里的传统习俗，让梅朵搬进了阿旺那别具一格的地穴。

9

想到这，阿旺老爹脸上的皱纹挤成了一堆，同时被挤出来的，还有无与伦比的幸福。但仅仅是一瞬间，老爹的脸又舒展开来，像一条突然开阔起来的河流，刚才还有些湍急的笑容与幸福，转瞬就流失不见。老爹也知道，随着自己活动区域的扩大，想要捕食自己的野兽会越来越多。可无论这些猛兽们怎么争斗，人类，往往是弱者中的弱者，他们的机智顶多只能用来保全性命而已。

阿旺老爹翻过一个山头，终于，看到山下有一片川谷地。水源地就在那里，可野牦牛还没有出现。老爹不敢确定，这里还是不是野牦牛的水源地。他挑一个能合抱的树，将耳朵贴在树干上，隐约能听到野牦牛的脚步声。为了安全起见，老爹顺势往树上爬，他也想看看，究竟有多少猛兽在跟踪自己。

不看不知道，一看还真是惊出一身冷汗。黑夜里出现的母虎领着它的孩子们，依然跟在后面二百来步远的地方，而母虎的侧面，是狼群。黑熊也多出了一只，虽然来的方向不同，但它们的目标只有一个，那就是自己。在上山方向二百步远的石头背后，还隐藏着一只豹子。看样子是只公豹，因为在距离公豹二十步外的地方，有一只母豹，肚子有点鼓，看样子是怀着小豹子。

阿旺老爹十分清楚，肯定还有隐藏得更深的猛兽在盯着自己。可既然到了这种地步，不管有多少猛兽，他都顾不上了，就这些猛兽，已经足够把他吃得尸骨无存。老爹最担心的是那只公豹，这一公一母同时出来捕食，配合是最为默契的，而且特别凶狠，为了即将出生的小豹子，敢同任何猛兽争抢食物。

这一公一母两只豹子，似乎并没有把其他猛兽放在眼里，母豹已经开始做围猎准备，正朝母虎的方向走去。母虎看到母豹的出现，似乎有点意外，为了保护自己的孩子，避免被母豹伤害，不得不作出退让，掉头就走。看样子，这回，它是彻底死心了。狼群深知两只豹子共同围猎的利害，也不敢靠前。黑熊就更识趣，其中一只还爬到树上去了。

豹子的围猎一触即发，现在，唯一能缓解危局的，只有野牦牛群。

阿旺老爹太了解野牦牛的习性。

村落里的男人从来没有计划过捕猎野牦牛的事，但阿旺却一直留意这个身体庞大，而且一旦攻击起来就表现得相当凶悍的群体。

阿旺老爹清楚地记得自己多年前捕获野牦牛的每一个细节。

那还是达娃五岁那年夏秋之交的时候，正值壮年的阿旺不仅勇武过人，更是机智过人，还总是想着要给梅朵一个惊喜，给大伙儿一个惊喜。那次，也是在这个区域，大伙儿在深山老林中穿行半天也没有什么收获，阿旺心有不甘，便有意离群，不想走着走着就远离了人群。天渐渐黑下来时，阿旺找一棵粗壮的树，爬上去，还在上面搭建起一个窝棚。

那天晚上，阿旺居然睡得特别香，直到野牦牛群出现时才惊醒过来。他看到野牦牛群在山谷里的水源地喝完水后，正准备下树，突然发现野牦牛群开始骚动起来。原来，是两头公野牦牛在争夺配偶，其中一头公野牦牛看上去已经明显是年老体弱，可它还是不甘心，或许是迫于无奈，毅然接受那条比它健壮许多的公野牦牛的挑战。

不是势均力敌的决斗本来没有多大意义，可阿旺却从这场没有悬念的决斗中看到机会。果然不出所料，那头看上去年老体弱的公野牦牛高翘着尾巴率先发起攻击，另一头健壮的公野牦牛自然也是高翘起尾巴迎头撞上去。砰的一声巨响后，年老体弱的公野牦牛连连后退几步。经过这一击，健壮的公野牦牛更不把对手放在眼里，却不敢轻敌，毕竟对手是在迎接多次挑战才将自己的地位维护至今。有的时候，经验更是战胜对手的关键。

健壮的公野牦牛在后退几步看到对手重新摆开阵势后，便撒开四蹄朝着对手冲撞过去，又是砰的一声巨响。这一次，巨响过后双方依然顶撞在一起，可阿旺看得出来，年老体弱的公野牦牛已经是耗尽全部的气力，它原本是想在第一击中麻痹对手诱发对手的轻敌情绪，再以全力以赴的第二击挫伤对方，令对手产生畏惧心理。可它没有料到对手如此强大，也许不是对手变强大了，而是自己真的老了。

第三击将是决定胜败的最后一击，决战双方在拉开距离后掉转身去，开始奔跑起来，各自绕了一圈后迎头而上，速度越来越快，在双方距离不足三步的时候都弹跃起来。就在这时，年老体弱的公野牦牛突然放慢节奏，在等到对手腾空而起时，它的身躯只是微微往上一拱，继而屈起四肢，整个身躯都往下一沉，做好迎接对手冲撞的准备。

看得出来，年老体弱的公野牦牛虽然力气不如对手，但战斗经验丰富，在迎候对手的冲撞中寻找对手的破绽，完全有可能扭转战局。然而，它失算了，对手实在是太强大，一声巨响后，巨大的冲击力令它的四肢根本无力支撑，像一块风化的岩石，在经受剧烈的撞击后，轰然倒塌在地上。

阿旺知道，这头败下阵来的公野牦牛再不会回归群体，它会从此离开，最终成为猛兽们的美餐。可阿旺不愿意看到它成为猛兽们的美餐。阿旺还知道，这时候，阿弟和村落里的男人已经在寻找自己的路上。只是可怜梅朵，为自己担惊受怕了一个晚上。

的确如此，当村落里的男人发现阿旺一个人走散后，眼看着天快要黑，也只能赶回村落。他们知道，阿旺一定能找个安全的地方，度过这个黑夜。第二天天刚发白，男人们就集中起来，梅朵也跟着村落里的男人一起进山寻找阿旺。

这个时候，阿旺看着野牦牛群开始返回栖居地，而那头斗败的野牦牛则朝着相反的方向走去，就小心谨慎地尾随在它的后面。当然，阿旺十分清楚，跟踪它的不只是自己，还会有各类猛兽，只是，它们不敢冒进而已。要知道，哪怕是野牦牛的垂死一击，也是非死即伤的。

看到前面林子里的鸟扑棱棱飞出林子时，阿旺知道，一定是村落里的男人正在赶过来寻找自己。阿旺赶紧跟紧这头离群而且依然沉浸在失败情绪中的野牦牛，跟着跟着，突然，野牦牛停住脚步。显然，它已经感觉到来自前方的威胁，同时也感觉到来自四方八面的威胁。

前方的威胁应该来自村落的人，而周围看似平静的林子里也一定隐藏着伺机而动的猛兽。野牦牛似乎不知道要怎样才能摆脱四伏的危机，脚步也有些乱，摇摆不定的。机会终于来了，这时，阿旺距离野牦牛已不到十步远，但它应该没有发现自己，只见它缓缓低下头，慢慢翘起尾巴。看来，它还是没有从失败的情绪中缓过来，可它已经做好最后的攻击准备，准备给来犯的人类或猛兽致命一击，完全忽略一直尾随着的阿旺。阿旺猛地从地上弹跳起来，飞快地奔跑起来，手中的投枪已高高举起，然后对准野牦牛的肛门投射出去。

受到猛烈攻击的野牦牛，即便是年老体弱，也能狂奔起来。只是，它已是慌不择路，左冲右突的。跟踪野牦牛的野兽们也被这突如其来的变故吓得四散逃窜，阿旺知道自己跑不过野牦牛，只能往树上爬。野牦牛发现阿旺，便掉过头来，朝阿旺冲撞过来。

阿旺突然发现自己爬树的速度没有以往那么快，眼看就要被野牦牛撞上，便闭上眼睛，双脚猛地一蹬，腾空而起。只听到身后砰的一声巨响，阿旺扭头一看，只见野牦牛重重地撞在树干上，干裂的树皮四处飞溅，从自己的耳边呼啸而过。

刚蹿上树的阿旺也被树干弹落下来重重地摔在地上，可他飞快地爬起来，奔向离自己最近的那棵大树，然后拼命地往上爬。爬了几下后，阿旺感觉身后没有一点动静，回过头，看到野牦牛前腿一屈，一头栽倒在树下。

第四章 阿旺的智慧

10

后来，这头野牦牛的皮，就铺在阿旺的榻上，牛头骨至今还挂在墙上。梅朵还用野牦牛皮的边角为阿旺缝制成一件坎肩，而今依然穿在身上。

这些往事一直萦绕在阿旺老爹的脑海里，可他这时候已无从回顾，眼前的危局可谓千钧一发。

在这高原上的深山老林里，能让公豹有所顾忌的，除了山鬼，恐怕就数野牦牛群了。就在公豹要发起攻击的危急关头，突然警觉起来，显然，它感觉到了危险。

一定是野牦牛群出现了。阿旺猜得没错。高原上，动物种群众多，野牦牛是当中最强势的群体。虽然，它们只是草食动物，但攻击力是最强悍的，尤其是几十上百头成群出现时，它们总是昂着头，一副目空一切的样子，再凶猛的野兽都不敢招惹，就连狼群也躲得远远的。

公豹低沉地吼一声，便转过身去，母豹虽心有不甘，但也只能紧紧跟上公豹，消失在林子里。随着公豹母豹的离去，其他已经对峙整整一个晚上的猛兽也只能知难而退，去寻找新的捕食目标。

猛兽的散去终于令阿旺老爹松了口气，但依然无法轻松起来。要知道，在如此庞大连猛兽都不敢招惹的野牦牛群中，活捕一头正值哺乳期的母野牦牛，是一件不敢想象的事，更何况还要弄回村落里去。其实，老爹没往深处想，想也是白想，倒不如走一步看一步。

要知道，以往，男人们在捕猎野兽时，都尽量避免与野牦牛发生冲突，即使是遇上年老体衰的离群野牦牛，也不敢近前围捕。别说是人类，在这高原上，恐怕就连山鬼，也不会轻易去惹野牦牛群。

很多年前，阿旺曾躲在树上的窝棚里，亲眼见到一头被黑熊激怒的野牦牛，高竖着尾巴，头却压得很低，冲撞过去，将黑熊顶飞十几步远。黑熊虽然没有被野牦牛撞死，但趴在那里起不来，估计是骨头都断裂了。野牦牛离去后，阿旺本想趁机猎杀黑熊。黑熊的肉并不好，但黑熊的皮很光滑很暖和，尤其是眼前这张，应该非常完整。

然而，随着野牦牛的离去，猛兽开始朝这里集结，狼群是最先赶到的，它们似乎早就守望在某个隐秘的地方观望着伺机而动，看到黑熊受伤后，争先恐后扑过来撕咬起来，全然不顾黑熊痛苦的呻吟和无助的嚎叫。周围，虎和豹正朝这里赶来。阿旺就躺在窝棚里，眼睁睁看着狼虫虎豹相互争抢着撕咬着，把黑熊分食一尽，直到只剩下一副白森森的骨架，和零落一地的皮毛。也用不了多久，骨架和皮毛都会被秃鹫争食干净。

回想起自己经历的那次就更加刻骨铭心，这么多年来，阿旺老爹一直清晰记得垂死的野牦牛那最后的一击，以及那飞溅的树皮划过耳边的呼啸声。如果那次自己真要躲避不及，即使侥幸留下性命，只怕也是废人一个，最终也会在狼虫虎豹的争食下成为一堆白骨，然后被秃鹫吃得半点不剩。

想到嗷嗷待哺的多吉，阿旺老爹不敢也不能冒这么大的险。看着这上百头的野牦牛群，老爹心里直打鼓，一旦激怒它们，不是被踏成肉泥，就是被扎出无数个窟窿。生存在大山里的人都明白，无论是村落还是部落，想要生存繁衍，凭借的是青壮年的勇猛，中老年的智慧。而如今的阿旺老爹，正是那个充满智慧的老人。

当前正值草木旺盛的季节，也正是野牦牛的繁殖和哺乳季节。在这个季节里，即便是夜晚出来觅食，公野牦牛都是在外围环成一圈，悉心护卫着母野牦牛，而母野牦牛更是悉心护卫着自己的孩子。

在这群野牦牛的中间，有十来头小牛犊，它们紧倚在阿妈的身边，可以说是寸步不离，有的小牛犊还趁着阿妈抬头观望的时机，钻到胯下吮吸着奶头。

阿旺老爹首先要做的，就是接近它们，然后再设法将它们母子驱散。准确地说，应该是隔离，这样或许不至于惊动母野牦牛。老爹知道，要想活捕体型如此庞大，而且容易被激怒的哺乳期母野牦牛，是一点可能性也没有，只有控制了小牛犊，才有机会诱惑它的阿妈。

在万般无奈之下，阿旺老爹想出了一个大胆的法子，干脆趴在地上，匍匐前行。在接近野牦牛群时，老爹犹豫了一下，这万一要是被野牦牛踏几脚，自己肯定会致残的，但想到嗷嗷待哺的多吉，还是咬着牙继续前行。

出来喝水的野牦牛根本不看地面，它们抬着头，朝着水源大步前行。阿旺老爹时而打滚躲避，时而爬行，终于有惊无险地接近了小牛犊，可周身也被山坡上的石头棱角和荆棘挂得血肉模糊。

野牦牛即使是在喝水时也是有条不紊的，前面的公野牦牛喝完水后，就自觉地往后走，继续形成一个护卫圈。轮到母野牦牛喝水时，公野牦牛已在母野牦牛和小牛犊的外围形成一个半圆形的护卫圈。

小牛犊似乎对阿旺的奇怪举措产生了兴趣，它们站在阿妈的胯下，低下头，侧着脸，看着阿旺。有一头看上去刚出生才几天的小牛犊，它的好奇心似乎要比其他小牛犊大得多。这头小牛犊嘴里叼着奶头，却没有吮吸，出神地望着阿旺。

这时，小牛犊的阿妈向前走出一步，奶头便从小牛犊的嘴里拔了出来。

小牛犊看了一眼晃动的奶头，没有追上去，扭头看了一眼阿旺。看样子，它的确是吃饱了。这会儿，奶头对它的诱惑明显比不过阿旺。

就是它。阿旺老爹感觉出来，而且，这头小牛犊的阿妈看上去比别的野牦牛更强壮。老爹仿佛看到，它胯下那两个被长长的毛发掩藏着的奶子，鼓鼓胀胀的正晃摆不停，还不时有白花花的奶水渗出来。

小牛犊回头看着阿妈，它已经走到前面喝水去了。小牛犊再次扭转头来看阿旺的时候，身子也跟着转了过来。它穿过野牦牛群，径直走到阿旺面前，低下头凑近阿旺的头，闻了闻，便伸出舌头舔了一下阿旺乱蓬蓬的头发。

阿旺老爹不失时机地伸出手，搔了搔小牛犊的下颚，然后沿着下颚一直搔到小牛犊的前腿根部。小牛犊也向前迈出一步，从阿旺的头上一直往下闻，还不时舔一下。

这时，母野牦牛发现孩子没有跟在自己身后，便抬起头嗷嗷叫唤两声。小牛犊听到阿妈的叫唤后，抬起头来，看了阿旺一眼，恋恋不舍地走了。阿旺老爹赶紧跟上去，跟在小牛犊的身后，一边爬一边伸出手来搔着小牛犊的后腿根。

小牛犊停下脚步，回头看着阿旺。母野牦牛又叫唤两声，可小牛犊只是回头看了阿妈一眼，又将目光挪到阿旺身上。它转过身来，舔了舔阿旺的手臂，阿旺搔了几下便停下来，朝着山下的方向打了个滚。小牛犊迟疑片刻，便跟上去。阿旺继续搔着它的前腿根，小牛犊向前走两步就停下来，阿旺明白它的用意，就搔它的后腿根，直搔得小牛犊不住地拉动着后腿，看样子是舒服极了。

母野牦牛发现自己的叫唤越来越不起作用，只好跟过来。阿旺老爹不得不谨慎起来，害怕激怒母野牦牛。母野牦牛回头看了一眼正在喝水的同伴，再扭过头来，看着小牛犊，然后拉长声音嗷地叫唤一声。小牛犊看着阿旺，又回头看着自己的阿妈，正迟疑不决，阿旺赶紧搔小牛犊的后腿根，然后一直搔到肚皮。小牛犊低下头，舔了舔阿旺血肉模糊的小腿。阿旺老爹连着打了两个滚，小牛犊依然跟上来，舔着阿旺的手臂。

这时，母野牦牛似乎发怒了，低沉地叫唤两声。小牛犊有点迟疑，但没有回头。母野牦牛迈步走过来，一直走到小牛犊身边，然后低下头，嗅了嗅阿旺老爹的头。

阿旺老爹的头发里散发着泥土及青草的气息，而且，身上还隐隐约约散发着闻起来十分亲切的气味。母野牦牛的情绪似乎有点缓和，它舔了舔老爹的头发。老爹搔了搔母野牦牛的脖子，慢慢坐起来，顺着脖子一直搔到前腿根。母野牦牛轻声地叫唤一声，很温顺的样子。

11

阿旺老爹最担心的事终于还是发生了。

母野牦牛的叫唤声引起连锁反应，正在喝水的野牦牛，纷纷抬起头来，朝这边张望。其中一头公野牦牛望着母野牦牛，叫唤一声，母野牦牛回应一声。阿旺看到那头公野牦牛朝这边走过来，显然，它就是小牛犊的阿爸。阿旺看着母野牦牛没有离去的样子，又打两个滚，将小牛犊吸引过来，母野牦牛也跟上来。

阿旺反复吸引着挑逗着小牛犊，母野牦牛不紧不慢地跟随着小牛犊，阿旺还不失时机地搔搔母野牦牛的前腿根。从母野牦牛顺从的样子来看，它对自己有了好感。公野牦牛跟在母野牦牛后面走了二三十步后，回头看了看，野牦牛已经喝完水，正准备返回林子里去。公野牦牛又看了看母野牦牛，这时，母野牦牛似乎已经无暇顾及公野牦牛，它的心思完全放在小牛犊身上。

公野牦牛有点迟疑，它嗷嗷嗷叫唤起来，可母野牦牛只是抬头看它一眼，便回过头看着小牛犊。公野牦牛似乎非常失望，很快就转过身去，朝着野牦牛群走去。显然，这头公野牦牛还是不愿意离开自己的族群。也许，公野牦牛知道，离开族群是很难生存下去的，迟早会成为猛兽们的美餐。何况，凭着它的健壮，还能找到新的配偶。

看着野牦牛群消失在深山老林里，阿旺老爹终于松口气。野牦牛的活动区域和栖息地通常是在大山深处雪线附近的草场，只有在每天清晨才会穿越林子来到这水源地喝水，这一走，就再不会回头。即便如此，要将这对已经离群的野牦牛母子弄回村落，也不是一件容易的事。

值得庆幸的是，这对野牦牛母子似乎已经对阿旺产生好感，至少，并不排斥他。目前唯一奏效的，就是不断挑逗和引诱，这既简单又复杂的不是办法的办法，至少已经将野牦牛母子成功引诱离群。可要从山上爬滚着回到村落，还是有些不现实，阿旺老爹甚至不知道自己这把老骨头，还能打多少个滚就会散架。

就在这时，母野牦牛突然停下来不走了，还有些警觉，抬起头来开始四处张望。阿旺老爹不知道它感觉到了什么异常，只好趴在那儿不敢动弹，但手不能闲着，一手搔着小牛犊，一手搔着母野牦牛。搔着搔着，阿旺老爹也隐隐约约听到喊叫声，似乎是村落里的男人在寻找自己。

是的，昨天傍晚，阿旺老爹独自进山后没过多久，村落里的男人就回来了，巫师尼亚将阿旺老爹独自进山捕捉野牦牛的事告诉大伙儿，大伙儿都不敢相信。

"我们得进山去找回老爹。"扎西说。

扎西十分清楚，如果阿旺老爹出了意外，卓玛一定会很伤心的。卓玛的阿妈旺毛活着的时候，时常念叨着自己的阿哥。她常对卓玛说，阿爸阿妈化身为鱼后，是阿哥把自己养大的。很多时候，阿哥就像自己的阿爸。后来，卓玛也把阿旺当作自己的阿爸。

"我一直在祈求天神的保佑，祈求山神的怜悯，也祈求山鬼的谅解，祈祷阿旺能活着回来。"巫师尼亚说。

这时候，天已经完全黑下来了。

黑夜的深山老林总是令人毛骨悚然。传说中，还有比山鬼更令人恐惧的恶魔，千百年来，没有人敢在黑夜进入深山老林，即便是召集了整个村落的健壮男人。

"我们一起来祈求天神吧！"扎西说。

扎西也知道，村落的男人已经累了一天，而且，在这伸手不见拳的夜里进山，如果有人走散，那也必定寻不回来。

直到第二天，东方刚露出鱼肚白，村落里的男人就全部集合起来，商量着进山寻找阿旺老爹。他们断定，只要老爹不遇上山鬼，就算是遇上别的野兽，总是会留下点什么。即便这样，那也得寻回来，就像许多年前寻回达娃那样，哪怕是那根随身携带的投枪。

许多年前，阿旺的儿子达娃正值年轻气盛。在一次围猎中，达娃仗着自己奔跑速度和那一身似乎永远也使不完的力气，奋力追捕一只长角羚羊。追着追着，就把其他人落下了。

在这大山之中，长角羚羊的奔跑速度是最快的。达娃想，只有为自己心爱的女人送上一对羚羊的角和柔软厚实的皮，才能体现自己的速度与勇敢。就如同当年自己的阿爸送给阿妈家一只獠牙虎一样。

达娃越追越起劲，越追越远，一直追进深山老林。直到天色开始暗下来时，一起出来捕猎的男人们在清点猎物和人数时，阿旺这才发现自己的儿子不见了。阿旺让一部分男人将猎物送回村落，自己带领另一部分男人在林子的边缘寻找儿子。

阿旺相信自己的儿子达娃，他只是走散而已，就像自己当年有意而为的那样。而且，天黑后他肯定能找出一个安全的地方躲藏起来的。阿旺也不想让大伙儿进入深山老林，那种恐惧还有危机是无法避免的，虽然自己每次都活下来了，但细想起来，每次都是侥幸。

男人们举着火把，手牵着手，在林子的边缘地带寻找一个晚上，也没有发现达娃的踪迹。直到第二天天亮后，大伙儿才进入深山老林，找遍达娃可能出现的地点，依然没有找到。最后，阿旺让大伙儿在交界地带附近寻找，而自己则进入部落之间的交界区域寻找，这样，即使引起其他部落的误解，也还有解释的余地。

在这一带的深山里，分别居住着好几个村落和部落，他们世世代代以狩猎为生。为了生存，村落与村落或者部落与部落之间的冲突是在所难免的，阿旺的阿弟才旺就是在一次冲突中死掉的。

那次，阿旺和阿弟才旺领着村落里的男人进山狩猎，可收获不大。中午时候，深山老林的边缘出现鹿群，大伙儿开始兴奋起来。在这大山，各种各样的野羊时常能遇上，可鹿群却很难遇见。也许是因为善于奔跑的缘故，鹿群通常是几百甚至上千只群居生活，活动区域也通常是高山深谷里。

对于栖居在这高寒地区的人们来说，鹿是最好的猎物。可当大伙儿靠近鹿群时，鹿群似乎早就有所察觉，便像一阵风似的往深山老林里飘荡，然后飘落在另一道山谷里。距离拉开后，鹿群又停下来吃草。大伙儿难得遇见鹿群，都不忍就此罢休，就一路追过去。

这追着追着，阿旺发现鹿群不像别的动物那样惧怕人类，它们明明远远地看大伙儿在靠近，却只是抬头看看，然后继续埋头吃草，直到人类超过它们认定的安全距离后，才开始迅速转移。

阿旺怎么也没有想到，这一次，大伙儿在鹿群的引诱下，一直追到一处从未到过的地方，那里真正称得上是山大沟深。山沟里的河流滋养着整个山冲，就连山坡也是遍地青草，只有半山坡以上才是茂密的森林。山顶即便是这草木疯长的夏天，也是冰雪覆盖着，在太阳的照射下分外耀眼。

即便是在这青草异常丰茂的山谷，只要人类跨过安全距离，鹿群就开始飘荡。可这回，它们一直飘过山坡，消失在茂密的森林里。大伙儿已经追过几座山，这回就更不甘心了，刚追到森林的边缘，突然发现前面的鹿群开始惊慌不已，纷纷朝东西两面逃窜。

紧接着，有投枪飞射出来，弹跳不止的鹿突然跌倒在地上，痛苦地抽搐着。这时，跟在最前面的才旺突然被钉住似的，一动也不动，但很快就扑倒在山坡上，一根投枪穿透了他的后背。仰面朝天倒在地上的才旺眼睛瞪得圆圆的，嘴巴也张得老大，在大口大口地喘气，突然喘出来大口的血。

阿旺和大伙儿都惊呆了，不敢往前半步。对方的人数至少多于自己三倍，而且，对方没有表示出半点的善意。他们走过来，扛起倒在山坡上的鹿，其中一个人走到才旺跟前，甚至都没有用正眼看一眼地上的才旺，一把抽出穿透才旺胸膛的那根投枪转身走了，很快消失在林子里。

12

阿弟才旺是全家从大海边向南迁居到山里后失去的第一个亲人。阿旺原本以为，迁居到山里后，再也不用在大海的封冻期冒险出海，更不需要用亲人的生命换取家人的生存。可阿弟在转瞬间失去生命，而且就在自己眼前，阿旺除了悲痛就是深深地自责，他觉得愧对阿爸阿妈，他们把阿弟交给自己，可自己却没能照看好阿弟。

大伙儿把才旺抬回到村落后，阿旺和阿妹旺毛用树枝扎了个小木筏，用木筏抬着阿弟去了大海边一处河流的入海口，那是他们小时候时常来玩耍的地方。阿旺永远无法忘记那满河床的鱼儿和遮天蔽日的鸟群，还有那无处躲避的鸟粪。阿旺和阿妹把才旺放在河边，看着阿妹流着泪擦拭着阿弟身上残留的血迹，阿旺的眼泪再次流了下来，模糊了双眼。他仿佛看到自己的童年，带着阿弟和阿妹在河边看争先恐后洄游的鱼儿。

也不知过了多久，直到阿妹旺毛把阿弟才旺擦拭干净后抽泣着坐在自己身边，阿旺才回过神来。兄妹俩擦干眼泪，把木筏抬放在水面上，水中的鱼儿仿佛认识他们，纷纷游了过来亲吻着他们的脚趾头，然后聚集在木筏下面。看着随着水流漂入大海的阿弟，阿旺这才有了几许安慰。阿旺相信，有了阿爸阿妈的照顾，阿弟再也不会遇到危险，即便是遇上，阿爸也会帮他化险为夷的。

阿旺一直保留着阿弟的投枪，这是他对阿弟最后的记忆，是刻在心里的记忆。而这次，阿旺在寻找儿子达娃时，竟然也是只找到他的投枪。达娃的投枪扎在树干上，显然是投射什么野兽，却没有射中，可现场却看不出搏斗的痕迹，也没有零乱的脚印。阿旺想，儿子一定是被山鬼或者恶魔吃了，只有山鬼或者恶魔在捕食猎物的时候，不会发生任何搏斗，也不会留下任何痕迹。

山鬼和恶魔的传说由来已久，但没有人见过山鬼和恶魔究竟长什么样，因为见过山鬼和恶魔的人，没有一个能活下来的。传说中，山鬼和恶魔比黑夜还黑，似乎只要是在黑夜里，它就能无处不在，无所不能。自从儿子最后只剩下那根气味犹存的投枪后，阿旺深信山鬼和恶魔的存在，也宁愿儿子是被山鬼或恶魔吃掉的。

儿子死后，梅朵就成天恍恍惚惚。达娃是她和阿旺唯一的儿子，在达娃的前面，梅朵还生养过三个孩子，但都夭折了。没想到，达娃刚刚长大成人，就遭此大难。梅朵彻底崩溃，成天神情恍惚。有一天，当村落里的男人们都进山狩猎去的时候，她就一个人独自进山，却再也没有回来。后来，在一处山崖上，阿旺找到她的一片衣角。阿旺还顺着藤条下到山崖下面，可什么也没有找到，甚至连血迹都没有。

这回，村落里的男人沿着阿旺老爹的足迹一直找到深山老林中，当人们看到坍塌下来散落一地的窝棚时，都以为老爹被野兽叼走了。可仔细察看后，地上没有打斗的痕迹也没有洒下血迹。

"老爹肯定还活着。"扎西断定，老爹是不会轻易落入野兽嘴里的。

在大伙儿心中，像阿旺这样独自一个人就能猎杀獠牙虎和野牦牛的人，是智勇双全的人，是会得到天神护佑的。如今，阿旺虽然老了，不再有当年那般勇武，但他的机智与勇敢更是无人匹敌。

"快看。"有人指着树干惊叫一声。

树干上的松脂被取走一块，树干也被熏黑了一大片。这肯定是阿旺老爹留下的。果然，前方还有星星点点散落着的尚未燃烧干净的松脂。显然，老爹从树上摔下来后，还用火把驱赶过攻击他的野兽。如果在这里没有把野兽驱赶走，那就是被野兽吃掉了，现场至少还会留下搏斗的痕迹。

扎西更加深信老爹没有死，便领着村落里的男人继续寻找阿旺老爹留下的痕迹，他们甚至趴在地上，用眼睛贴着地面寻找。当大伙儿看到阿旺老爹的身影时，都惊呆了，很快就回过神来雀跃欢呼起来。

人类的出现特别是他们异常的举动，小牛犊有点畏惧心理，但它的好奇心似乎胜过恐惧心，往后退几步便停下来。母野牦牛显得异常不安起来，这是它第一次离开族群，它应该明白每一头离开族群的野牦牛的最后结局。而这次，完全是因为出于母性的本能，才对小牛犊寸步不离。

在母野牦牛一声声短促而低沉的嗷嗷叫唤声中，小牛犊迟疑片刻后，又往后退几步。母野牦牛的前脚不安地抬起然后踏下，如此反复不停，还嗷嗷嗷不停地叫唤着，直到小牛犊退回到自己的胯下。

这时，母野牦牛的身子猛然往下一沉，尾巴也高高竖起来，低着头。阿旺老爹知道，母野牦牛已经做好攻击的准备。它真正担心的，其实是它的孩子。为了自己的孩子，野牦牛尤其是母野牦牛，别看它的体格不如公野牦牛，却是最具有攻击性的。

母野牦牛的举动似乎加剧小牛犊的恐惧，它躲在阿妈的胯下，眼睛死盯着前面突然冒出来的人群。阿旺老爹赶紧朝着大伙儿使劲地摆手，示意他们平息下来，更不要靠近。男人们赶紧往后退，分别向两边散开。

阿旺老爹不得不故技重演，可这时候根本不敢靠近母野牦牛，只好趴在地上，做出各种奇怪的动作来吸引小牛犊的注意力。

小牛犊对阿旺老爹早已没有任何防备，可它似乎有点饿，仰起头，拱了拱母野牦牛胯下吊着的奶头，然后叼住奶头吮吸起来。这时候，母野牦牛就不得不放松开来，它的头晃动两下，尾巴也慢慢垂落下去，腿也慢慢站直，扭头看着小牛犊，打了一个响鼻。看起来，母野牦牛是彻底放松开来了。

小牛犊吃饱后，就不再留恋阿妈，它从阿妈的胯下钻出来后，直接走向阿旺老爹，然后舔他的脸。

阿旺老爹闻着小牛犊嘴里呼出来的奶味，有一丝淡淡的香，多吉一定会喜欢这种奶香味的。老爹搔着小牛犊的下巴，小牛犊抬起头，尽情地享受着。

母野牦牛也走过来，在阿旺老爹的头上闻了一下，然后舔两下小牛犊的耳朵。老爹赶紧从地上爬起来，他不想功亏一篑，躬起腰，手臂搭在小牛犊的肩胛上，轻轻地将它合抱着，手指头不停地搔着它的前腿根，手臂和整个身子都在暗暗用力，推着小牛犊不由自主地向前迈步。

大伙儿听从阿旺老爹的示意，尽量分散开来跟在后面。大伙儿似乎从来没有这样轻松过，不用围猎，更不用抬猎物，走起路来风一样快，走远了，就停下来，等等阿旺老爹。

这时，阿旺老爹已经是筋疲力尽，他不知在哪儿捡到一根树枝当作拐杖，可走起路来还是一拐一瘸的。老爹紧跟着小牛犊，右手拄着拐杖，左手拿着一块树皮，不时侍弄着小牛犊的后腿根。母野牦牛则紧随其后。这一路上，小牛犊还吃了几次奶。

大伙儿赶在黑夜到来之前回到村落。村落里的女人都迎出来，她们带着各自的小孩，卓玛一手抱着罗布，一手抱着多吉，都站在村口迎候着。

巫师尼亚还在祝祷，在他的周围，燃烧着整整八十个火把，围成一个圆圈，圆圈的正中，还燃烧着一个巨大的火把。巫师尼亚围绕着巨大的火把，不停地转，不停地跪拜，不停地祝祷，祝祷阿旺能跟男人们一起回到村落。

当天晚上，阿旺老爹用扎西套野马的长藤，一头套在小牛犊的脖子上，一头拴在地穴的梁上。老爹完全了解母野牦牛，只要拴住小牛犊，就是拴住母野牦牛。

第五章 多吉的成长

13

多吉的出现不仅让阿旺老爹冒了一次天大的险，也让村落里所有哺乳期的女人的奶子干瘪起来，而且再也鼓胀不起来。这着实令奶子干瘪的女人们，还有她们家里的男人，都感到惶恐不安，尤其是男人们，一个个都像绷紧的弦，只需轻轻一弹，就能嗡嗡嗡持续鸣响半天。

多吉给村落带来的变故还不止这些。更为奇怪的是，奶子被多吉吸干的女人，她们的肚子再也没有鼓起来过。

天还没亮，这些个男人们就醒过来了，然后睁大眼睛盯着窗口守着天明。自从阿旺建造出与众不同的地穴后，往后村落里新建的地穴都模仿这种构造，既能看到外面的光亮，外面的声音也听得更为真切。人们只要是听到村落里有大一点的响动，就以为是有人开始准备进山捕猎哺乳期的野羊，立马一骨碌爬起来冲出地穴。

是的，在接下来的几天里，村落里的男人们不得不穷其智慧或者诡计，围捕更多的哺乳期野羊回来，用它们的奶水哺育自己的后代。只有多吉同小牛犊一起，吮吸着母牦牛的奶。刚开始时，母牦牛似乎并不习惯多吉挤在自己的胯下吸奶，即便是阿旺老爹站在旁边不停地搔它的后腿根。

母牦牛嗷嗷地叫唤几声，阿旺老爹听出来了，它有些不乐意，只得把多吉抱走，然后抱来一个罐子，蹲在母牦牛胯下，伸出双手，轻轻地抚摸着那鼓鼓胀胀的奶子根部，还不时挠几下，很快便让母牦牛安静下来。

阿旺老爹挠着挠着，双手猛地往下滑动，握住奶子，稍稍用力，奶水扑哧一声射进了罐子，溅到老爹嘴边。只有很小的一点，老爹还是伸出舌头，将嘴边的奶水刮进嘴里，有一点甜，还有一点点淡淡的香。老爹的舌头在嘴里打着滚，将奶味搅得满嘴都是，然后才和着口水咽进肚子里。

母牦牛的奶水异常充足，没一会儿就挤出满满的一罐奶。卓玛和村落的女人一手抱着孩子，一手抱着罐子，在阿旺老爹的地穴里等候。老爹怕她们等急了，端着满满的一罐奶快步向地穴走去，不小心溅出几滴，滴在手心里，老爹赶紧把罐子抱在怀里，将滴有奶水的手腾出来，然后伸出舌头飞快地舔得一干二净。

"这么好吃的奶，多吉一定会喜欢的。"阿旺老爹将奶水分给等候的女人们后，一手抱着多吉一手抱着罐子，给多吉喂奶。

多吉实在是太饿了，可由于罐子的边缘太厚，根本衔不住，多吉就将嘴巴伸进罐子里，第一口就把他给呛着了。老爹不知道该怎样喂他，没想到多吉伸出手来，双手扶着罐子，自己喝了起来。看着多吉喝奶的样子，老爹的喉结也不由自主地上蹿下跳，看上去还使着劲儿。

阿旺老爹准备在地穴前扎一个围栏用来圈住野牦牛，村落里的男人每天狩猎回来，都会带回些木头。大伙儿认为野牦牛的围栏扎起来是一件很费工夫的事，不能像羊的围栏那样简单。首先，木头得粗大，至少得大腿那么粗，扎的时候还得扎结实，埋入土里那截至少要齐着膝盖的部位，露出来的部分得差不多半人高。扎出一圈木头后，再用手臂粗的树枝纵横交错固定住，而后才用指头粗的长藤绑缚扎紧。

阿旺老爹认为，再结实的围栏也圈不住这么健壮而又野性十足的野牦牛，只要能圈住小牛犊，这就足够了。大伙儿觉得老爹说的有道理，更何况大腿粗的树，一个人一天也砍不了几棵。

几天下来，阿旺老爹觉着材料准备得差不多了，就叫上扎西帮忙，半天就扎出齐胸高的围栏。晚上，老爹透过墙上的圆孔就能看到围栏里沐浴着月光的母牦牛和小牛犊，感觉就像一家人。于是，老爹还给它们起了个名字，母牦牛叫德吉，小牛犊叫德勒。

在德吉那似乎永远都那么鼓鼓胀胀的奶头的喂养下，两个月后，多吉开始学会爬行。这小家伙刚开始只是在地穴的平台上爬行，几天后就不再满足于这个小平台。有一次趁阿旺老爹不注意，小家伙竟然爬到平台的边缘，双手使劲按着平台，然后试探性地伸出一条腿，可怎么也够不着地面。小家伙扭过头来看了看，将脚掌搭在边缘上，这才将另一条腿挪了下来，使劲往下探，可还是碰不着地。小家伙索性两手一松滑落下去，一屁股坐在地上，然后翻身趴在地上，一溜烟似的往外爬去。

多吉径直爬向围栏。围栏里，渐渐长大的德勒似乎对外面的一切都很感兴趣，总是绕着围栏转悠张望，而德吉总是躺在草堆上睡觉，它似乎已经忘记了自己的族群，因为德勒占据了它的全部心思。草都是阿旺老爹打回来的，除满足德吉每天的草量外，他还得多打回来一份，为德吉准备过冬的草料。

多吉对德吉和德勒并不陌生，但他似乎最喜欢德勒，爬到围栏跟前，双手扶着围栏颤悠悠站起来。德勒看到这个比自己个头还要小的家伙，也觉得亲切，立即跑过来，闻了闻多吉的小脚丫，然后依次往上，闻到多吉的脸上时，大概是闻出了多吉身上的奶味，感觉更加亲切，还抬起头舔了一下多吉的头发。多吉本来就是扶着围栏才能勉强站立，被德勒的舌头一舔一推跌坐在地上。

德吉看着跌坐在地上的多吉，迟疑片刻后，翻身起来走到多吉跟前，闻了闻多吉，又闻了闻德勒，然后在它的头上舔了一下，再舔了一下多吉的脸。也许，正是多吉身上散发出来的奶味，让德吉以为多吉也是自己的孩子。

多吉似乎得到鼓舞，一翻身就爬起来，然后，小屁股左边一扭右边一扭的，飞快地爬到围栏里。德勒紧跟在后面，不时追着舔着多吉的小屁股。多吉感到屁股痒痒的，就爬得更快了，一直爬到墙根的草堆里才停下来。

德吉也跟在后面，不时打着响鼻，似乎是在提醒着德勒别踩着多吉。走到跟前时，德吉就倚着墙慢慢弯下后腿，直到确定身下空空的才坐下去，然后屈起前腿，趴在草堆上，再往旁边一侧，躲在草堆里等着孩子们过来。

德勒刚吃过奶，根本就不理会德吉的暗示，一个劲地舔着多吉，从头上到脚，只要是裸露在外的，它都要舔过来舔过去。可多吉饿了，他似乎看懂德吉的暗示，手脚并用飞快地爬过去，然后跪在德吉的胯前。

德吉的下身垂着长长的毛发，完全遮掩着奶子，什么也看不见。可多吉似乎闻到那股熟悉的味道，趴在德吉身边不停地翻弄着毛发找寻着，整个身子还不停地往前移往里钻。终于，多吉发现了掩藏在长长的毛发下鼓鼓胀胀奶水欲滴的奶子。

找到奶子后，多吉翻了个身，仰面朝天躺在地上，双手不停地翻弄着毛发，双脚不停地用力蹬，直到把头挤到德吉的胯下，然后脸微微一侧就咬住德吉的奶头。这时，多吉开始放松自己，身子一扭一扭直到感觉舒坦了，那长长的毛发也完全将自己盖住才安静下来。很快，就响起呱叽呱叽的吮吸声。德吉听到多吉响亮的吮吸声，缓缓地缩拢后腿，将多吉护在自己的胯下。

多吉感觉暖暖的，吃饱后就睡着了。

14

阿旺老爹睁开眼睛发现多吉不在地穴，慌忙跑出来寻找。老爹跑到围栏跟前，看到德吉躺在围栏闭着眼睛，德勒躺在一旁，唯独没有看到多吉，那颗苍老的心，顿时像被一只有力的手紧紧握住，然后猛地往下一拽。老爹感觉自己无法吸气，却不知从哪来的气力，一阵风似的冲上脊坡。

环顾四周却没有看到多吉的影子，找不见多吉，阿旺老爹急得快疯了，从脊坡上冲下来，直奔卓玛家的地穴。

"你看到多吉了吗？" 阿旺老爹急切地问道，他甚至想到，莫非，多吉是无缘无故地来，还是无缘无故地消失，"一转眼就不见了。"

卓玛正用野兽骨头制成的锥子编织羊毛毯，见到心急如焚的老爹，立刻扔下手中的锥子，转身抱上罗布就跑出地穴。村落的女人闻讯后也抱着孩子跑出地穴，在村落里四处寻找，可找遍所有的角落都没有找着多吉。

"这么小的孩子能跑去哪里呢？"卓玛觉着多吉不可能走太远，更何况他还不会走路，只会爬。可转念一想，这小家伙已经给整个村落带来这么多的变故，再弄出什么意外也是情理之中的事。

"可他能去哪里呢？"卓玛围着老爹的地穴寻找，可地穴的里里外外根本没法藏东西，更何况是像多吉这样极不安分的孩子。

阿旺老爹觉得多吉已经跑远了，以往每次进山打草料都带着多吉，说不定这小家伙爬进山去了。老爹看到女人们在村落的各个角落寻找着，就叫上卓玛跟自己进山去寻找，还一边找寻一边呼喊着，可走了好远也不见多吉的踪影。老爹有些绝望，可仍然不甘心，再次扩大寻找的范围，直到寻找的范围远远超出多吉的行动范围时，老爹彻底绝望了，跌坐在地上痛哭流涕。

"天神啊！你把多吉赐给了我！多吉就是我的孩子，你不能带走我的孩子啊！"阿旺老爹跪伏在地上，大喊大叫起来。

听了老爹的喊叫，卓玛也想到，既然多吉是天神赐给大地的孩子，说不定真是天神把多吉领走了。

卓玛搀扶着老爹回到村落，女人们已经翻遍整个村落，还是没有找到多吉，都在那儿长吁短叹地抽泣着，仿佛失去的是她们的孩子。老爹看到围栏里的德吉和德勒，回想到自己曾经在黑夜里独自进山，经历了九死一生才引诱回德吉的一幕幕，再次痛哭起来,他仰面朝天地跪在地上大声喊道，"天神啊！求求你把多吉还给我吧，把我的孩子还给我！"

"多吉，多吉在那儿！"卓玛突然大声喊叫起来。

顺着卓玛手指的方向，阿旺老爹看到德吉胯下露出的小脚丫。

原来，多吉趴在德吉的胯下，被长长的毛发遮掩着，刚才阿旺老爹的大声呼喊惊吓到德吉，把多吉拢得更紧了。多吉感觉有些不舒服，使劲扭动着挣扎着，就把小脚丫露了出来。惊醒过来的多吉感觉有点饿，就继续抱着奶子吃起来。

看到多吉的小脚丫，阿旺老爹激动万分，跪在地上的双腿也像突然有了弹力，通的一下就站直了。可老爹刚要迈开腿又止住，在长长地呼出一口气后，远远地站在那儿看着不敢近前。虽然看不到多吉的身子，但他估摸着这小家伙肯定是双手捧着奶子，使劲地揉搓着呢。老爹想，既然德吉已经认可多吉，那就不会有危险。当然，潜在的危险还是有的，那就是来自德勒。

或许是多吉响亮的吮吸声吸引着德勒，又或是人群的躁动惊扰到它，德勒突然翻身站起来，往前走几步，走到围栏跟前。女人们已经散去，各自回到自家的地穴。德勒张望了一会儿，觉得没趣，便转过身来，朝着德吉走去。

走到德吉身旁，德勒突然前腿一屈，跪倒在德吉的胯下。德勒的举措吓得阿旺老爹跌坐在地上，可发现多吉没什么反应，老爹悬着的心这才落了下去。原来，就在多吉钻进去吮吸奶水的时候，德吉就屈起后腿，将多吉保护起来，德勒正好跪在德吉的后腿上。

阿旺老爹还是很担心，担心德勒与多吉为争抢奶头发生冲突，却不敢靠近，只得远远地看着。德勒跪倒在德吉胯下后，就侧着脸，用嘴巴撩开长长的毛发。阿旺这才看清楚，多吉可能是刚刚睡醒，应该是被吵醒，正仰面躺在德吉的胯下，闭着眼睛咬着下侧的奶头，双手还抱着奶子，不停地揉搓着，嘴角还不时溢出白花花的奶水。

德勒试图争抢多吉嘴里的奶头，可被多吉抱得紧紧的，而且越抱越紧。德勒在奶头上蹭两下，然后无奈地叼住上侧的奶头吮吸起来。

德勒的到来并没有影响到多吉，他的吮吸声依然那么响亮，双手还缓缓地有节奏地揉搓着德吉的奶子，看上去德吉完全陶醉在母性的快意与幸福之中，一动不动，连尾巴也静止下来，即便是有牛蝇叮在她身上，也只是抖动一下肌肉，或是轻轻地摇动尾巴，还不时打着响鼻。

也许是德勒吮吸的奶头奶水不够多，吮吸几口后吐出奶头，迟疑片刻后挤着过去抢多吉的奶头，却没能把多吉挤开。多吉使劲抱着奶子，没有半点退让的意思。德勒急了，用嘴在多吉胸前拱一下，可多吉躺在那就像是生了根似的。德勒不得不退后一步，然后咬住多吉的小脚丫，一甩头，这才将多吉拖到一边去。德吉发觉后，扭头看了一眼，还嗷地叫唤一声，似乎有些生气。她转过身来，舔了舔多吉的屁股。受到鼓舞的多吉翻身爬起来，使劲往里面钻。德勒不甘心，还想挤过去，却被德吉甩着尾巴赶到一边去了。

德勒退后两步，但似乎仍有些不甘心，犹豫片刻后，还想往胯下挤，德吉抬起后腿，往后弹了两下，虽然没有踢到德勒，但它再不敢往前靠。德吉斜着眼睛看了德勒一眼便不再理会，德勒只得悻悻地走到一边躺下。

多吉终于吃饱了，他松开奶头，从德吉的胯下钻出来，然后扶着德吉的肚皮站起来。还是有些站立不稳，草堆也不平坦，多吉踉跄着刚走出两步，就一屁股坐在地上。德吉扭过头来，看着多吉，又嗷嗷嗷叫唤几声，声音很短促，像是在鼓励多吉。多吉也回应一声，听起来像在叫"姆——妈"，声音还拖得很长。

德吉听到多吉的叫唤，居然坐起来，把头伸过来，用嘴拱了拱多吉，多吉双手抱住德吉的犄角，居然能站立起来。

站立起来的多吉显得异常兴奋，两只小手掌还使劲地拍起来。德吉生怕碰到多吉，小心地扭转头，舔了舔德勒，还打了个响鼻，像是在安慰德勒。受到鼓舞的德勒翻身起来，钻到德吉胯下，含住刚才多吉吸过的奶头，德吉的后腿立马弹跳起来，硬是将奶头从德勒嘴里拔出来。

德勒似乎明白德吉的意图，顺从地含住另一只奶头吮吸起来。阿旺老爹看得出来，这是德吉在分奶水。显然，德吉真正把多吉当成了自己的孩子。

阿旺老爹尝试着把多吉抱出来，可刚上前两步，就看到德吉正瞪着眼睛看着自己，再不敢靠前。多吉扭过头来，看到老爹正在招手。多吉犹豫一下，正要转过身去，却被脚下的干草绊倒，哇地一声哭了起来。

德吉看着多吉，嗷地叫唤一声，紧接着又打几个响鼻，多吉像是听懂了似的，在地上打个滚，飞快地便朝德吉爬过去。德吉见多吉爬过来，后腿又弹跳起来，直到赶走德勒，才慢慢地跪下去，躺在地上。多吉一直爬到她的胯下，钻到那长长的厚厚的毛发下面，睡觉去了。德吉感觉多吉安静下来了，才将后腿慢慢缩拢过来，直到紧挨着多吉。

15

在德吉充足而营养丰富的奶水的滋养下，多吉越长越结实，开始尝试着走路。刚开始时，多吉还是有点害怕，走一步就要停一会儿，站稳了才迈出脚步，走到围栏边时才快走两步一把抓住围栏，然后顺着围栏走。可不知道是为什么，德勒总是喜欢跟随着多吉，还不时低下头去舔一下他那扭来扭去的小屁股。

在围栏的帮助下，多吉很快就学会了走路。学会走路的多吉越来越顽皮，有时还跌跌撞撞地跟着德勒奔跑着。这是阿旺老爹最担心的，万一被德勒踩着、踢着或顶着，那可就糟了。可老爹又不敢贸然闯进德吉的领地，只能远远地观望着。老爹的担心其实是多余的，只要多吉跟德勒一块玩耍的时候，德吉总是坐在那儿静静地观望着，时不时嗷嗷嗷叫唤几声，似乎是在提醒这两个不懂事的孩子。

可以看出来，德吉总是护着多吉。玩累了，多吉就深一脚浅一脚地走到德吉身旁，然后一屁股跌坐在地上，再一翻身就趴在地上，熟练地拨开德吉身下厚厚的毛发，两腿一蹬就钻到德吉胯下，抱着奶子吮吸起来。吃饱后，就依偎在德吉胯下酣睡。德勒就倚着多吉躺在旁边。

阿旺老爹失望极了，却又无可奈何。多吉是天神赐给自己的孩子，为了多吉，几乎是绞尽脑汁，冒着被獠牙虎还有高原狼、黑熊、棕熊、豹子撕碎的风险，从深山老林里把野牦牛引诱回来的。可如今，多吉俨然成了野牦牛的孩子，睡觉也跟它们在一起。失望归失望，老爹还是感到很满足。为了防范德勒弄伤多吉，老爹干脆搬到地穴外面的草垛上睡，睁开眼睛就能看到多吉，闭上眼睛也能听到多吉翻身时弄出的响动，心里边顿时踏实许多。

树叶开始飘落的时候，阿旺老爹就倚着地穴搭建起一个棚子，上面铺上一层厚厚的草料，再用藤条纵横交错把草料固定起来，为多吉还有德吉和德勒作好过冬准备。为了切身体验多吉睡在外面的感受，老爹还给自己搭建起一个草棚，整个冬天都睡在草棚里。老爹深信，只要自己能抵挡住寒冷的冬天，多吉也不会挨冻，他还有德吉和德勒的温暖。

第二年夏天来临的时候，多吉已经学会奔跑，虽然时不时就跌倒在地，但他总是一骨碌爬起来，然后继续奔跑，从不气馁。有时，看到德吉趴在地上，多吉就攀着德吉的角爬上去，沿着颈脖爬到它那宽阔的背上，然后转过身来，再顺着牛尾巴往下滑，快要坠地的时候，双手抱住尾巴，直到脚尖踮着地才松手。

多吉每天如此，沿着德吉的脖子爬到背上，再顺着尾巴滑下来，乐此不疲。终于有一天，多吉觉得总是这样玩一点也不刺激，他看着德勒趴在地上，就爬到德勒的背上，双手抱紧它的肩胛后，两腿不停地蹬，催促德勒站起来跑开来。可德勒似乎一时没有领会多吉的用意，愣了一会儿才站起来，绕着围栏跑起来。跑了两圈后，多吉的腿就不蹬了，德勒这才停下来。从德勒的背上滑下来后，多吉依然安静不下来，扶着围栏的柱子，不停地推操起来。

阿旺老爹正在地穴里为多吉缝制衣服，听到外面的响动后，赶紧冲出来跑到围栏边。老爹不知道多吉想干什么，就伸出双手，没想到多吉反而后退一步，喊了一声"姆妈"。闭着眼睛正在睡觉的德吉听到多吉的呼喊，猛地翻身起来走向围栏，眼睛却一直盯着阿旺老爹，吓得老爹连连退后几步。

　　看着阿旺老爹往后退，多吉就往前走，继续推搡着围栏。德勒也凑过来，用头顶住围栏，似乎是在帮助多吉推倒围栏。这时，德吉似乎开始明白多吉的意思，它嗷嗷叫唤两声，多吉听懂它的意思，就后退几步。这时，德吉迈着大步走过来，用头撞一下围栏的立柱，整个围栏都摇晃起来。德吉又叫唤起来，多吉赶紧跑到德吉胯下，德勒也乖顺地走过去，倚在德吉身后。看着孩子们都在自己的保护之下，德吉这才低下头，用角挑动围栏的支柱，没几下就把深埋在地里的围栏支柱挑松动了，再用力一甩，牛棚轰然倒塌。

　　阿旺老爹呆立在那儿不敢过来，眼睁睁看着德吉使劲地甩着头，三下两下就把牛棚捣出一个豁口。多吉探出脑袋，看到牛棚已经倒塌，就从德吉胯下钻出来，德勒紧随其后。德吉看着两个孩子都走出去，就跟在他们身后。多吉回头看一眼德吉，这才朝阿旺老爹走过去。走几步又回头看一眼德吉，德吉轻声地嗷嗷叫两声。得到德吉的允许后，多吉撒开腿扑向老爹。

　　欣喜若狂的阿旺老爹赶紧蹲下身子张开双臂，将多吉拥在怀里。他已经好长时间没有抱多吉了。老爹抱着多吉左看看右看看，发现多吉的头发和皮肤的颜色开始发生变化，变成黄棕色。老爹站起来，想抱着多吉回地穴，可多吉似乎不想跟老爹回去，两条小腿使劲蹬开来。可老爹不愿松手，抱得更紧了。多吉突然喊一声"姆妈"，立即得到德吉一声低沉的回应，老爹心头一紧，双腿像被钉住似的，手臂也使不出来气力。

　　多吉感觉老爹的双臂松弛些许，便搂着老爹的脖子，往上一蹬，噘着小嘴在老爹的脸颊上亲一口。看着老爹的脸舒展开来，多吉这才蹬开老爹的双手，从怀抱里挣脱出来滑落下地。

　　多吉走到德吉面前，踮着脚举起手，德吉立即明白他的用意，赶紧低下头来。多吉扶着德吉的角，爬到它头上。坐稳后，多吉的双手紧紧抓住德吉的两只角，两条小腿蹬了一下。德吉愣了一下，但很快就明白过来，迈开大步走起来。可多吉似乎还是觉得不满足，两条小腿使劲地蹬起来，德吉赶紧跑起来。德勒见多吉玩得这么开心，也撒开四蹄紧紧地跟在后面。

阿旺老爹站在那里看着，急得直跺脚，却又无可奈何。看着德吉跑远了，老爹赶紧跟上去，一直跟在后面追赶，生怕出点什么意外。

“多吉，多吉。”阿旺老爹一边追赶一边喊叫着。

可是没跑多远，阿旺老爹就开始气喘吁吁的，再没有坚持多久，两腿一软瘫坐在地上。

阿旺老爹的喊叫声惊动整个村落，卓玛抱着罗布跑出地穴，女人们也都扔下手中的活计，领着孩子纷纷跑出地穴。她们看到多吉骑在奔跑的野牦牛头上，正咧着嘴笑。女人们一个个都张大嘴巴，说不出话来，可她们怀里的孩子都有些兴奋，纷纷伸出手，嘴里还喊着，“要，要。”

卓玛抱着罗布跑到阿旺老爹跟前，扶起老爹，然后把罗布塞在老爹怀里。“多吉，多吉。”卓玛一面追赶一面呼喊。

多吉听到卓玛的声音后，怔住了，小腿也不蹬了。德吉这才放慢脚步，直到停下来后才低下头。多吉从德吉的脖子上滑下来，看着卓玛，嘴唇抖动两下，才喊出一声“姆妈”。

卓玛看着德吉站在原地，正温顺地看着自己，这才壮着胆子朝多吉走去。走到多吉跟前，卓玛还是有些不放心，直到看着德吉温顺地打着响鼻，才蹲下身去，一把抱起多吉。

在抱着多吉回去的路上，卓玛还是有些不踏实，不时回过头看看德吉。德吉领着德勒，跟在卓玛身后，从容地走着。卓玛不知道，多吉的喜怒就是德吉的喜怒，只要多吉不排斥卓玛，德吉自然不会有什么反应的。

阿旺老爹看到卓玛顺利地把多吉抱回来，浑身充满活力，放下罗布从地上弹跳起来迎上去，老远就伸出双臂。多吉看到张开双臂迎上来的老爹，也伸出小手扑向老爹的怀抱。老爹抱着多吉使劲亲了又亲。老爹的亲热也得到了多吉的回应，他伸出小手捧着老爹的脸，然后噘着小嘴响亮地亲了一口。老爹还想把多吉抱进地穴去，可多吉发觉老爹朝着地穴的方向走去，两条小腿使劲蹬了起来，老爹慌忙折身走向围栏。

第六章 多吉与牦牛

16

　　阿旺老爹看着被冲破的围栏和倒塌的顶棚，本想再修补起来，可转念一想，围栏哪怕是扎得再坚固也无法圈住德吉。老爹干脆把围栏拆了，挑出几根略为粗大的树干把牛棚支起来，再把牛棚顶修补好。

　　围栏刚拆除的那几天里，阿旺老爹睡得特别警醒，只要听不到德吉或德勒粗重的鼾声，就翻身起来张望，白天也特别留意德吉的举动。老爹发现，德吉的奶子似乎没有以前那么鼓胀了。德吉自己也感觉出来，只要德勒凑到跟前准备吃奶，德吉就甩开尾巴。德勒似乎也明白过来，悻悻地走到一旁，伸出舌头，卷进几根嫩草，慢慢咀嚼起来。可草再怎么鲜嫩，咀嚼起来确实有些乏味。看着多吉爬过去，将奶头吮吸得呱叽呱叽响时，德勒又低下头凑上去。德吉似乎很生气，抬起腿一蹬，德勒后退不及，嘴唇被德吉蹬了一脚。

　　德勒这才死心，退回去继续咀嚼青草。从这以后，德吉的两个奶子都留给多吉。多吉将自己的奶子吮吸干后，便吮吸以前分给德勒的那个奶子。德吉的奶水越来越少，终于在秋天来临的时候，德吉的奶水彻底断了。这时候，多吉已经长出十二颗牙齿，完全可以咀嚼食物了，可他依然习惯钻到德吉胯下吮吸奶头，依然吮吸得呱叽呱叽响。

看到德吉没有了奶水，阿旺老爹禁不住有些兴奋，心想终于可以把多吉抱回来了。为了把多吉从德吉胯下吸引出来，老爹特意在牛棚外燃起篝火烤鹿肉。油滴下来嗞嗞地冒出青烟释放着烤肉的香味，老爹生怕多吉闻不着，不停地扇动手掌。

终于，在四溢的烤肉香味的引诱下，多吉从德吉胯下钻出来，走出几步后又回过头去看了看德吉。德吉没有理会多吉，还眨巴几下眼皮后闭上了。

阿旺老爹张开双臂冲上去，将多吉抱出牛棚揽在怀里，将烤肉撕成碎片，一片片喂给多吉吃。看着多吉吃得津津有味，老爹终于松了口气，心想，这往后啊，多吉铁定会疏远德吉的。然而，很快，多吉吃饱后，踮起脚尖在老爹脸上亲了一口，转身朝着牛棚走去。老爹大失所望，目送着多吉回到德吉身边，摇了摇头，但心里还是美滋滋的。老爹想，或许只要几天，多吉就会疏远德吉的，没有奶水的德吉，对多吉来说是没有吸引力的。

当天晚上，因为心里边感觉特别踏实，阿旺老爹搬回地穴睡觉，倒头躺在榻上就睡着了。半夜时分，老爹被外面的静谧惊醒。以往，至少能听到牛棚里德吉或德勒的鼾声，或碰触干草时发出的窸窣声，可这会儿却没有半点响动，静得可怕。老爹慌忙冲出地穴，这才发现牛棚里已是空无一物，顿时傻眼了，可还是不敢相信，几乎是连滚带爬地跑到牛棚里，把草料整个儿地翻了一遍，连多吉的影儿都没找到。

阿旺老爹急得快要疯了，连滚带爬冲到脊坡上，声嘶力竭地喊着"卓玛，卓玛"。老爹哭丧的叫喊声惊醒了卓玛和扎西，也惊醒了整个村落。村落里所有的人都跑出地穴，他们不知道到底发生了什么事情，纷纷站在各自的地穴前，朝老爹这边张望。

卓玛和扎西高举着火把，看到瘫坐在脊坡上的老爹仍在哭天抢地嚎叫着，相互对望一下，赶紧奔跑过来。

扎西爬上脊坡想搀起老爹，可怎么也搀扶不起来，老爹就像一摊掉在地上的烂泥。卓玛也爬上脊坡，蹲下身子正要搀扶老爹，不经意就看到牛棚里空荡荡的，顿时明白过来，心猛地往下一沉，整个人也跌坐在地上。

"多吉被德吉带走了，带到山里去了！"面对阿旺老爹的嚎叫，村落里的人都面面相觑，扎西也是一脸的难色。半夜三更组织村落里的男人进山去寻找多吉，能不能找回来是另外一回事，万一要是进山的人再有个什么三长两短，可就没法交代了。

扎西也顾不上跌坐在地的卓玛，他把老爹扶起来背在身上，感觉老爹整个人儿都软耷耷的像没有了骨头。扎西好不容易才把老爹弄到榻上，老爹却挣扎着要起来，扎西只得把老爹扶起来。老爹伸出手指头指了指窗外，扎西明白老爹的意思，只好将老爹背出地穴放在外面的草垛上。

第二天，东方刚露出鱼肚白，老爹就要进山去寻找多吉，扎西只好叫上几个男人陪着老爹进山去。刚走到山谷口，老远地就望见了德吉和德勒，它们身后还跟着一头野牦牛，而多吉竟然趴在那头野牦牛的头上，手和脚还一晃一晃的，看样子是睡着了。

原来，德吉只是进山寻求配偶去了。它带回来的这头野牦牛十分健壮，看起来很像那次追过来却又转身回到群体中去的那头。阿旺老爹给这头野牦牛起名叫德旺。

自从有了德旺，这奇特的一家子晚上进山变得频繁起来。每次看着德旺和德吉驮着多吉领着德勒消失在薄暮笼罩的山林中，阿旺老爹就开始祈祷，祈祷多吉能平安归来。渐渐地，老爹的生活习惯也随着多吉和野牦牛昼伏夜出的生活习性发生了变化。

第二年夏天，德吉生下一头小牛犊，还是母的，阿旺给小牛犊起名为德尼。多吉看到德尼钻在德吉胯下吮吸奶水，犹豫了一下，便慢慢腾腾走了过去。德吉看到多吉，后腿一蹲便坐在地上，多吉立即会意，钻进了德吉胯下，只是吮吸奶头的声音没有以前响亮。

渐渐长大的多吉越来越会玩了，德勒也长大了，个头快赶上德吉了，成为多吉最好的玩伴。多吉时常骑在德勒的脖颈上，两手抓住德勒的角，然后催促着德勒奔跑起来。每当德勒跑累了的时候，多吉就缠上德旺，乐此不疲。

"多吉是上天赐给我的孩子，可他却成天跟野牦牛在一起。"看着多吉无论白天黑夜都跟野牦牛待在一块，自己倒成了外人，阿旺老爹的确是高兴不起来。

好在多吉越来越懂事，晚上跟野牦牛进山，天亮前总是能回来，然后挤在野牦牛中间睡觉，等到中午醒来喝足奶水后，就陪一会儿阿旺老爹。

多吉三岁那年的初秋，骑在同他一块长大的德勒的背上，跟在德吉、德旺和德尼后面，在一个漆黑的夜里，再次进山。这一次，这奇特的一家子走进了深山老林。

这时候的德勒，已经长得跟德吉一般高大，却比德吉要健壮许多。天亮的时候，在德旺和德吉带领下，一家子走到深山老林的水源地。多吉看到这么多的野牦牛，兴奋得不得了，迫不及待地从德勒的背上滑下来，朝野牦牛群走过去。正在喝水的野牦牛见到多吉，都抬着头，眼睛直盯着他。这时，德吉嗷嗷嗷地叫唤几声，似乎有些生气。

德勒似乎无暇顾及多吉，它的眼睛正盯着野牦牛群里的一头看上去刚成年的母牦牛，还嗷嗷嗷叫唤着朝它走去。德勒的殷勤得到对方的回应，母牦牛从野牦牛群中走出来。

这头母牦牛的出走引起了另一头公野牦牛的注意，它紧跟过来，看样子，一场争斗已是无可避免。德吉看到多吉一直在德勒身后，就嗷嗷嗷叫唤起来。可多吉正看着野牦牛群出神，站在那里没动。德吉急了，一边嗷嗷嗷叫唤着，一边朝多吉走过去。

走到多吉跟前，德吉用嘴轻轻地顶了一下，多吉这才回过神来，看一眼德勒，又看着正朝德勒走过来的野牦牛，终于感觉出危险，就一把抓住德吉的角，爬到它的头上。德吉驮着多吉，赶紧跑到德旺的身边，德尼也有些害怕，紧紧依偎在德吉身边。

德勒这时候已经全然顾不上多吉，它一直高竖着尾巴，将头压得低低的，眼睛死死盯着那头朝自己走过来的公野牦牛。看着对方开始奔跑起来，朝自己冲撞过来时，德勒也撒开四蹄，朝对方冲撞过去。

多吉看到德勒跟那头冲过来的公野牦牛对撞在一起，听到砰的一声巨响时，吓得紧紧抱住德吉的脖子。德尼更加害怕，躲藏到德吉胯下。

德勒跟那头公野牦牛纠缠在一起，但很快又分开，然后各自退后几步，再冲上去对撞在一起。多吉有点担心德勒，两手紧抓住德吉的两只角，还在不断地使劲，手心里还有额头和鼻尖上都渗出了汗水。

17

这一次的决斗双方，是势均力敌的公野牦牛在第一次发情期到来时进行的配偶之争，可以说是年轻气盛，完全不同于阿旺老爹曾经见到的那种决斗。

德勒与对手顶撞在一起后，双方还在较劲，一会儿是德勒把对手顶得连连后退，一会儿是对手把德勒顶得连连后退。可它们不想僵持，德勒主动退后一步，对手也立即收住脚，然后都掉过头来绕着大圈奔跑起来，当双方再次面对时，四肢似乎更加有力了，奔跑的速度也是越来越快，然后再次顶撞到了一起，再次较劲。如此反复消耗对手的力量，直到明显感觉出来对手的体力不支。

这时，多吉似乎顾不上害怕，当他看到德勒将那头公野牦牛顶得连连后退时，两只小手掌使劲地拍起来，为德勒助威。德勒似乎受到巨大的鼓舞，将挑战的公野牦牛顶撞得连连后退，等到对手站住脚往回顶时，德勒突然将头往下一沉，对手猝不及防，一时收不住力气和脚，脖颈直直地从德勒的犄角中间滑过，德勒的头与犄角一直顶到对手的前胛。紧接着，德勒用力一甩头，将对手顶起来后又甩落在地上。

那头公野牦牛痛苦地叫唤一声，但依然没有退却的样子。德勒后退几步，看到对手仍然保持决斗的姿势，也摆出迎战的架势，等到对方发起攻击时，

69

德勒才撒开四蹄猛地冲撞过去。这次的顶撞，德勒完全有把握击败对手，也不想再纠缠下去，无谓地损耗自己的气力。德勒把握得丝毫不差，当四蹄着地，浑身的力气迅速传递到脖颈与头顶，双方的头与犄角碰撞到一起时，那巨大的冲击力立即把对手顶了个趔趄。

对手彻底败下阵去。得胜后的德勒扬起头，摆出胜利者的姿势，嗷嗷叫唤起来。

多吉飞快地从德吉头上滑下来，跑过去抱住德勒的头，德勒这会儿也变得异常温顺，不停地舔着多吉的头。这时，那头母牦牛也走过来，在多吉脸上舔一下，然后倚着德勒，它们的头很快就蹭在一起。

多吉骑在德勒的脖子上回到村落时，天已经黑下来，阿旺老爹正躺在榻上，仍是一把眼泪一把鼻涕。早晨不见多吉回来，老爹就再也坐不住了，可林子这么大，叫人上哪去寻找。在老爹的央求下，扎西还叫上几个男人，陪着老爹走遍村落附近的几座大山，可一无所获，眼看着天快黑了，才硬是搀扶着老爹回了村落。卓玛坐在旁边，安慰老爹，还不停地为老爹擦拭眼泪鼻涕。

这时，窗外响起的窸窣声令阿旺老爹精神大振。老爹一把推开卓玛冲出门去，果然，是多吉回来了。老爹简直不敢相信自己的眼睛，看到多吉安然无恙回来，四头牛也一下就变成五头牛。

阿旺老爹立马恢复往日的精气神，他还让卓玛赶紧回去把扎西叫来，帮忙把自己的草棚拆下来，用来扩建牛棚。老爹还给德勒带回来的那头母牦牛起名叫德珠。老爹相信，这里已经成为德吉和德旺的家，再也不会回到山林中去了。

等到明年夏天，德吉和德珠准会生下小牛犊，五头牛又变成七头。阿旺想着想着，刚才还堆满一脸的笑容，突然开始一点一点流失。笑容流失殆尽后，老爹的脸上开始渗出忧郁。这一点一点渗出来的忧郁，把老爹的眉头挤得高高的。

"多吉是上天赐给我的孩子，可他却成了德吉的孩子。"

尤其令阿旺老爹痛苦的是，在德旺的带领下，一家子晚上进山变得更加频繁起来，而且渐渐形成规律成为常态，白天躺在牛棚里睡觉，一到晚上就集体进山了。看着多吉一会儿从德勒背上跳到德珠背上，一会儿又跳到德吉或者德旺的背上，德尼也跟着凑热闹，总是追着多吉跑，舔他的脚掌。阿旺老爹就开始祈祷，祈祷多吉能平安归来。渐渐地，老爹也习惯了白天睡觉，晚上躺在草垛上看月亮数星星。

有一次，阿旺老爹看到多吉骑在德勒背上，领着德旺、德吉、德珠还有德尼一起进山去，就跟在后面，他实在放心不下。在这伸手不见拳的黑夜里，老爹什么也看不见，走出没多远就已经跌得鼻青脸肿，只好回家。回到地穴后，老爹根本就无法安然地等待，在地穴里走过来走过去。

"多吉进山了，我太担心了，万一……"坐立不安的阿旺老爹就去找巫师尼亚。

"对亲人担心就是一种诅咒，我们共同为多吉祈祷吧，祈祷他平安归来。"巫师尼亚说。

"天神啊山神啊！请你保佑多吉，保佑他平安回家！"阿旺老爹一听巫师尼亚的话，吓得脸色煞白，赶紧跪拜在地祈祷起来。

在这漆黑的夜里，多吉的眼睛还是和白天一样能看见。可他总是安静不下来，一会儿从德勒背上滑下来，跑到德吉跟前，抓住德吉的角，一翻身便骑在脖子上，然后沿着脖子爬到背上。等到靠近德珠时，他又纵身跳到德珠背上，再纵身跳到德旺背上。

德吉似乎很担心多吉，就一直紧跟着，多吉看到德吉抬起头来时，又抱住德吉的角，荡起秋千来。德吉担心多吉摔下来，抬起头将他举到德旺的背上，还嗷嗷叫唤两声，多吉这才安静下来，趴在德旺的背上。

高大健壮的德旺俨然是一家之主，它驮着多吉，领着德吉和德勒，还有德珠和德尼，不断拓展着家族的领地。多吉被森林里野羊和野鹿以及野马、野驴等各种动物吸引着，好几次想从德旺的背上爬下来，都被德吉嗷叫一声阻止住。这些食草动物也不敢靠近，远远地看着这奇特的一家人。

　　食草动物似乎很乐意跟野牦牛一起觅食，平时大家可以相安无事，可一旦有猛兽出现，野牦牛还能充当保护神。可是，多吉的好奇心实在是太强，趁着德旺埋头吃草的时候慢慢往下滑，德旺似乎十分理解多吉的性情，环顾一下四周没有发现危险，这才没有阻止多吉滑下去。

　　松软的草地像是一块块铺在川谷里的厚厚的毯子，多吉在上面翻滚着跳跃着，小动物们似乎也有同样的好奇心，它们试探着走近多吉，还耸着鼻子闻着多吉，很快就玩到了一块。森林里危机四伏，尤其是在这漆黑的夜里，但这些小家伙们全然不顾。也许，它们知道，阿爸阿妈们通常是在外围时刻保持着高度警觉，保卫着自己的安全。

　　突然，一只正在外围吃草的大角羊警觉起来，似乎感觉出巨大的危险。整个羊群都抬起头，小羊们也纷纷跑回到阿妈身边。多吉赶紧从地上爬起来。这时，德吉也感觉到危险，可它发现多吉不在德旺的背上，立即显得异常不安，嗷嗷叫唤两声。

　　听到德吉的叫唤，德珠和德勒赶紧领着德尼慢慢向德吉靠拢。德旺抬起头来，四处张望着寻找多吉。高大的德旺很快就找到多吉，它走过去，低下头去。多吉赶紧抱着德旺的角，翻身骑在脖子上，然后飞快地爬到背上。德旺驮着多吉，迅速跑回到德吉它们身边。

　　多吉趴在德旺背上，看着前面的林子里有一群高原狼。从那一团团一簇簇闪动着的绿莹莹的光芒来看，狼群十分庞大。德吉又嗷嗷叫唤两声，然后带着德珠后退几步，后面的羊群也开始退却。这时，狼群似乎也感觉到什么危险，犹豫片刻后，迅速往东面山坡的林子里撤退。原来，西面的山坡出现两只豹子，显然是一公一母，还领着五六只半大的小豹子。豹群紧盯着德旺背上的多吉，然后迈开大步朝德旺走去。看来，它们的确是饿急了。

　　德旺嗷嗷嗷叫唤着，将头伸到德吉背上，还翘起尾巴甩摆起来。多吉明白德旺的意图，赶紧沿着德旺的脖子爬到德吉背上。德尼也紧紧倚在德吉身边。

这时，德旺竖起尾巴，低下头，嗷嗷嗷吼叫几声，德勒后退到德珠身边，也摆出决斗的架势。豹群似乎还是有所顾忌，它们分散开来，却没有丝毫退却的意思，而且很快形成默契。

18

在这深山老林里，要想生存下去，最有效的办法就是群居。

三只狼不一定能打得过一只獠牙虎，可虎不喜欢群居，而狼通常是几十上百只群体行动，因而无论是虎还是熊都不愿意招惹狼群。豹通常只是家族成员群体行动，虽然数量不多，但身法极快，而且凶悍无比，狼群也是避之不及。

面对公豹母豹和那几只尝试着学会捕猎的小豹子，德旺不得不加以防备，从它们的阵势可以看出来，目标是多吉和德尼。果然，公豹走到德旺的正前方，母豹则盯着德勒和德珠，那几只小豹子也很快形成默契，朝多吉和德吉、德尼包抄过去。德旺不由得退后几步，退到德吉身边。德珠看到德旺退守到德吉身边，便明白德旺的用意，它看了德勒一眼，德勒眨了一下眼睛。得到德勒的默许，德珠赶紧退守到德吉身边，保护多吉与德尼。豹群不得不变换阵形，没有必胜的把握，它们也不敢轻易出击。

就在双方僵持不下的时候，周围的形势也在不停地发生变化，猛兽们不断向这儿集结，都想在这场混战中分食一块肉。它们似乎也懂得，虽然参与这场混战的都是森林里的强手，但总会有败下阵来的。

再强大的对手，只要是败下阵来的，都将成为战胜者的美餐。显然，在这场一触即发的混战中，最终吃亏的，必然是多吉和德尼。德旺似乎更是担心多吉，它看一眼多吉，然后看着德吉。德吉似乎明白德旺的意思，也竖起尾巴，嗷嗷嗷叫唤起来。个头比德吉矮小许多的德尼也嗷嗷嗷叫唤起来，似乎在告诉德旺和德吉，自己完全有能力保护自己。

公豹似乎也看清局势发生的微妙变化，在这场混战中，一旦出现半分失误，都有可能败下阵来，尤其是捕猎经验尚有欠缺的小豹子。而且，捕猎一旦开始，任何意外都有可能发生。公豹扫视一下自己的同伴，便领着它们朝西北面的山坡移动，将正面战场留给最后赶来的两只大黑熊，东面战场自然是狼群。虽然，它们从未这样合作过，可这会儿，似乎已经形成某种默契。

德旺发觉局势不断恶化，再次嗷嗷嗷叫唤起来，尾巴也高高竖立起来，前蹄不停地踢踏着地面，准备朝着黑熊的方向发起攻击。德吉明白德旺的意图，把多吉交给德珠后，转过身来与德旺并排站在一起，尾巴也高高竖立起来。德珠驮着多吉领着德尼紧跟在它们身后，德勒断后。这时候，它们已经顾不上来自两侧的夹击，只有勇往直前，杀出一条血路，才有可能摆脱险境。

"黑儿。"因为害怕，多吉不由自主地呢喃一声。

多吉从来没有见过德旺和德吉还有德勒摆出过这种架势，心里突然有些紧张，还有一些害怕，使劲抱住德珠的肩胛。

最后赶来的两只大黑熊似乎还没有看清这不断变化的局势，正大摇大摆地走过来，没有形成很严密的防守。德旺将头压得更低，它不能错过这异常难得的最佳攻击机会。如果德旺一击成功，受伤的黑熊就会成为豹群和狼群的攻击对象，德旺一家就有可能脱身。如果黑熊成功逃过德旺的攻击，结局就会截然相反。

胜与败往往在一念之间。别看黑熊总是装出一副憨态笨拙的样子，如果在攻击和防守中没有些真本领，也不可能在这深山老林里生存下来。在这紧要关头，黑熊似乎察觉出德旺的意图，迅速转向朝一棵大树走去，做好防守和攻击的准备。

就在这一触即发之际，西北方向的大山里突然响起一声长长的吼叫声，整个山林都在抖动，树枝上那尚未枯黄的树叶也纷纷跌落下来。所有的猛兽都怔住了，但很快又恢复镇定。猛兽们似乎听出来了，发出这声吼叫的只是山林中的同类，无非是想一起分食这顿丰盛的大餐。

即便在这种紧要关头，公豹还是不忘磨砺自己的孩子。它看着母豹还有早已按捺不住的小豹子们，似乎在发出指令，只要攻击开始，就由母豹诱开德勒，自己攻击德吉，只要将它们驱散开来，小豹子们完全可以对付德珠和多吉还有德尼，应该是稳操胜券。狼群也跃跃欲试，它们只能将目标投向德旺，或者黑熊，无论是哪一方受伤，就扑向哪一方。

这时，公豹的喉咙里不时发出低低的嘶吼，只待德旺和德吉向黑熊发起攻击，豹群就扑向各自的攻击目标。

猛地，又是一声长长的吼叫，听上去已经离这儿不远，林子里叶落的声响唰唰响成一片。公豹立即收住前爪，像是被钉住似的，迟疑片刻后，便开始后退，它似乎听出吼叫声中某种不容分说的警示。公豹在后退，整个豹群都在后退。看到豹群在后退，狼群也悻悻地往后退。黑熊发觉自己已经成为最后的攻击对象，虽心有不甘，但也只能往后退却，躲避在大树后面。

吼叫声再次响起时，听上去已经离这儿很近了。

"黑儿。"多吉似乎想起什么，又喊一声。

多吉这一声喊提醒德旺，它掉转头来，将头伸到多吉面前，多吉抱住角，一翻身就骑在德旺的头上。德旺嗷叫一声，然后领着一家人掉头就往山下撤。

多吉的双手紧紧抓住德旺的角，双腿使劲地夹着德旺的脖子，头却扭转过来，朝着后面张望。这时，多吉看到山林中出现一个巨大的黑影，眼睛里射出血红的光。

"黑儿。"看到这个黑影，多吉有种说不出的亲切感，却又不能完全断定，但还是忍不住轻声呼唤一声。

德旺跑得更快了，却感觉多吉像要飘起来似的，赶紧停住脚。多吉趁机从德旺脖子上跳下来，站在那儿，看着那一闪一闪的发着红光的黑影。德吉它们也停下来，然后与德旺一字排开，盯着黑影。

多吉看着黑影，并不觉得害怕，反倒越发觉得有那么一种说不出的亲切感。多吉不由自主迈开腿，朝那边走去。他想走近些，再走近些，试图看清楚，直到听见德吉嗷嗷叫唤两声才停住。回头看着德吉，又回头看着黑影，多吉笑了。

看到多吉的笑，黑影突然趴在地上，不停地甩动着尾巴，还呜咽不止。多吉的笑也令德吉感到平和，它朝多吉走过去，眼睛却一直盯着那个黑影。走到多吉跟前时，德吉伸出舌头舔一下多吉的后脑勺。多吉转过身来，扶住德吉的角，可眼睛还在看着那个黑影。黑影看着多吉恋恋不舍地转过身去爬到德吉的脖子上，呜咽一声，慢慢地站起来，转身消失在黑暗中。

多吉回到村落时，东方才露出一点鱼肚白。

阿旺老爹正站在脊坡上，朝着山谷里张望。老爹早上醒来时，没有听到动静，就在脊坡上等候。老爹知道，这里是多吉的家，也是德旺德吉和德勒德珠它们的家。看到德吉以及趴在德吉头顶上的多吉，手臂弯正好被角搁住，小手掌和小脚丫，还随着德吉的步伐一晃一摆的，他已经睡着了。

阿旺老爹跟在后面，看着野牦牛回到牛棚里。走到墙根的草堆上时，德吉慢慢低下头，然后缓缓地往右边倾斜，再轻轻晃摆两下，多吉滑落在草堆里。德吉慢慢地转过身，再慢慢地蹲下后腿，坐在多吉身边，然后缓缓跪下前腿躺在地上，那长长的厚厚的毛发正好盖在多吉身上，只露出两只小脚丫。

德尼看着德吉，又看了一眼多吉，犹豫片刻，还是走过来。这小家伙肯定饿了。德吉只好将身子侧过来，还抬起后腿，将多吉揽到自己胯下。德尼明白阿妈的用意，轻轻地走过去，趴在阿妈身边，小心地叼住搁在多吉头上的奶头，吮吸起来。小牛犊的吮吸声唤醒了多吉，他伸手拔开遮在脸上的毛发，睁开眼睛看了一眼，很快又闭上，然后抱住奶子叼着奶头吮吸起来。

德勒似乎也累了，看到多吉露在外面的小脚丫，便走过来，用嘴挪动一下多吉的小脚丫，直到完全被毛发遮盖，才趴下躺在德吉身边。德旺似乎有些失落，转到德吉背面躺下，德珠则躺在德勒身边。

第七章 多吉与黑儿

19

看着野牦牛和多吉都安然入睡了，阿旺老爹也感觉十分疲惫，回到地穴里睡觉去了。这几年来，老爹已经适应了多吉和野牦牛的生活习惯，大白天在地穴里睡觉，傍晚时候出去为野牦牛准备过冬的草料，顺便在村落里走动走动，晚上在牛棚旁的草垛上等待多吉回来。

多吉抱住奶子吮吸几下就再次进入梦乡。他梦见昨天晚上见过的那个巨大的黑影，双手乱抓乱摸，然后搂住德吉的后腿不停地抚摸，还发出梦呓，不停地喊"黑儿、黑儿"。

阿旺老爹正要入睡，猛然听到一声吼叫。这吼叫声已经许多年没有听到，但依然记忆犹新，哪怕只是回想起来都令人不寒而栗。

阿旺第一次听到这样的吼叫是二十多年前的一个黑夜。那时候的阿旺正值壮年，那天，他第一次带着十五岁的儿子达娃，与村落里的男人一同进山狩猎。

傍晚时分，大伙儿在满载而归的路上看到一头离群的野牦牛。看到如此庞大，至少也得七八个人才能抬得动的猎物，大伙儿都兴奋起来。然而，野牦牛似乎察觉人类的企图，四处张望一番后，朝着大山深处走去。

大伙儿一路尾随，直到黑夜快要降临的时候，依然没有找着围猎野牦牛的机会，只能点燃火把一路跟着。野牦牛对火光格外警惕，越走越快，朝着大山的深处走去。

阿旺看着走在前头的达娃和扎西，不禁回想起阿弟才旺，顿时心里隐隐有些担心。扎西也是第一次跟随自己的阿爸进山，他跟达娃同年，年龄只相差几个月，从小就是形影不离的伙伴，见达娃随着阿爸进山狩猎，就缠着自己的阿爸。

阿旺领着大伙儿跟着野牦牛进入深山老林的深处，可走着走着，野牦牛突然放慢了脚步，还左右张望着，似乎发现了什么，抬起来的前蹄也没有迈出去，迟疑一下又踩回了原地，然后一动也不动，连尾巴都停止了晃动。

"达娃。"看到野牦牛的这种异常的反应与情形，阿旺感觉到不对劲，赶紧叫住达娃。

看着一直走在前头的阿旺父子都停下脚步，大伙儿也停下来，看着阿旺。扎西看到阿旺冷峻的神色，赶紧回到自己阿爸身边。

"我们不能再跟了。"阿旺有一种不祥的预感。

"可我们已经跟了这么远。"达娃年轻气盛，尤其今天是自己的第一次进山狩猎，却没有找到机会好好表现一下，很不甘心。

"没你说话的份。"阿旺毫不留情地打断达娃的话。

达娃再不敢吭气，他看着大伙儿。大伙儿都看着阿旺，都是在等阿旺拿定主意。

"回。"阿旺斩钉截铁地说。

阿旺说完，一把抓住达娃的手臂，领着大伙儿往回走。

就在这时，大山深处突然响起一声长长的吼叫。吼声之后，山林里突然刮起一股阴森森的风，就连火把上的火苗都有些惊慌失措，不停地扑腾乱窜，似乎想竭力挣脱火把的束缚，找个地洞或石缝钻进去。

大伙儿顿时觉得心里凉了半截，都站在原地不敢挪动半步，却又忍不住转过头去，想看看究竟会发生什么事。虽然大伙儿都相信阿旺的机智与勇猛，可眼看着小半夜的辛劳就此白费，又难免怀疑阿旺的稳妥与谨慎。野牦牛还是站在那里一动没动，像是被石化了似的。当长长的吼叫声再次响起时，只听到野牦牛嗷叫一声便不见了，声音很短促，似乎还有半截声音被堵在喉咙里。大伙儿都惊呆了，没有人看清是什么猛兽掳走了野牦牛。

难道掠走野牦牛的就是传说中的山鬼。要知道，像体型如此巨大的野牦牛，还没有哪类猛兽能如此轻易掳走的。

"山鬼！"想到这，阿旺老爹感觉空气都在战栗，地穴也跟着颤抖起来，仿佛快要倒塌下来。老爹慌忙爬起来，跑到地穴外面。

村落里的男人正在篝火燃烧过的地方集结，准备进山狩猎，听到这声似曾熟悉的长长的吼叫声，都待在那儿不敢动弹，仿佛脚底板一下子就长出根来，深深地扎进了地里。村落里的老人还有女人和孩子都跑出地穴，他们的脸上都写满惊慌，鼻尖上还渗出来冷汗。

大伙儿都朝着山里张望，只有巫师尼亚还能镇定下来，他把大家召集过来，然后齐刷刷跪在祭坛下，拜伏在地，向天神祈祷。

"山鬼！"不知是谁大喊一声。

大伙儿纷纷抬起头，看到村落后面山顶的那块巨石上，站着一个跟野驴差不多大的黑影，两眼放射着红光，忽闪忽闪的。大伙儿惊恐万状，纷纷跌坐在地上。

巫师尼亚慌忙拜伏在地上，双手合十高高举起，然后缓缓分开徐徐落下，连同整个身子都拜伏在地上，嘴里不停地念叨，"天神啊，请您大发慈悲，召回您的使者吧！山神啊，请您大发慈悲，请回您的守护神吧！"

黑影看着拜伏在地的人们，一动也不动，没有下山的样子，也没有退却的样子。看了一会儿后，黑影似乎有些焦躁，在巨石上不停地走动，而眼睛却一直盯着村落，还不时嗥叫一声，虽然很短促，却让所有人的心都忍不住抽搐起来，像是被锥子挑着还使劲拧着似的。

德旺听到嗥叫声后，立即翻身站起来，嗷嗷嗷叫唤起来。听到德旺的叫唤，德吉德勒德珠还有德尼都立即翻身坐起来。黑影听到德旺它们的吼叫后，这才停止走动，把目光投向牛棚。

"多吉。"阿旺老爹听到德旺的叫唤，猛然想起多吉还在牛棚里睡觉，慌忙爬起来，跌跌撞撞地向牛棚跑去。

阿旺老爹冲进牛棚的时候，德吉正坐在那儿扭着头朝山上张望，看到惊慌失措的阿旺老爹，德吉翻身站起来，将多吉从胯下甩出来。阿旺老爹顾不上许多，冲过去抱起多吉就跑。这时，德勒和德珠似乎都感觉到危险，都翻身站起来，德尼惊恐地挤到德吉身边，德旺也走到德吉身边，把德尼夹在中间，然后齐齐转过身，抬起头，看着山顶上的黑影，一齐嗷嗷嗷吼叫起来。

阿旺老爹跑到祭坛前才放下多吉，可多吉还没有醒过来，一屁股跌坐在地上。

"多吉，快醒醒，快醒醒，快祈求天神！"阿旺老爹使劲摇晃着多吉，还叫唤不止。

多吉似乎还没有睡醒，眼睛睁开一下又闭了，老爹又使劲摇晃起来，多吉这才抬起小手，揉了揉眼睑，刚一睁开，看到山顶上的黑影，立马兴奋地站起来，冲着黑影手舞足蹈起来，还咯咯咯笑了起来。

多吉的举动把大伙儿都惊得目瞪口呆，慌忙再次拜伏在地上，不停地叩头。更令人奇怪的是，那黑影见着多吉这般举动，竟然低沉地嚎叫一声，那两道红光也忽闪忽闪的。黑影在巨石上转一圈，然后转身跳下巨石，一闪就消失不见。

没有人敢相信，那黑影一见多吉就消失了。大伙儿还没回过神，巫师尼亚从地上弹起来，跑过来一把抱起多吉，将他举得高高的，然后跪在地上。

"多吉是天神赐给大地的孩子，能给地上的生灵带来吉祥的洛桑多吉。"巫师尼亚的话从来没有人怀疑过，这次，更不能例外。

他们都围上来，围成一圈，然后跪拜在地，齐声高喊，"多吉是天神赐给大地的孩子，能给地上的生灵带来吉祥的洛桑多吉。"

"姆妈。"多吉没有理会大伙儿的举动，他扭头看着德吉，喊了一声，立即得到德吉嗷嗷两声回应。

卓玛以为多吉在喊自己，赶紧放下怀抱中的罗布，跑到巫师尼亚跟前，然后一把抱过多吉。可多吉却挣扎着扭转身，朝牛棚张望着。

德吉走出牛棚，走向人群，走到多吉面前就抬起头。多吉伸出手抱住德吉的角，骑到它头上，回到牛棚里继续睡觉。

20

多吉十三四岁的时候，已经长成堂堂男子汉。可能是喝牦牛奶长大的缘故，多吉的头发是棕红色的，而皮肤却接近棕黑色，但还是有点泛黄，个头也很高大，看上去特别壮实。喝羊奶马奶长大的罗布虽然没有多吉高大，但看起来也很结实。

德旺和德吉的牦牛家族也壮大了好多倍，就连德尼也从山林里带回来一头健壮的野牦牛，还生下了小牛犊。不仅如此，各家各户都圈养着成群的羊，成群的马，成群的鹿，进山狩猎已不再是男人们的主业，他们不断地拓展自己的草场。女人们还带着孩子开始尝试耕种，她们采集种子，在山里的川谷地带和浅山坡上开荒种地，春种秋收，整个海南村落日益富足。

罗布和村落里那帮年龄都差不多大小的小后生们，在多吉的带领下，老早就跟随大人进山狩猎，如今一个个都跟小豹子似的，尤其擅长围猎，每次进山，都能围捕一些野兽回来。

每次围猎回来，多吉都会把当天的经历说给阿旺老爹听。老爹总是听得津津有味，却隐隐有些担心。老爹担心多吉锋芒太露，跟其他村落发生冲突。许多年过去了，才旺的阴影一直盘踞在老爹的心底里，怎么也挥之不去。

多吉看出老爹心底里的隐隐担心。多吉是真的长大了，他自从知道老爹曾经为了自己，独自进入深山老林把德吉和德勒引诱回来的事情后，有时半夜里回到村落，就轻轻地走到老爹的榻前，给老爹盖好织毯，然后跪在地上。

阿旺老爹也真的老了，气息越来越短促，半夜里还总是咳嗽。咳醒了，发现多吉跪在地上，老爹便翻过身来，抚摸着多吉的头，心疼地说，"起来吧，孩子。"

"嗯。"多吉站起身，"我陪你睡，阿爹。"

"不用了。"阿旺老爹伸手做出阻拦的样子，"阿爹已经习惯一个人睡，你还是跟德吉去睡吧。你不在身边，德吉会很担心的。"

多吉握着老爹的手，塞在织毯下面，走到门口还回头看了一眼，这才掀起帘子走出地穴。德吉坐在草堆上，看着多吉走过来，才躺下去。多吉轻手轻脚地走到德吉身边躺下，头枕着德吉的后腿，将起德吉身下的毛发盖在身上。虽然没有半点睡意，但多吉知道，只要自己躺在德吉身边，它才能安心睡觉。

多吉睡不着，睁大眼睛看着天上的星星。这时候，天上的星星只剩下那几颗最亮的了，也不闪了。多吉数完后又觉得有点无聊，就突然想起黑儿。自从那次黑儿在村落出现过一次又转身消失后，就再没有现过身。

黑儿自从那天晚上听到多吉的第一次呼唤后，就远远地跟着多吉，看到多吉进了村落后，就在附近找了一个山洞，守候着多吉，随时听候他的呼唤。可多吉再次呼唤时，竟然是在梦里。黑儿知道，无论相隔多远，自己都能听到多吉的呼唤，而自己的使命，只是藏身雪山之中守望多吉，而不是如影随形的陪伴。

多吉决定独自进山去寻找黑儿，看看黑儿究竟在什么地方栖身。可多吉还是忍不住猜测起来，是在森林里还是在雪山上，似乎只有这两处地方，才适合黑儿栖身。想到这，多吉转过身去，搂着德吉的大腿，很快就睡着了。

这次进山是寻找黑儿，多吉也不知道要多少天才能回来，可罗布和小伙伴们执意要随同前去，多吉只好答应他们的请求。老爹看到多吉在准备火种，就知道是要出远门，心里边感觉空落落的，却又不想被多吉察觉，便转身进了地穴，把自己的火种拿出来给多吉。

在这大山里生活习惯了，火种是唯一必备的物件，只要有了火种，别的东西都可以就地取材。多吉在接过老爹递过来的火种时，就看出老爹的心思，张开双臂把老爹抱住，还亲了老爹一下。多吉已经长得比老爹过高，这一抱，完全把老爹搂在了怀抱里。

德旺知道该出发了，就走到多吉身旁，罗布他们也都骑到野牦牛背上，等候着多吉。老爹挣脱多吉的怀抱，还推了他一把。多吉也没说什么，转过身来一把握住德旺的脊背，翻身跨了上去，两腿轻轻一夹，德旺就迈开大步，朝山里走去。

看着多吉消失在夜幕中，阿旺老爹就转身回到地穴，他并不担心，多吉和罗布他们还有如此庞大的野牦牛群在一起，是不会有危险。

德旺驮着多吉在前面开路，队伍浩浩荡荡朝着东南方向的阿尼玛卿雪山进发。多吉相信，只有像那样高高耸立的雪山，才有可能是黑儿栖身的地方。他们穿越一条条山谷一片片森林，翻越一座座大山，一路上，不断有羊群、马群还有鹿群跟随而来，队伍越来越庞大。

如此庞大的队伍出现在深山老林，肉食动物也倾巢而出，但它们都不敢靠太近，都是远远地观望着或尾随着。多吉太熟悉它们了，在以往的狩猎行动中，时常与它们照面，虽然双方都彼此保持戒意，没有发生过冲突。但它们这样不远不近地观望和尾随，无非是想寻找机会制造混乱，最终的目的就是美餐一顿。

多吉不在意肉食动物与草食动物之间的争斗。在这沟深林密的大山中，再强大的肉食动物，要想找到一顿美餐，也不是一件容易的事，再弱小的草食动物，依然能在这危机四伏的大山里生生不息，自得其乐。多吉只想着黑儿，但不知道黑儿在哪儿，只得任由德旺，一直沿着山川河谷，朝着大山的深处前行。

德旺领着牦牛群，走到水草丰茂的山川河谷宽阔地带，就停下来歇息一会儿，吃饱了再继续前进。天亮的时候多吉才发现，自己所在地方竟然是以前从未来过的地方。德吉似乎走累了，气有点短促。德吉的确没有从前那样健壮，有时骑在它的背上，多吉都能感觉出来，它背上的皮肉远没有从前那样厚实。

德吉看了一眼多吉，发现多吉正看着自己，便停下来嗷叫一声。多吉知道德吉需要休息了，便从德旺的背上跳下来。德旺也停步不前，回头看着德吉，抬起头嗷嗷叫唤两声。整个牦牛群都停止前进，还在哺乳期的小牛犊看到阿妈停下来，就迫不及待地钻到胯下去吮吸奶头。

德旺其实也走累了，它转过身走过德吉身旁，相互在对方的脸上蹭几下，算是相互之间的一种安慰。以往的这种时候，德旺不管走得有多累，都得绕着牦牛群转上一圈，可这次，却迟迟没有巡视的架势。德旺和德吉相互蹭着舔着，它们从来没有这样缠绵过。最后，还是德旺主动把头偏到一边，朝德勒走去，冲着德勒嗷叫一声，还打着响鼻。

多吉知道德旺的意思，它这是要德勒代替自己去巡视牦牛群。可德勒看着阿爸，有些犹豫。德旺似乎有些生气，低下头，使劲打了几个响鼻，响鼻虽然短促而且低沉，但听起来似乎十分坚决。德勒打了两个响鼻，算是回应，然后舔了一下德珠，转过身开始巡视牦牛群。

无论是躺下的还是站着的野牦牛，看到德勒走过自己的身边，都抬起头，拖长声调嗷叫一声。多吉看着德勒昂着头打着响鼻，听到这此起彼伏的叫唤声，咧开嘴笑了。

多吉知道，下一段行程，将由德勒领头。从此以后，勇猛健壮的德勒将取代正在衰老的德旺，成为这个野牦牛家族的头。想到这，多吉快步走到德旺跟前，一把抱住德旺的头，不停地抚摸。曾经，德旺从野牦牛群里走出来，走向德吉时的情景，还有德旺面对豹群、狼群还有黑熊的围攻时压低头高翘着尾巴的姿态，都一幕幕浮现出来。多吉仿佛还看到一头孤独的野牦牛，在深山老林中漫无目的地前行。

德吉也朝这边走来，紧紧地倚在德旺身旁。这时，太阳已爬到山顶上，将整个山谷照得氤氤氲氲。多吉这才发觉，自己竟然已是泪眼蒙眬，德吉的眼角也湿润起来。

21

夕阳西下的时候，余晖将南面那座高高耸立着的洁白的雪山涂抹成一座金山。

"黑儿会不会就在那座山里呢？"多吉猜想着。

很快，夜幕就开始垂落。德勒站起来昂着头嗷叫一声，所有的野牦牛都纷纷站起来，旅程又开始了。德勒走到多吉跟前，低下头舔着多吉的脚趾头。多吉明白它的意思，在德勒的头上拍打两下，伸手指了一下前面那座被太阳最后的余晖映衬成的红黄的雪山，然后纵身一跃，骑到德勒厚实而且坚硬的背上。

看着德勒迈步向前，德旺和德吉还有德珠和德尼立即紧随其后，后面的牦牛群还有羊群、马群、鹿群都开始行动起来。突然，多吉看到东面的山林里有人影在晃动。看来，不只是肉食动物在虎视眈眈，附近村落或部落里的人也在蠢蠢欲动，都看上了多吉身后紧紧跟随的羊群、马群、鹿群。

多吉在德勒的肩胛上拍了一下，右脚还蹬了一下德勒的肚皮。德勒停下脚步，望着东面的山林，似乎早就有所察觉，转身朝着西面的缓坡走去。整个野牦牛群紧跟着德勒开始向西移动，而成年健壮的野牦牛自觉地放缓脚步，在东面形成一道防线，然后再往前行进。羊群、马群、鹿群的警惕性更高，它们就像一阵风似的呼啦啦飘向西面的山坡，然后站在山坡上朝东面的山林张望。虽然没有发现危险，但它们知道，潜在的危险肯定存在，只是还未到爆发的时候。

在多吉和德勒的引领下，浩荡的队伍整个西移，继续朝着南面的雪山前进。多吉一刻也不敢放松，他知道，东面山林里的人肯定是跟踪已久，只是一直没有找到合适的时机，但他们一直在等待。而此时，他们等待的时机不仅没有到来，反倒因行踪暴露而距离越来越远了。即便如此，他们一定不会就此罢休或甘心离去。

与其这样暗藏杀机，不如来场痛快搏杀。

他们之所以观望不前又不肯离去，一定是在等天黑再寻找机会。多吉知道，等天黑下来，他们的机会只会更加渺茫，黑夜，本来就是自己和野牦牛的世界。但多吉担心他们制造混乱，混乱中的机会总是很多。那些一路尾随的猛兽也想制造混乱，再从混乱中寻找捕猎的时机。

天终于完全黑下来，湛蓝的天幕上挂满了星星。可这满天的星光，终究抵不上半个月亮。

月亮还没有升起来，大地一片漆黑。

远处，是一个隘口，中间相距不过百步。如此庞大的群体在穿过隘口时，必然会因为拥挤而产生混乱。而且，完全处于投枪的投射范围之内，一场前所未有的大捕杀，将会在那里爆发。多吉决定提前引爆，双腿使劲夹住德勒的肚子，德勒立即停下来，所有的牦牛还有羊群马群鹿群都依次停下脚步，整个山谷都静止下来。

东面山林的上空，乌鸦在盘旋不止，迟迟不肯落下。那是因为林子里有人在活动。乌鸦并不害怕林中的野兽，但对人类不得不保持警惕。

多吉猜得没错。

东面山林里的确藏匿着人。多吉没有想到的是，那片山林里，已经聚集几个村落和部落的男人，面对如此庞大的羊群马群和鹿群，单凭某个村落的男人，根本无法组织一场有效的围猎行动。虽然他们彼此互不相识，有的甚至还曾为争夺猎场发生过冲突，但面对如此众多的猎物，他们很快就结成同盟，一场规模空前的围猎行动，已经到了一触即发的紧要关头。

多吉拍了拍德勒的肩胛，蹬一下右腿。德勒会意，便转过身来，朝西走出几步，然后嗷嗷嗷叫唤几声，几十头健壮的公野牦牛听到德勒的叫唤，立马朝德勒聚集过来，就连德旺也不甘示弱，挤到德勒身边。而母牦牛在德珠的带领下，围拢在队伍的后面，护卫着聚焦在队伍中间的小牛犊。

阵势摆好后，多吉双腿一蹬，德勒立即撒开四蹄，朝着东面的山林奔跑过去。

野牦牛群狂奔的蹄声在山谷里回荡，整个山林都在颤动。山林里聚集的人们怎么也没有想到，野牦牛群竟然朝自己奔跑过来。他们开始慌乱起来，各村落和部落领头的男人一看势头不对，赶紧点燃火把，领着各自村落和部落的男人展开防守。

火把次第点燃，照亮整个山林还有山谷。

多吉看到山林里点燃的火把，双腿立即夹住德勒。多吉的确没有想到，山林里竟然聚集了这么多的人。这时，远处的隘口也亮起火把。多吉回过头来，看了看西北方向的山林，林子里隐约闪烁着黄绿色的幽光。

看样子，不光是几个村落的男人汇聚到了一起，尾随的狼群也在一路上不断接纳新的狼群。在西北及北面的山林里，肯定还隐藏着豹群和獠牙虎家族，黑熊和棕熊更不会错失这样的大好良机，谁都想趁机抢食一顿丰盛的大餐。

看似静谧的深山老林里，从来都是危机四伏险象环生。

这时，德勒也察觉出空气中的紧张气味，它回头看了一眼德旺。德旺正看着德勒，看来，德旺对德勒还是有点不放心。也许，就连德旺自己也不曾遇到过这样的困境与危局。

多吉看着德旺和德勒对视的眼神，虽然没有看到畏惧，但能看出它们心底里隐藏着的担忧。多吉的心里也有些担忧，回头望着德吉和德珠，以及它们身后的小牛犊，还有西面山坡上已经开始惊慌的羊群、马群和鹿群，它们正齐刷刷望着东面山林里的火光，还不时朝西北及北面的山林里张望。

西北面的山林里闪烁着的黄绿色幽光也越来越近，多吉看到，黄绿色的幽光越闪越多，或许，这一路走过的地方的所有狼群都聚集在一起了。在狼群的北侧山坡上，还闪烁着绿色的幽光，发光的不是豹群便是獠牙虎家族，但从数量来看，应该是豹群。而喜欢单独行动的獠牙虎以及黑熊和棕熊，肯定隐藏在某处既隐秘又能突然发起攻击的地方，等待时机的到来。

形势只会越来越严峻，越来越对自己不利。多吉不能再犹豫，可又不能示弱，那样，就会引发来自四方八面的攻击，最终形成一场前所未有的大混战大杀戮。在这样一场规模空前的杀戮当中，付出代价最惨重的，终究还是人类。

"黑儿。"这时，多吉突然想到黑儿。

"黑儿。"多吉喊了一声。

黑儿真的盘踞在那座雪山上。多吉话音刚落，远处传来一声长长的吼叫。

不知从哪儿袭来的风，显得格外阴冷，火把上的火苗窜动着颤抖着，山林里登时变得影影绰绰。那树影时而伸长，时而蹲伏，看上去像极了传说中的山鬼。山林里的人群感觉树木都在抖动，看着那树叶纷纷落下来，顿时背脊发凉。

"黑儿。"多吉又呼唤一声。

又是一声长长的吼叫，山林里的火把熄灭一大片。紧接着，一个巨大的黑影从天而降，落在德勒的前面，吓得德勒和德旺连连后退，它们身后的牦牛群后退得更远。

这时，黑影突然转过身。德勒看着那闪烁着的红光，后腿有些发软，但很快就站稳了。德旺似乎看出来，立即上前几步，站到德勒的身边。

多吉站在德勒的背上，看着眼前这个从天而降的黑影，也不知是为什么，感觉特别亲切，就如同看到德勒时产生的那种感觉。多吉猛地弹跳起来，扑到黑儿的背上。黑儿的身上长满长长的毛发，骑上感觉软软的。多吉抓住黑儿的毛发，两腿一蹬，黑儿转过身去，张开血盆大口，吼叫着腾空而起，朝着东面山林呼啸而去。

如果有人躲避不及，肯定会被黑儿撕裂的。况且，黑儿快如闪电，有谁能躲避得了。想到这，多吉赶紧伸出双手，抓住黑儿那极力张开的上颚和下颚。

黑儿会意，再次吼叫一声。人们发现手中的火把都变得惊慌失措，火苗在忽上忽下一阵乱窜后，挣脱火把的束缚，变成一缕黑烟，转瞬消散在空气中。

看到黑影正迎面扑来，惊慌不已的人们吓得抱着头跪在地上，一个个都是战战兢兢的。

"我是海南村落的多吉，洛桑多吉。"多吉说。

跪拜在地的人们抬起头看着多吉，他们还在发抖。

"多吉是天神赐给大地的孩子，能给地上的生灵带来吉祥的洛桑多吉。"黑暗中，不知是谁喊了一声。

第八章 老爹的欲念

22

"多吉是天神赐给大地的孩子，能给地上的生灵带来吉祥的洛桑多吉。"

这句话是琼布喊出来的，他也是听自己的阿爸说过。

琼布是这大山深处某个部落的首领。琼布十几岁的时候，阿爸在梦中呢喃不止，能听清楚他在呼喊着天神，似乎还叫出一个人的名字来。第一次没有听清楚，但当阿爸再次喊出这个名字时，琼布记住了"多吉"，只是不明白这两个字的含义，等到阿爸从梦中惊醒后，有点恍惚，竟然回想不起这个奇怪的梦。

许多年以后，阿爸说想睡一会儿，可这一睡竟然是好几天。部落里的巫师莫尼每天在祝祷，部落所有的人也一起祝祷，祝祷部落首领能醒过来。他们相信，像首领这样刚强勇猛的男人，一定是天神派来守护整个部落的。

"天神在召唤着金刚，"巫师莫尼在连续祝祷七天后，突然睁开眼睛说，"天神在召唤着金刚，回去守护天宫。"

琼布一直守护在阿爸身旁。这时，阿爸突然睁开眼睛，像是睡醒了似的，还举起双手，在空中不停地挥舞，仿佛要抓住什么。琼布发现阿爸的眼珠子一动不动，赶紧伸出手握住阿爸的双手。

"多吉是天神赐给大地的孩子，能给地上的生灵带来吉祥的洛桑多吉。"阿爸说话的速度很快，但吐字十分清晰。

对，没错。琼布正为阿爸能记起当年的梦感到兴奋不已，突然感觉阿爸的手一下子变沉，他的眼皮也在缓缓地垂落。琼布惊讶地张开嘴，他深信，阿爸一睡就是七天，这七天里，他始终在那个遥远的梦里。突然，琼布感到自己紧握着阿爸双手的手有些乏力，一松劲，阿爸的手便滑落下去，像一片挣脱枝头的树叶，在空中摆了摆，停泊在胸前，再跌落在身体的两边。琼布不明白阿爸说这句话的意思，可来不及细问，阿爸的眼睛再没有睁开。

这次，在听到多吉报出名字后，琼布有些意外，这个能驾驭山鬼的勇猛神武的少年，就是阿爸几次提及的多吉。琼布深信，阿爸一定见过多吉，在天宫里。

在琼布的盛情邀请下，多吉决定前往他们的部落。部落位于大山深处的一条大峡谷中，人们对多吉他们的到来表现出极大的热情，燃起的篝火照亮整个峡谷。

篝火燃烧了整整一个晚上，人们的欢呼声与石头被高温烧灼时的爆裂声响彻峡谷。

第二天，人们在清理灰烬时，发现灰烬中凝结着一块块比树皮还薄，却比石头还坚硬而且十分沉重的青灰色东西。没有人知道这是什么东西，摔在石头上，发出的声音很清脆。琼布也不知道这是什么玩意儿，他把这东西交给多吉。多吉把这沉重的东西握在手中，使劲往石头上戳，竟然戳得石片飞溅。多吉取下自己背上的投枪，使劲往石头上戳，也能擦出火花，可投枪断了。

人们还在灰烬中清理出好几片这样的薄片，有的是狭长形的，有的形状与大小跟手掌差不多。虽然从来没有人见过这么坚硬的东西，但大伙儿深信，这是部落里最为贵重的东西，是多吉带给部落的礼物。

琼布挑出一块最长的，双手捧上举到多吉跟前。多吉接过来后，又翻来覆去看了几遍，依然看不出究竟是什么东西，只是感觉沉沉的。

"你是什么东西呢？"多吉自言自语地说，然后顺手操起这坚硬的薄片往身边的石头上使劲刮擦两下，只看到有火花溅出。多吉再把这薄片举到眼前，发现薄片的边缘有点发亮。多吉仿佛明白过来，继续在石头上打磨起来，一会儿薄片就开始发烫，多吉叫人打来一桶水，用水将薄片冷却下来继续磨，越磨越光亮，多吉也磨得更加起劲，直到打磨得两面泛光。

多吉把薄片提在手中，看到身边有一棵手腕粗的小树，便朝着树干随手一挥，树干竟然被齐齐砍断。这把利器使得多吉的兴致前所未有的高涨起来，还叫人带他去看看这利器是在哪儿发现的。

那是一块巨大的岩石，除了颜色有些泛红以外，似乎也没有什么特别，只是在经历从未有过的盛大篝火长时间煅烧，岩石的表皮已经被烧化或融解，最终凝结形成这些坚硬的利器。

送走多吉后，琼布把部落里的男人分成两拨，一拨进山狩猎，而他自己带领另一拨收集这种泛红的沉甸甸的石头，然后炼制出坚硬的金属利器，取代投枪上的石片。新的投枪不仅射程远了速度快了，还能射穿动物的脖颈，狩猎的人数少了，可收获并没有减少。很快，琼布部落使用的投枪就被坚硬的金属利器所取代，他们狩猎的范围也迅速扩张。

多吉在返回海南村落的途中，也一路搜集这种泛红的沉甸甸的石头。海南村落的投枪与耕种农具等石制器物，很快被坚而锐的金属器物所取代，村落迅速变得强大起来。阿旺老爹猛然发现，如果用这样坚韧的东西来加固树干，造出来的船肯定要坚固许多。

这些年来，阿旺老爹悉心陪伴着多吉成长，造船出海的欲念只能埋藏在心底里，他想打造一条不怕风吹浪打也不怕坚冰碰撞的船，然后再次出海。从大海边搬迁到山里生活后，阿旺从来没有忘却过大海边的生活，而且这种欲念随着岁月更替愈发强烈，他对阿爸阿妈还有阿弟阿妹的思念更是与日俱增。

如今，多吉渐渐长大成人，阿旺老爹觉得造船的时机已经成熟，就自己一个人动起手来。卓玛看到老爹一个人摆弄开了，赶紧过来帮手，却被老爹喝退了。老爹想完全按照自己的欲念造一条船，然后一个人去大海上看看阿爸和阿妈。老爹总是觉得，阿爸和阿妈一直生活在大海上，期盼着自己带着阿弟和阿妹前去看望。也许，他们已经团聚在一起，在等着自己。

这些年里，阿旺老爹一直为自己的欲念做准备，树木是老爹不断砍回来随时准备扩建牛棚的，松脂和藤条也是早就准备好的，如今又有了坚韧的金属片，他决定把树干钻出几个洞，然后用藤条串起来，再用金属片加固，里外还刮上一层松脂。阿旺老爹深信，这条船将是坚固无比的。

阿旺老爹的船打造完工那天，村落里的男人还没有回来，多吉和他的伙伴们也还在大山里游荡，他们已经有一段时间没有回村落了。不过老爹从来就没想过需要别人的帮助，他把干粮和水装上船，把圆木摆放在地上，再在船头系上缆绳，拆除固定船只的支架，然后一个人背着缆绳拉起来。拉出几步后，老爹将后面的圆木移放到前头继续拉。如此反复，虽然很慢，但距离大海总是近了一点点。

村落里的老人还有女人都带着小孩站在村口，有人想过去帮阿旺老爹一把，却被卓玛拉住。老爹的确不需要别人的帮忙，与他那时候为了解决多吉的哺乳问题，独自一个人进山的壮举相比，造船出海的确算不了什么。巫师尼亚也觉得这对阿旺来说的确是一件简单的事，他甚至没有为阿旺祈祷。

傍晚时分，扎西和村落里的男人回来的时候，看到卓玛一个人站在村口张望，便跑过去，远处，一个黑影正在缓缓移动。

"在山里见到多吉和罗布没有？"卓玛虽然并不是十分担心老爹，但她是希望多吉能阻止老爹，即便是阻止不了，多吉也是唯一能帮得上忙的。

阿旺老爹虽然越来越固执，但从来没有拒绝过多吉。

扎西看了卓玛一眼，没有吱声。

天色开始暗下来时，黑影也变得模糊起来，很快就看不到了。扎西拉了一把卓玛，回家去了。

天虽然黑了，但阿旺老爹并没有停下来歇息。地上的沙砾开始发白，大海已经不远了，隐隐约约，还能闻到风中的掺杂着的腥味。老爹忍不住深深吸了口气，的确是大海散发出来的久违的气息。

23

闻着这熟悉的气息，阿旺老爹感觉回到了自己的家，回到有阿爸阿妈还有阿弟阿妹的那个家。老爹突然觉得有些累了，就想停下来歇息。有了这种念头，老爹感到自己的两条腿像是生出根扎入地下，再也移不动了。刚躺下一会儿，老爹就睡着了。

"阿旺。"阿旺感觉自己刚刚睡着，就被阿爸喊醒了。

阿旺还想睡一会儿，哪怕是半会儿也好，可听着阿爸翻弄渔网的声响，阿旺才想起昨晚说好的事。

昨天晚上，阿旺央求着阿爸出海捕鱼时把自己带上。可阿爸觉得阿旺无论是年纪还是个头都还小，去了也帮不上什么忙，只会帮倒忙。可阿旺百般纠缠，无论如何都要跟着去，最后还是阿妈打圆场，阿爸才答应下来。

阿旺赶紧翻身爬起来，帮着阿爸做出海前的准备工作。这是鱼儿洄游休渔季节后的第一次出海，虽然算不上是阿旺的第一次出海捕鱼，却是央求阿爸几天的结果。那时，阿旺实在是太小，阿爸还说，只是让阿旺出海感受一下大海的恩赐。即便如此，阿旺还是劲头十足。

下海前，渔村里的男女老少都集结在海滩上，在老人的带领下举行一次简短的祭海仪式，人们都相信，天上有天神，海里有海神。之所以选择在这个时候祭海，是因为冬天来临时大海封冻到春天解冻这段时间里，总是有人因饿得发昏而被迫出海，只能算是半休渔状态，紧接着就是鱼儿洄游产卵，这才是真正的休渔季节。当捕鱼季节来临重新出海时，也必须求得海神的宽慰。

古老的传说中，在鱼儿洄游产卵的季节出海捕鱼，海神会发怒的，不仅会吞没海上的渔船，还会迁怒整个渔村。在鱼儿洄游休渔季节里，河流里的鱼儿也是不能捕捞的，如果有人违反禁例吃了，也会有报应的。即使如此，每年这个时候，总是有人因为家里实在是没有什么食物可以充饥而冒险下河捕捞，最终都是死于非命。老人们说，洄游产卵的鱼儿在离开大海进入河道时被海神下了毒，只有天上飞的鸟儿能吃。

祭海仪式开始时，由村落里最年长的老人点燃祭台上的篝火，村落里的男人们排着队，左手持着松柏枝，右手端着青稞做的糌粑。渔村不产青稞，是从别的很远很远的村落花很大代价才换来的，专门用来祭海的。男人们在经过篝火时，把松柏枝抛在火堆上，然后朝着大海抛洒糌粑，祈祷平安。

祭海仪式结束后，男人们才开始下海捕鱼。阿爸在前头弯腰弓背使劲拉着系在船头的缆绳，阿旺也使出浑身的力气在后面推。船底被海浪推上来的细沙埋没，像是被粘住似的，父子俩大吼一声，使出全身的力气一拉一推，这才把被沙埋了一小截的船推出来。

大伙儿拖着或推着船一步一步向大海走去，大海也推搡着波浪亲吻着脚掌和船底，敞开胸怀迎接她的子民。这时，阿爸收起缆绳来到船尾，把阿旺推到船上后，指了指船头示意他坐过去。当海浪把船举起来，阿爸使劲推住，等到波浪托举着船往大海里推时，阿爸双手按着船舷轻轻一跳，稳稳地站在船上。

在经历了鱼儿洄游产卵休渔期后，大伙儿都憋足了劲，仿佛要在这一刻完全释放出来。阿爸自然不甘落后，使出浑身的劲儿摇着船驶向大海。阿旺趴在船头东张西望，感觉一切都是那么的新奇。水面上，一群群比半片指甲还要小得多的鱼儿悠闲自在地游着，阿旺想，这些小鱼儿应该是今年刚刚出生的，可它们的身边为什么没有阿爸阿妈呢？

"鱼儿真可怜，才这么一点点大，阿爸阿妈就不要它们了。"阿旺说。

"阿爸阿妈怎么会不要自己的孩子呢，它们的阿爸阿妈都在水下看着呢。"阿爸说。

"可是，"这时节出海捕鱼，该有多少小鱼儿失去阿爸阿妈，想到这，阿旺突然觉得鼻子一酸，有种想哭的感觉，"我们把小鱼儿的阿爸阿妈捞回去，那小鱼儿就没有阿爸阿妈了。"

阿爸一时语塞，不知道该怎么回答阿旺的这个问题，想了一会才想出来。

"我们捞上来的不是小鱼儿的阿爸阿妈，而是小鱼儿的阿爷阿奶，它们都是很老很大的。"阿爸怕阿旺不相信自己的话，还提起渔网，"你看，网眼都是这么大的，根本网不住小鱼儿的阿爸阿妈。"

阿旺想了想，觉得阿爸说的话有道理，不像是骗人的，这才喜笑颜开。

阿旺突然感觉好冷，全身湿漉漉的，像是下雨了。海上的天气就是怪，飘过来一片灰色的云朵，就能把雨带过来，风也跟着起来了，还怂恿着海浪使劲摇晃着小船。阿旺感觉自己快要飞起来，伸出手想抓住船舷，可船猛地一晃就落空了，整个人儿也被抛向空中。

"阿爸，"阿旺大声喊叫起来，把手伸向阿爸，"快拉住我。"

阿爸扔下桨扑了过来，可还是没有抓住。阿旺没有飞起来，而是掉进了海里，那水一下子就扑打在脸上，往嘴里鼻孔里灌，阿旺赶紧把嘴闭上，可水还是从鼻孔灌了进来，呛得他喘不过气来。

"阿……"阿旺挣扎着浮出水面刚张开嘴，水又灌了进来。

水是淡的。阿旺觉得很奇怪，这海水怎么变淡了呢。水还往鼻孔里灌，这次灌进去更多，把阿旺呛得只有出的气没有进的气，吸进来的只有水，完全无法呼吸，感觉快要死了。

阿旺老爹终于被呛醒了。雨不知是什么时候开始下的，很大，都灌到鼻孔里去了，老爹连连咳嗽几声，这才感觉呼吸顺畅了。

无论是山上的雨还是海上的雨，都是来得猛去得也快，无论是白天还是黑夜，像是被什么人从天上泼下来的一样。那人泼完后，仿佛就转身走了，天也再次开朗起来。看着深蓝的天空上挂着半枚月亮，以及那几颗屈指可数的明亮的星星，老爹知道，天就快要亮了。看到船里积了不少水，老爹掏出罐子把水舀出来，再吃了些东西，然后朝着大海进发。

太阳快到头顶时，阿旺老爹终于再次看到了大海，在湛蓝的天幕下，大海像一块硕大无朋的宝石，镶嵌在大地上。在路过从前居住的村落时，老爹完全认不出来了，地穴全部坍塌，那些被遗弃的船只也没有了踪影，又被海浪冲刷过，仿佛这里从来就没有人居住过。可老爹还是有点不甘心，放下缆绳四下望了望，还能大致找出自家地穴的位置，走过去低着头仔细察看，还是没有找出曾经留下的痕迹。

看到曾经居住过的村落和家，都被海浪完全抹平不留一点痕迹，阿旺老爹觉得有些不可思议。如果这里不是曾经世代生息的地方，老爹简直不敢相信，在离开后的这几十年，大海就能把人类留下的痕迹全部抹去，似乎比自己擦去身上一丁点的污渍更容易。老爹终于明白阿爸以及先祖们对大海无以复加的敬畏，在大海面前，人类无论有多么的机智多么的勇武，都比不上大海中的一滴水，或海滩上的一粒沙。

阿旺老爹把船拖到海边时，猛然想起应该有个出海仪式。阿旺带着阿弟阿妹迁离大海没过几年，海边村落里的人也都陆续搬迁到大山脚下生活，出海时的祭海仪式也就从此再没有举行过。老爹极力回想起以前经历的简单而庄重的仪式，可总是有些细节想不起来，突然有点懊悔，至少应该带上多吉以及扎西和罗布，得让他们把这个传承了一代又一代的祭海仪式延续下来。

"对大海的敬畏就是对大自然的敬畏。"阿旺老爹回想起阿爸说过的话。

虽然，这不是阿爸的原话，但阿爸所表达出来的，就是这意思。而且，在迁离大海前往大山生活的几十年中，老爹越发懂得大海的恩赐，这也是他此行的原因与目的所在。大海养育着鱼儿，鱼儿养育着天上飞的鸟儿，鸟儿滋养着草原与森林，草原与森林养育着人类与动物，也孕育出奔腾的河流，最终回到大海的怀抱，如此往复循环，大地才有了勃勃生机。

阿旺老爹决定以一种前所未有的姿势，表达自己以及身边所有人对大海的虔诚与膜拜，他把缆绳系在自己的腰间，双手合十高高举起，然后跪拜在地，五体投地。缆绳把腰勒得紧紧的，两肋都被勒得硬生生的痛。老爹咬紧牙关，他深信，即便如此，也难以表达出自己及身边所有人对大海的虔诚与膜拜，对大自然的遵循与敬畏。

越是接近大海，风中的腥味反倒越是淡了，也越来越凉爽，只是那咸咸的味道越来越重，阿旺老爹每吸进去一口，都能感觉到这种熟悉的气息立即渗透周身的每寸肌肤，两肋的疼痛似乎减轻了许多。老爹觉得，这种气息在吸进去后，还能变成力量，充溢着身上每一根筋骨每一块肌肉。在双手触摸到海水的时候，老爹静静地拜伏在沙滩上，等待海浪的到来，濯洗自己的肌肤与灵魂。

风很轻柔，海浪也很从容，在漫过手掌沿着手臂扑面而来时，阿旺老爹闭上眼睛微微抬起头来。看似从容缓步的海浪，亲吻着老爹的脸，力道却不小，把整个身子都推得向上一仰，然后从头顶漫过去，没过身子直到撞上船头才回过头来。老爹突然发觉自己对大海有些生疏了，他原本以为，这看起来从容缓步而来的海浪扑打到脸上时就会退回去。

阿旺老爹站起身，把缆绳解下来背在肩膀上，弓着腰继续往前拉，直到船头下水才收起缆绳。老爹把船推下水后，还把船身仔仔细细察看一番，确定没有漏水的地方才出海。

再次回到大海怀抱中的阿旺老爹忍不住有些激动，就连他自己都不知道是哪来的力气充溢着双臂，把桨摇得跟风中枝头翻飞的叶片一样，很快就远离了海岸，可前方的海心山依然只是一个小黑点。

在族人古老的传说中，海心山是龙王宫殿的屋顶，当大海中的龙觉得闷了时，就会到海心山透透气晒晒太阳，但从来没有人接近过。据说曾经有人试图靠近海心山，可越是靠近那儿，船就摇晃得越是剧烈，即便是风平浪静的时候。尽管如此，还是挡不住那些个自恃年轻力壮而又经验丰富的渔郎的好奇心。然而，当船划到看清楚海心山山形的地方时，无论怎么使劲划着桨，船都是在原地俯仰着，让人感觉似乎有一股巨大的力量在水中阻挡着船，就是前进不了半步。

　　阿旺老爹划着船朝着海心山的方向前进，他并不想靠近海心山，只想去曾经捕捞过的地方看看，可究竟想看什么，就连他自己也说不清楚。海上的波浪看上去并不大，可却总是把船推得左右摇晃或前后俯仰，这力量似乎来自水面之下，一波接着一波，把老爹摇晃得有些犯困，还有些饿。看着西面天际簇拥着的一团团云絮，在夕阳余晖的照耀下变得绚烂起来，老爹干脆放下桨，面朝西面斜靠着船舷，把自己完全放松开来，一面吃着干粮一面悠闲地看着云絮的变幻，任由浪潮摆弄着船儿。

　　云絮变得暗红的时候，海岸线也开始氤氲起来，风也消停下来，但船并没有因此停止下来，还在左右摇晃前后俯仰。薄薄的雾从水面蒸腾起来，很快就把船包裹起来，雾还在蒸腾，越积越厚，直到只剩下白茫茫一片。

　　这是阿旺老爹第一次在海上过夜，却不知道是为什么，竟然没有一丝恐惧，完全不像从前，每次出海都得赶太阳下山前回到岸上。即便偶尔几次感觉收获太小而多撒上一网，回来时比别人稍微晚一点，可看到别人都把船拖上岸去，茫茫大海上只剩下自己一条船时，阿旺就感到有种莫名的恐惧，总是觉得大海中会伸出一只巨大的手来，瘦骨嶙峋的，而且指甲特别长，仿佛一把就能将船拖进水中。通常在这种时候，阿旺拼了命似的划着船，阿弟才旺也倚着船舷，用手掌使劲地拨弄着水面，恨不得飞到岸上去。

　　然而此次，阿旺老爹不仅没有感觉到恐惧，反倒觉得挺惬意，这海面上腾起的浓雾，像大海披着的纱衣，把老爹搂在大海的怀抱里，海上的波浪轻轻拍打着船舷，如同阿妈的怀抱。阿妈怀抱着阿旺，手掌轻轻地拍打着阿旺的肩膀，还一摇一晃的，仿佛是在催促着阿旺快点入睡。阿爸坐在一旁，面带微笑地看着阿旺，连眼睛都舍不得眨一下。阿旺开始有些睡意，闭上眼睛，感觉阿妈把自己放在榻上。

"孩子，我和你阿爸要回大海去了，是龙王收留了我们，如果龙王要你帮他做什么事情，你都得答应他。"这是阿妈的声音，她把阿旺放在榻上就转身要走，阿旺赶紧睁开眼睛，可什么也看不见。

雾很浓很浓，眼前除了白色的雾，阿旺老爹什么也看不见，就连船舷也不见了，仿佛自己是漂浮在雾中。船摇晃得越来越轻，开始朝着海心山的方向漂去。老爹打了个哈欠，眼睛眨巴两下就再也无力睁开，很快就进入了梦乡。

船儿载着阿旺老爹在海面上漂，一直漂向海心山。

"你见过多吉，洛桑多吉？"阿旺老爹似乎听到有人在说话，似乎是在问自己。

"多吉是天神赐给我的孩子，谁也别想带走他。"雾太大，阿旺老爹看不着对方，可老爹猜想，这人有可能就是多吉的阿爸，他想找回自己的儿子。

"小声点，"对方压低声音说，"我想找回我的儿子。"

"多吉是天神赐给我的孩子，谁也别想带走他。"阿旺老爹一听对方真的是想找回自己的儿子，情急之下竟然不知道说什么，就再次重复刚才的话，声音更大了。

"嘘，"对方把声音压得低低的，还伸出指头往昆仑大山一指，"我费了很大很大的功夫才找到我儿子的，他就在那大山里。"

"啊！"阿旺老爹把嘴张得大大的，却说不半句话来。

这家伙绝对是多吉的阿爸，可多吉是自己经历多少艰辛与磨难才养大的孩子。阿旺老爹想站起来冲过去把对方揪出来，可手和脚都动弹不得。

"你别激动，你听我说。"对方说完，吹出一口气，把眼前的雾吹散了。

阿旺老爹这才看清对方的脸，大吃一惊，对方竟然不是人，嘴长长的，鼻子大大的，鼻头上长着两根长长的须，头顶还长着两只角，像公鹿的角。老爹不敢相信自己的眼睛，眨了一下眼睛想看清楚时，发现对方也是人。难道，刚才只是幻觉。

"我就住在这海里。"对方接着说，"我有九个儿子，可第九个儿子注定要遭受劫难才能成为我的儿子，他现在还被囚禁在昆仑大山的玉峰底下，那是一座金色的雪山，只有多吉才能把他解救出来。"

阿旺老爹越听越糊涂，这人怎么是住在大海里呢，难道真是传说中的龙王，可如果真是这样，他的儿子也应该是龙，怎么会被囚禁在山里，而且只有多吉才能救他。

看着阿旺老爹还张大嘴巴说不出话来，对方轻轻地吹出一口气，老爹这才能合上嘴，却无法闭上。

"你真的是海龙王，多吉要怎样才能救出你的儿子，第九个儿子。"阿旺老爹终于听明白，对方的儿子不是多吉。

"声音小点，"对方打断了阿旺老爹的话，指了指身后说，"你只要记住，昆仑大山中的金色雪山，只有在月圆之夜才能看到的，那就是玉峰，我的儿子就是被囚禁在玉峰下面。那是我的第九个儿子，最小的儿子，自从他被囚禁在玉峰底下，他的阿妈终日手捧着九子出生时就衔在嘴里的指环以泪洗面，再没有笑过。"

"可为什么是多吉呢？"阿旺老爹还是没有听明白。

海龙王和他的龙子龙孙都是传说中的神仙，而多吉只是自己养大的凡夫俗子，他怎么可能去解救龙王的儿子。

"多吉是天神赐给大地的孩子，能给地上的生灵带来吉祥的洛桑多吉。"龙王似乎还想说什么，可停顿思忖片刻后，什么也没说。

第九章 蓝色的圣湖

25

"多吉是天神赐给大地的孩子，能给地上的生灵带来吉祥的洛桑多吉。"

这句话早就在昆仑大山里传唱。只是，除了海南村落和多吉走过的村落里的人们见过多吉的模样，其他村落的人们都以为这只是一个传说。还有传说中的山鬼，令人闻之色变的山鬼，大山里的人们也一直以为这只是一个古老的传说，可如今也有人亲眼见到。而这快如闪电凶比罗刹的山鬼，在多吉面前竟然俯首帖耳。

在延绵几千里的昆仑大山中，还流传着许许多多的美丽传说。

传说中，在昆仑大山的深处，有一个被雪山环绕着的蓝色圣湖，那里总是萦绕着七彩的祥云，在这七彩祥云上面，还会有一群美丽的仙女在跳舞。

传说中，在昆仑大山的深处，有一种色彩斑斓异常美丽的石头，这种异常的美丽石头，跟人一样会流汗，如果人们能喝到它流出来的汗水，就能长生不老，与天地同寿，与日月同光……

严冬快要到来的时候，多吉突发奇想，决定再次进山，而这次，要朝着西南方向前进，看看这昆仑大山深处究竟有多深，看看传说中萦绕着七彩祥云的蓝色圣湖是否真的存在，看看那里是不是真的有美丽的仙女在跳舞。如果有机会，还可以看看传说中色彩斑斓的美丽石头究竟埋藏在哪儿，要是还能喝到美丽的石头流出来的汗水，那就再好不过。

多吉把自己的想法告诉罗布，罗布吃惊地看着多吉，然后看看身边那几个从小一块玩大的伙伴。他们看着多吉，纷纷点头表示赞同。

"老爹，我们要进大山了。"那天晚上进山前，多吉跪在榻前，将这个决定告诉阿旺老爹。

阿旺老爹自从独自一个人出海回来后，一下子变老了许多，神情也时而恍惚时而清醒，怎么也想不起自己是怎么回来的。清醒的时候，老爹还能想起来自己一个人驾着船出海的事，后来发生的事却一点儿也想不起来，仿佛是睡了一觉，等到醒来时，发现自己躺在岸边，船也不知去向。恍惚的时候，老爹就在村落里转悠着，四处寻找自己的船，嘴里还念叨着，"我的船呢，谁看见我的船了？"

"你自己拉着船出海了，你把船放哪儿了？"卓玛紧跟着老爹，只要老爹发话就这样回答。

老爹似乎根本听不到卓玛的回话，直到把整个村落找上一遍，才垂头丧气往回走。

没有人知道阿旺老爹究竟经历了什么事，大伙儿只是觉得奇怪，突然变老的老爹在恍惚中不断寻找自己的船，在连续找了几天后，也把船的事给忘了，人也变得更加衰老，一下子就老得弱不禁风，每天颤悠悠的，得扶着墙才能走出地穴，然后盘坐在地上，靠着墙，望着北方，那是大海的方向，一望就是半晌。

"以后我死了，你就把我送回大海，阿爸阿妈还在等着我呢！"阿旺老爹看着多吉，答非所问地说。

"这次，我们想一直往西南方向的昆仑大山里走，一直往里走，可能要过好些天才回来。"多吉跪在阿旺老爹的跟前，提高嗓门说。

"一直往里走啊，那得走多远啊？"阿旺老爹终于听清楚了，却没有反对。

自从山鬼出现在村落的后山以后，阿旺老爹和村落里的人们都相信，多吉是天神赐给村落的孩子，能给地上的生灵带来吉祥的洛桑多吉。尤其是多吉前次独自进山后，骑在山鬼的背上，把东南面的雪山以及雪山以南大山里那几个强盛的部落和村落都彻底征服，还结成了联盟，人们更是深信不疑。

"多吉是天神赐给大地的孩子，能给地上的生灵带来吉祥的洛桑多吉。"一次又一次的应验，彻底驱散阿弟才旺和儿子达娃带给老爹的，盘踞在老爹心底里的那团阴影。

"扶阿爹起来，让阿爹再送送你。"阿旺老爹说。

多吉扶阿爹起来，走到地穴外面。

"这次，要多久才回来啊？"阿旺老爹看到村落里燃起的篝火，人也变得精神起来。今晚的篝火特别旺，火苗扑腾扑腾地窜得老高，把围在篝火周围的整个村落男女老少的脸都映得通红。

"可能得月圆的时候才回家。"多吉抬头看一眼东面的山头，山头上的月亮像一片弯弯的柳叶。

阿旺老爹伸出颤抖的手，抚摸着多吉的脸，点了点头，没有说话。老爹的话越来越少，更多的时候他似乎总是在思考什么，很努力的样子，可没有人知道他究竟在想什么。

多吉骑在德勒的背上，罗布骑在德珠的背上。德旺和德吉已经老了，它们只能带着小牛犊守在家里。多吉领着大伙儿出发的时候，村落里的男女老少都潮水般涌动起来。阿爸阿妈都很担心孩子们，他们大多只有一个孩子，自从那些个女人的奶子被多吉吮吸干后，就再没有生养过孩子。

人们目送着多吉还有罗布他们，直到看着他们消失在山谷里。拐弯的时候，多吉回头望了一眼，望见卓玛和扎西搀扶着阿旺老爹，正站在山脊上张望着。看到多吉回头，卓玛赶紧举起手掌，使劲地挥舞起来。

"罗布，你阿妈在向你挥手呢。"多吉说完，一扭头就消失在深谷里。

罗布匆匆回过头去望了一眼，本想挥一挥回应一下阿妈，可手刚抬起一点，又打消了这个念头，掉头走了。

多吉领着大伙儿一直朝着西南方向前行，他们骑着健壮的牦牛，昼伏夜出，在翻过五座山的一个大山沟里，终于看到一个村落。村落里的人们远远地看着这些骑着野牦牛踏着晨曦走来的年轻人，都不敢靠近。多吉停下来，主动跟他们招手打招呼。这时，才有几个胆大的年轻人走过来。

"多吉，我叫多吉。"多吉说着，然后指着罗布，"他，叫罗布。"

"你，多吉！"一个看上去跟多吉年龄差不多的小伙儿走到多吉跟前，满脸惊诧，"我，力巴。你是海南村落的多吉，洛桑多吉？"

"是的。"多吉看着他，用手指着北方，"站在山顶上，我们就能望见大海。"

"多吉，洛桑多吉！"力巴兴奋地跳起来狂奔起来，挥舞着双手，大声地喊叫着，"多吉，洛桑多吉！"

多吉的到来轰动了整个村落，人们围上来簇拥着多吉，异常热情。

多吉决定在这个村落里停留一天，他们已经在山里走了三天，每天都是在太阳升起时休息，点燃篝火，将猎物烤熟后美餐一顿，睡上一觉，等到太阳西斜时就继续赶路，几天下来，的确感觉有些累了。

多吉点燃篝火，将这几天捕获的猎物都拿出来，与村落的人一起分享。

"你们要去哪里？"力巴坐在多吉身旁，拉着多吉的手说。

"蓝色的圣湖。"多吉指着大山深处说，"知道吗？"

"阿爹跟我说过，在那面的大山里，有一个蓝色的圣湖。可阿爹也是听阿爹说的，都没有去过，也没有亲眼见过。"力巴指着西南方向的大山说，"阿爹还说，那里仙女们洗澡的地方，凡人是不能去的。"

当太阳快要落山的时候，多吉才领着大家伙儿继续前行，可力巴拉着多吉的手不肯松开。

"可以带上我吗？"力巴眼巴巴看着多吉说。

多吉犹豫一下，可看到力巴祈求的目光，最终还是使劲点了一下头。

村落里还有两个胆大的年轻人，他们看到力巴要跟着多吉，去大山里寻找传说中的蓝色的湖，也想跟上去。看着力巴那祈求的眼神，多吉只好答应他们。

26

月亮半圆起来的时候，多吉他们还是没有找到传说中蓝色的圣湖，可队伍却越来越壮大。在沿途经过的几个部落和村落里，总是有些个有好奇心又有胆量的年轻人要求跟上，一起去寻找传说中蓝色的圣湖。多吉刚出发的时候只有五个人，野牦牛有二十多头，可这时候，除了快要生小牛犊的德珠，其他的牦牛背上都驮着人。

多吉领着大伙儿骑着牦牛一直朝着西南方向的大山前进，那山是越来越高，山上的积雪是越来越厚，还有那坡也是越来越陡，山间的川谷越来越狭窄，好几天都遇不上一个村落。山里的天气变化莫测，天上飘过来一片灰色的云，就会带来一阵风雪，但更多的时候是艳阳高照，明月高悬。

就在月亮快要圆起来的那个晚上，多吉领着大伙儿穿过一条峡谷，眼前突然开阔起来。突然，德勒停住脚步，迟疑片刻，抬起头嗷嗷嗷叫唤起来。跟在德勒身后的牦牛也嗷嗷嗷叫唤起来。这时，远处传来嗷嗷嗷的回应。听这响成一片的叫唤声，至少是几百上千的野牦牛在吼叫，整个山谷都在震动，还不时有拳头大小的石块从山上滚落下来。

听到回应的声音后，德勒才迈开大步继续前行。走出峡谷多吉看到前面的开阔川谷中，黑压压的全是野牦牛。

"野牛沟！"阿桑惊叫一声。

阿桑是前些天经过的那个村落里的小伙儿。阿桑有个阿妹叫阿姆，她看到阿哥要跟着传说中的多吉去寻找传说中的蓝色圣湖，就偷偷地跟在后面。

天快黑下来的时候，走着走着，德勒突然停下来，嗷嗷嗷叫唤起来。多吉觉得奇怪，这些天里，即便是在黑夜里赶路，也没有野兽跟随过，德勒在这时候警觉起来，肯定是有危险。阿姆看到多吉停下来，赶紧躲在一块石头后面。

多吉的眼睛无论是白天黑夜，都能看得很远。他看到南面的山坡上有几只狼，可看起来它们的注意力并不在自己这边，而是自己的后面。多吉清点一下人数和野牦牛，没有发现掉队的，就催促德勒，可德勒还是不走，还叫唤不停，其他的野牦牛也跟着叫唤起来。

多吉决定回去看看。阿姆也发现了狼群，再不敢躲藏，就从石头后面站出来。阿桑一见是自己的阿妹，赶紧从野牦牛背上跳下来，跑过去牵着阿妹的手。

"我是阿姆，阿桑是我的阿哥。"走到多吉跟前时，阿姆低着头，眼泪一滴一滴地掉在草尖上，像一个犯错的孩子。

多吉弯下腰，伸出手来，阿姆一把抓住多吉的手，爬到德勒的背上。

好些年前，阿桑的阿爸在一次狩猎中摔下山崖，死了。后来，阿妈也病倒了，没过多久就随阿爸去了。从那以后，即便是进山狩猎，阿桑也要带上阿妹，可这次的目的虽然不是进山狩猎，却比狩猎要危险许多，就故意没有告诉她，不想她竟然一直跟着，要不是德勒发觉她，后果不堪设想。

阿桑告诉多吉，在族人传说中，大山深处有一条沟，那是野牦牛最古老的栖息地。千百年来，随着野牦牛种群的不断扩大，就不断有新的族群出走。但在这野牛沟里，总是栖息着数百上千的野牦牛，它们似乎身负使命，在此守护着什么。这千百年来，也总是有胆大好事的人，前往昆仑大山的深处，试图去寻找传说中的美丽石头，可最终都无功而返，即便是再坚韧的人，也只能止步于野牛沟。

在走向前面的野牦牛群时，德勒不停地打着响鼻，昂着头前行。野牛沟里的野牦牛都看着德勒，看着德勒背上的多吉，然后低下头，让出一条道来。

"难道，它们在守护着蓝色的圣湖和美丽的石头。"多吉说。

"传说中蓝色的圣湖真的是在这大山里吗？"眼看着月亮就要圆起来，

罗布忍不住问道。

"嗯。"多吉点着头,肯定地说,"传说中,山里还有一种美丽的石头,能照出人的影子来。"

"我阿爹也听阿爹说过,这山里有一种美丽的石头。"阿桑说。

多吉领着大伙儿穿过野牛沟后,前面的山谷越走越狭窄,两面的山越来越陡峭,直到头顶的天空出现光亮的时候,还没有走出这条峡谷。

走着走着,多吉看到前面狭窄得只能通过一头牦牛。多吉举起手,示意大伙儿排成一行前进。走出这狭窄的谷口,眼前顿时豁然开朗,前面,是一片宽阔的川谷地。多吉抬头看了看天空,月亮还挂在半空中,星星也大都隐退了,只剩下最亮的那几颗还在闪闪发光,看样子,天就快要亮了。多吉叫大伙儿停下来休息,点燃篝火,烤着猎物,吃饱后,在篝火旁围成一圈,很快就进入梦乡。

阿姆也睡着了,她倚在多吉身旁,背靠着德勒。可多吉没有一点睡意,就斜躺在德勒的后腿弯里,仰望着西面。

西面高耸着一座雪山,雪山上簇拥着一团一团雪白的云。突然,多吉发现这一团团的白云在不断地发生变化,不断地翻涌着,渐渐出现色彩。而后,在翻涌中,色彩越来越丰富。多吉回头望了一眼东面,太阳还没有升起来,但此时,太阳应该正在吃力地往山上爬,说不定已是气喘吁吁。再回头看西面,云彩越来越美丽。

"你看,那雪山顶上的云彩!"多吉看到这美丽的景象,忍不住拉一把阿姆,轻声地说。

这时,那五彩斑斓的云彩渐渐地散开,向四面八方散开。

"云彩下面就是蓝色的圣湖。"阿姆突然想起曾经出现在自己梦里的景象,惊叫一声。

阿姆很小的时候,第一次听阿爹讲起圣湖的传说,就梦到自己坐在雪山脚下湛蓝湛蓝的圣湖边,圣湖的上空,簇拥着五彩斑斓的云团。而且,这同样的梦不止一次出现在梦中,只是,从来没有见到过美丽的仙女。

阿姆的惊叫声惊醒了大伙儿，就连德勒也翻身坐起来。德勒抬头看着西面的云彩，站起身来往前走几步，然后回头看着多吉，叫唤一声，再往前走几步。多吉突然明白过来，那五彩云朵所环绕着的，说不定就是蓝色的圣湖。

这时，大伙儿已睡意全无，纷纷抬起头，一个个都看傻眼了。

云朵的色彩一直在变幻，一团团的都镶着金边，颜色次第变幻，有的黄红，有的血红，有的深红，有的暗红，都在不停地变幻。当所有的颜色开始渐渐变浅时，正是太阳完全升起的时候，五彩斑斓的云彩也已是颜色褪尽。

温暖的阳光在山顶上倾泻下来，溢满整个川谷，雾气开始升腾，让人感觉身在幻境。大伙儿相继躺下，再次进入梦乡。多吉也开始犯困，倒在德勒的后腿弯里，很快就睡着了。

直到太阳西斜的时候，寒意一丝一缕的，仿佛是从地底下渗出来，很快，整个山谷漫浸着寒意。多吉睁开眼睛，看着大伙儿还在熟睡，便给篝火添上几根柴。在一阵毕毕剥剥的爆裂声中，罗布和力巴还有阿桑他们都相继醒来。

"今晚要翻过前面那座雪山，让大伙儿多休息一会儿，等天黑的时候再出发。"多吉说。

罗布和力巴还有阿桑取出猎物，架在篝火上，为大伙儿准备食物。

当一颗硕大的火红的圆月亮升起来时，多吉领着大伙儿朝着雪山进发。

"翻过这座雪山，就能看到蓝色的圣湖，说不定还能看到美丽的仙女。"多吉说。

在多吉的鼓舞下，就连德珠也加快步伐，紧紧跟在德勒的身旁。

这一路上，阿姆不停地给多吉讲述着自己的梦。

阿姆三岁的时候就听阿爹讲过，阿爹说，在古老的传说中，在这大山的深处，有一个蓝色的圣湖，美丽的仙女经常会来到这里，她们一会儿在湖里戏耍，一会儿飞到云彩上跳舞，永远都是这样无忧无虑地生活。阿爹还说，等阿姆长大，阿爹就带着阿姆，不怕翻山越岭，找到这蓝色的圣湖，让阿姆跟美丽的仙女一起戏水跳舞。

从那以后，阿姆时常会做着同一个梦，梦到自己坐在雪山脚下湛蓝湛蓝的圣湖边。可是，阿爹没有等到阿姆长大就走了。奇怪的是，阿姆依然沉浸在那个梦里，只是梦境突然发生了变化，有些莫名其妙，她梦见自己躺在一个男孩的怀里，骑在一头高大健壮的野牦牛背上，看着天空中的七彩云朵。七彩云朵的下面，是一个蓝色的圣湖。然后，那个男孩拉着自己的手，在仙女的簇拥下，翩翩起舞。

"我就是那个男孩！"多吉说。

阿姆扭头看着多吉，点了点头，之后，却又摇了摇头。

"我觉得是阿哥，可好像也不是，但绝对不会是你，你的头发是棕红色的，皮肤是棕色的，可他的头发和皮肤都是金黄色。"阿姆想了想说，"倒是那头野牦牛看起来特别像德勒，也是这么健壮。"

"德勒，你见过阿姆吗？"多吉拍了一下德勒。

德勒扭过头来看了一眼多吉，再看着阿姆，没有叫唤也没有打响鼻，继续埋头前行。

雪山非常陡峭，而且越走越陡，积雪也越来越厚。多吉见德勒爬得很吃力，就跳下来，搀扶着阿姆往山上爬。大伙儿也从牦牛背上跳下来，跟在多吉后面。月亮升到半空的时候，多吉已领着大伙儿爬到山脊上。果然，环绕的雪山脚下，有一个墨蓝色的湖，居然没有结冰，湖心还蒸腾着白气。

罗布和达吉还有阿桑他们都高兴极了，相互推着搡着，大伙儿都纷纷跳起来，在积雪上翻滚着滑溜着，连日的劳累也都抛却脑后。

阿姆也兴奋得不得了，她跳起来扑在多吉的背上，多吉站立不住，扑倒在地。多吉在倒下去的时候，翻过身来将阿姆抱住，一同往山下滚去。

站在湖边，阿姆有些陶醉，看着眼前这一汪深蓝深蓝的湖，简直不敢相信，似乎比梦境中的那个蓝色的圣湖要美丽许多。湖边，是雪山的倒影，静谧而圣洁。湖心，是月亮的倒影，在雾气的渲染下显得更有情调。

"阿爹说，蓝色的圣湖里有美丽的仙女在跳舞。"阿姆闭上眼睛，双手合十。

"仙女已经来到湖边，你睁开眼睛就能看到。"多吉站在阿姆的身后。

阿姆睁开眼睛，茫然四顾，可什么也没看见。

"你看。"阿姆顺着多吉手指的方向，果然看到一个仙女站在湖边，可仙女的身旁，站着的是一个男人，有点像多吉。

阿姆扭转头，看到多吉正站在自己身旁，泥黄的脸上唰地一下泛起红晕。

东方发白的时候，环绕在蓝色湖面四周的雪山顶上，又开始云遮雾罩。看着一团一团的白云开始发生变化，色彩慢慢丰富起来，多吉知道新的太阳就要升起。阿姆倚着自己，靠着德勒，睡得正香。看着阿姆恬静的脸庞，多吉忍不住将手伸过去，可指尖刚碰触到阿姆的肌肤，就把她惊醒了。阿姆有些慌乱，举起手正要推却，不想被多吉一把抓住，轻轻地捏在手心。

"你的骨骼比肌肤还轻柔。"多吉说。

阿姆更加慌乱起来，一缩手，就从多吉的手心滑落。

"你看那天上的云。"多吉为了掩饰自己的窘态，赶紧举起手，指着天上五彩缤纷的云朵。

阿姆没有抬头，她站起身来，走到湖边。

"湖底的云彩更加美丽。"阿姆说。

的确，站在湖边，低下头，环绕四周的雪山和雪山顶上缠绵的云彩尽收眼底。

"为什么这蓝色的湖没有被冰封呢？"多吉跟在阿姆身后，看着湖面，自言自语地说。

湖心蒸腾的雾气开始向四周扩散，就这样升腾着扩散着，整个湖面以及四面环绕的雪山都氤氲起来。湖心似乎起了波澜，水波不断地推向岸边，难道，真有仙女在湖里嬉闹玩耍着。

雾气越来越浓，什么也看不见。当雾气慢慢散去的时候，湖面也就平静下来。

"云彩里有仙女在跳舞！"多吉抬起头来看着天上的云彩，发现云彩上真的有美丽的仙女在舞蹈。

阿姆以为多吉在哄自己，连忙后退几步，直到看着自己的影子退出湖面。可当她看到多吉正抬着头出神地望着天上，不像是在哄自己，也抬起头来，可湛蓝的天空下除了缓缓涌动的云彩，什么也没有。多吉的喊叫声惊醒了大伙儿，他们也抬起头，可左看右看都没有发现什么。

多吉的喊叫声惊动了跳舞的仙女，她们纷纷低下头来俯视着湖边，一脸的吃惊。当她们的目光与多吉的目光相遇时，更是大吃一惊，都停了下来。这时，云彩也突然不安地簇动起来，很快就簇成一大团，将仙女掩藏起来。

"云彩把仙女藏起来了。"多吉说。

虽然大伙儿没有看到仙女，但都看到突然涌动的云彩，没有人怀疑多吉的话，因为，他的确与众不同，就连黑夜里都能看清景物。

"喂，我是多吉，洛桑多吉。"多吉双手拢在嘴前，大声喊起来，"我们走了半个月，就是来看你们跳舞的。"

多吉的话音刚落下没多久，突然起了一阵风，刚刚簇成一团的大片云彩开始向四周散开。看到仙女们在云端旁若无人地翩翩起舞，多吉索性躺倒在地上，慢慢欣赏。

阿姆看到多吉如醉如痴地看着云端，便坐在多吉身旁，顺着多吉的目光看去，依然什么也没有看到。阿姆回过头来，看着多吉的眼睛，突然发现多吉的瞳孔里有人影在晃动，她们舞动着洁白的长袖，扭动着粉红的腰肢。大伙儿见阿姆盯着多吉的眼睛，看得出神，也纷纷围过来。

"真的有仙女，她们在多吉的眼睛里跳舞。"阿桑忍不住大声喊叫起来。

阿桑话音刚落，云彩再次簇动起来，仙女们消失在云彩里。这时，多吉看到一团云彩缓缓升腾起来，然后向西飘去。

"仙女们一定隐藏在那朵云彩里。"多吉想。

"都怪阿桑。"多吉倒是没有埋怨阿桑，力巴性子急，指着阿桑叫嚷起来。

"你急什么急啊，你又没看到什么。"多吉朝力巴摆了摆手。

"我看到仙女在你的眼睛里跳舞。"力巴说，可又觉得这么说似乎不准确，因为自己还没来得及看到，仙女们就被阿桑的尖叫声惊跑了，"反正你看到了，阿桑也看到了，要不是他的尖叫，仙女就不会走。"

"行了。"多吉不愿意大伙儿为这事发生争吵，他看了阿姆一眼，嘴角露出一丝诡秘的笑，"依我看啊，看仙女跳舞还不如看阿姆跳舞，你们说是不是啊。"

"就是。"阿桑见多吉帮自己解了围，立即高兴地跳起来，全然不顾阿妹的窘态。

"我们一起来跳舞吧。"阿姆为了给阿哥解围，不得不痛快地抓住多吉的手，将他拉起来，再拉着阿哥的手。

"来，我们一起来跳舞。"多吉拉住罗布的手，罗布拉着力巴，大伙儿围成一圈，在蓝色的湖边跳起欢快的舞蹈。伴随着欢快的舞蹈，阿姆开心地唱起了歌儿：

我们穿过了山谷

只为那美丽的传说

我们翻过了雪山

寻找那美丽的传说

我们跳起了舞蹈

只为那美丽的姑娘

我们唱起了歌儿

期待那美丽的姑娘

……

第十章 欲望的海北

28

　　阿旺领着阿弟才旺和阿妹旺毛迁离世居的海边渔村，在昆仑大山脚下开始全新的生活后，没过几年，渔村里的人们也同阿旺一样，经不住大山的诱惑，相继向南迁移，开始了狩猎新生活。

　　最先发现海南渔村迁移的，是海北渔村的渔民。当大海完全封冻的时候，海北村落的渔民出海破冰捕捞时，发现海心山南面的冰面上竟然看不到一个人影。

　　"他们都去哪儿了呢？"少年巴达望着南面空荡荡的冰面，有些落寞。

　　每年冬季，海北村落里的人们都巴不得大海早点完全封冻，有的人甚至等不及完全封冻就冒险出海。等到完全封冻季节，少年巴达就跟着阿爸出海，干一些力所能及的事。

　　直到许多年以后的一个冬季，已是中年的巴达站在大海边，看着眼前靛青色的大海被大风刮得失去颜色，可大海依然放荡不羁，怂恿着波涛，前赴后继的，将海边的冰盖撑得咔嚓嚓直响。

　　这时候出海是最危险的。巴达决定带上儿子巴图，去看看早些年就已经迁居祁连山脚下的儿时伙伴。

"阿爸，我可以叫上伙伴们跟你一起去吗？"巴图雀跃欢腾起来，正准备出门的时候，突然想起一件事，那就是叫上自己的伙伴，去体会一下大山和草原的生活。

看着巴图无比兴奋的样子，巴达想起自己第一次去祁连山脚下看望儿时的伙伴，第一次吃着喷香的鹿肉时的情景。可如今，当年同自己一起去的伙伴都已经迁移过去，而自己却依然对大海心存留恋。

"当然可以。"巴达不想拒绝儿子的请求，就像当年阿爸满口应允自己一样，"阿爸第一次去的时候，也是跟伙伴们一块去的。"

在去往祁连山的路上，巴图同他的伙伴们一直蹦蹦跳跳地走在前面，巴达看着他们，仿佛看到少年时的自己。

少年巴达戴着鹿皮制成的手套，紧握着石钎，不停地捣着凿着厚厚的冰面，眼睛却死盯着南面的冰面。被石钎捣破的冰块四处飞溅，溅到裤管上的，大多跌落在鹿皮靴套里，很快就把靴套塞得满满的，可巴达浑然未觉。

巴达的鹿皮手套和鹿皮靴子都是小伙伴那苏图送的。在海北的渔村里，也时常有人在冬季来临的时候迁移到北边的祁连山脚下。也许是因为大海太狂躁，尤其是在春夏之交的解冻季节里，大风掀起的浪潮席卷着冰块，稍有不慎船只就会被打得稀烂，一个原本完美的家庭，也从此支离破碎。

生活在大海边，最难熬的是初冬的封冻季节和暮春的解冻季节，相比之下，解冻季节更为可怕。在那段时间里，被冰块压抑了冬春两个漫长季节的海水似乎变得异常狂躁，在冰面下不停地翻滚着奔突着，急于挣脱冰面的束缚。当海水挤破冰面涌上来时，大海才开始静谧下来。

这是死神俯视下的静谧，可怕得让人窒息。

通常，在这种时候，海面上到处漂浮着冰块，即使没有风的怂恿，浮冰也像一个任性的孩子，在大海的怀抱中撒欢捣蛋，一会儿被海浪推操着趁势跃出海面，大有飞翔之势，一会儿又一头扎入水中，仿佛要直插海底。而海边，被海浪托举上岸的巨大冰块层层叠叠堆积起来，形成一圈全是用冰块砌成的透明海岸。也正是这道被海浪堆砌建成的冰墙，将海浪死死地禁锢住。

海浪一向是自由的也是任性的，可这冰块砌成的海岸却限制了海浪的自由，海浪似乎有些愤怒，一浪高过一浪，前赴后继的，却把一块块巨大的浮冰使劲往上推，冰块越堆越高，海浪也越来越狂躁。

在这个时候出海，无异于与死神亲吻。

每到大海开始封冻或解冻的时候，阿爸就会带上少年巴达去祁连山脚下看望亲友。有时，即便没有阿爸的带领，少年巴达也会叫上几个伙伴跋涉半天，去祁连山脚下的村落找儿时的伙伴们玩耍。有一次，巴达在返回的时候，儿时的伙伴那苏图送给他一双鹿皮手套和一双鹿皮靴子，还给他一只野鹿。那苏图还告诉他说，这些，都是他自己亲手捕获的。回到渔村时，天还没有完全黑下来，巴达就迫不及待地点燃篝火，把带回来的鹿架在篝火上。不一会儿，鹿肉的香味便在整个村落里弥漫开来。

"阿爸，我们啥时候才迁移过去啊？"巴达第一次吃上自己亲手烤熟的鹿肉，感觉味道特别的美，也特别的香，差点没把自己的舌头给咽下去。

"鹿肉好吃吗？"阿爸没有回答，倒反过来明知故问。

"我已经把鱼吃腻了。"巴达也是答非所问，"总是有一股腥味，吃得我浑身都是腥味，我都快变成一条鱼了。"

"那你不怕变成一只鹿。"阿爸忍不住笑了，但表情还是有点难堪。

巴达的抱怨让阿爸觉得有些犯难，可他不忍离开祖祖辈辈赖以生存的大海，一旦迁居，就意味着从头开始，这跟重生似乎没有多大的区别。

"离开大海，迁居山下，从头开始，未必就是坏事。"巴达知道阿爸为什么不愿意搬迁，可又不敢跟阿爸论理，只能低下头，自言自语地说。

在海边生活大半辈子的巴达越发觉得，大海总是喜怒无常，即便是在海上生活一辈子的人，也难以掌握大海的性情，稍有不慎就会葬身大海。巴达突然想起大海南面的人们，这么多年过去，依然没有看到他们在海上出现过。难道，他们也都离开大海，迁居到山里去生活了。

"阿爸，你怎么走得这么慢呢？"巴图回头看着落在后面的阿爸，有点着急，他巴不得早点到达山脚下。

儿子的喊叫打断了巴达的思绪，他快走几步，然后小跑起来，追上巴图。

"阿爸，为什么我们不迁到山下去啊？"巴图站在那儿等着阿爸，等到阿爸走到跟前，"我听说迁到山下的人现在都是骑着马儿射箭打猎，可好玩！"

"哪儿来那么多的好玩事。"巴达说，"难道在大海里捕鱼就不好玩吗？"

"捕鱼肯定没打猎好玩。"巴图说，"要不村里的人都在往山下迁移，迁过去就不再回来。"

巴图跟自己说的话，自己在很多年前也跟阿爸说过，可总是说不动阿爸。如今，儿子竟然也跟自己说着同样的话。巴达暗暗下定决心，等这次再看看迁居山下的人的生活状况，然后再决定是否迁移。毕竟，年迈的阿爸依然不愿意离开世代栖居的大海，他只习惯大海的腥味，再无法接受大山还有草原上的青草味，夹杂着牛屎马粪还有羊粪蛋的有点变味的青草味。但巴达的心里，真是不想自己的儿子也"变成一条鱼"。

巴达知道，儿子一直很向往骑马射箭狩猎的山里生活。这些年来，每年冬季，村落里总是有人向祁连山脚下迁移，村落里的其他人虽只是看在眼里，可心里难免会有所触动，那些个一直犹豫不决的人，便在这一刻终于下定决心。可巴达一直不敢违背阿爸的意愿，阿爸已经老得快走不动了。巴达想，等阿爸归天后，一家人才可以无所顾虑地迁移到山脚下去。

巴达带着儿子巴图还有他的伙伴们赶到山下的村落时，老远就闻到正架在篝火上烧烤鹿肉羊肉的香味。巴达看着巴图的喉结不停地上下窜动着，看样子还使着劲儿，而在往常，这种动作只有被鱼刺卡住喉咙才出现的。

看着儿子巴图还有他的伙伴们的喉结上下不停地窜动，巴达赶紧抬起手，摸着自己的下巴，然后赶紧把口水咽下去。巴达害怕被他们尤其是儿子看到。可这口水不停地渗出来，怎么也抑制不住。

"或许，年迈的阿爸很快就能适应大山还有草原的青草味。"巴达想。

　　巴达怎么也没有想到，从世居的大海边迁居祁连山下的人们，不仅很快就能适应全新的生产生活方式，居然与大海东西两面的村落或部落都有频繁的接触，还从他们那里学到许多的新东西，像那苏图一家，竟然学会耕种作物。然而，在频繁的接触与交往中，村落与村落之间的冲突也时有发生。

　　听那苏图说，在大海东面的地势平缓地区，生息着一个大部落。随着部落人口的迅速增长，这个原本就很大的部落每年都在向周边地区扩张。他们除了耕种作物，还牧羊牧马，时常侵占海北村落的草场。而西面的村落因不甘心蜗居在狭长的山谷里，不断向南面的草原扩张。

　　面对其他村落或部落的侵占与扩张，从海北村落迁徙到山脚下的人们自然不甘心退让。于是，村落里几个威望较高的老人提议，把村落里的青壮年男人组织起来，分成甲乙丙丁四个队，甲队由那苏图带队，乙队由哈布带队，丙队由巴尔特带队，丁队由呼伦带队。他们除了平时带领大伙儿打猎放牧，还要担负起保卫村落的责任。可面对如此强大的入侵者，除了忍让和退缩，根本找不出更好更有效的办法。

　　"我和哈布他们几个正谋划着在大海封冻季节去大海的南面看看。"那苏图对巴达说。

　　"你们去的时候把我也叫上，"巴达说，"好些年没有看到那边的人下海捕鱼，他们是不是都迁移到山里去了。"

　　巴达真的以为那苏图他们只是去大海南面看看。

　　当大海完全封冻的时候，那苏图和哈布领着一帮青壮年骑着马儿来到海边，他们还多带了一匹马，那是给巴达准备的。巴达每次去祁连山脚下找那苏图，那苏图就会教他骑马，可一年也就那么三两次，因此，巴达的骑术一直没有什么长进。巴图看到那巴也骑着马儿，就跑过去。那巴是那苏图的儿子，年龄跟巴图差不多大。那巴看到巴图，便伸出手来把他拉到马背上。

"不是说只是几个人过去看看吗？"巴达看到那苏图和哈布领着几十个人，他们身上背着弓箭，手中都还拿着投枪。

"大伙儿听说要去大海的南面看看，都抢着要去。"那苏图轻描淡写地说，"我们只挑选出其中的小部分人过去看看。"

那苏图说完，便打马向前，朝大海走去。巴达再没有说什么，跟在那苏图他们后面。

大海已被厚厚的冰层封得严严实实，冰面有些滑，好在马蹄上都绑扎着兽皮，践踏在冰面上的笃笃声，听起来有点沉闷，还有点轻飘飘不真实的感觉。

"也许，那苏图他们真的只是过去看看。"这个想法在巴达的心里已经埋藏许多年，眼看今天就会实现，可巴达不但没有一丁点的喜悦，心里反倒有点隐隐的担忧。

巴达的担忧不是没有道理。那苏图他们的真正目的，就是去大海南面看看，看看有没有机会寻求更大的生存空间。巴达哪里知道，在山脚下新形成的海北村落面对来自东西两面夹击，一个是强大而且善于骑射的部落，一个是被恶劣生存环境锤炼出来的彪悍村落，根本就无力对抗。

那苏图他们到达海心山已是夜半时分。

"今晚就在这里过夜，明天还得加快速度。"那苏图吩咐大伙儿就地休息。

一会儿，就有人点燃了篝火开始烤肉。大伙儿吃饱喝足后，本来还想聊一会儿，可都觉得异常困乏，也许是在马背上颠簸时间太长，真正是人困马乏，很快就围着篝火睡着了。

第二天，东方开始发白的时候，那苏图就叫醒大伙儿继续前行。当他们抵达大海南面的时候已过午时，那苏图吩咐大伙儿稍作歇息，吃些干粮，然后派出几名青壮年四处察看一番。果然，海南村落里的人都搬迁走了，大海已经把他们生存生活过的痕迹抹杀得一干二净。令人奇怪的是，海边还有一条船，被冻得严严实实，几个人都挪不动。

"走，去山下看看。"那苏图跃上马背大声喊叫起来，然后催促着马儿撒开四蹄，朝着海南村落疾驰而去。

海南村落里的人们虽然已经从过去单一的狩猎生活，发展到农耕与畜牧还有狩猎并存的生活，但每到羊、马、鹿繁育的冬春季节，人们主要还是依然靠狩猎维持生计，当然狩猎也是有规则的，幼崽和母的都不能捕杀。

急促的马蹄声传到海南村落的时候，村落里的老人和女人以为是进山狩猎的男人回来了，纷纷牵着或抱着小孩跑出地穴，看到出现在村落里的全都是陌生人，大伙儿有些吃惊。

"是不是多吉回来了？"阿旺老爹躺在地穴的榻上，听到外面有些响动，便问卓玛。

自从多吉领着村落里的几个年轻人进山后，老爹是日也盼夜也盼，盼得眼珠儿都快掉出来了。

卓玛跑出地穴，爬到地穴旁的脊坡上，看到村落里来了一大帮骑着马儿的陌生人，村落里的人有些惊慌，都面面相觑。卓玛跑回地穴的时候，阿旺老爹已经坐起来。卓玛正要扶着老爹从榻上下来，这时，村落里突然变得闹哄哄的，人的哭喊声马的嘶叫声混成一片，整个村落也变得慌乱起来。

原来，那苏图看到眼前的这个村落里尽是老幼妇孺，便大手一挥，身后的人立刻会意，奔向羊圈和鹿圈，开始疯狂的掠夺。巴达这才恍然大悟，可他已无力阻拦。

"外面发生什么事？"阿旺老爹似乎已经感觉出来什么，在卓玛的搀扶下颤悠悠走出地穴，顺手抓住放在门洞边的投枪。

这把投枪曾经射杀过无数的野兽，连枪头都变成了黑色，如今，已成为老爹的拐棍。

村落里已经乱作一团，老人和女人拖着小孩东躲西藏，入侵的陌生人冲进羊圈和鹿圈，他们手中的投枪已是鲜血淋漓，躺在地上的羊和鹿都在痛苦地哀叫着抽搐着。

"强盗！"阿旺老爹急得直跺脚，他甩开卓玛，拄着拐棍朝村落走去。

牛棚里的野牦牛也被村落里的嘶喊声惊醒，德旺和德吉看着一脸气愤的老爹，便跟了过来。德旺走到老爹身边，抬起头，轻轻地蹭了蹭老爹手中的拐棍。老爹明白德旺的用意，就扶着它的犄角。

阿旺老爹一手扶着德旺，一手拄着拐棍，步履立即轻快起来。刚走出几步，老爹突然想起一件事，便停下来，回头看着紧跟在自己身后的卓玛。

"点火。"老爹不愧是一个智慧的老人，指着牛棚旁边的干草堆对卓玛说，"但愿扎西他们能看到烟火。"

自从村落里的男人骑着马儿狩猎后，效率高了许多，这会儿，他们正在赶回村落的路上。看到村落里腾起的浓烟，扎西立即有种不祥的预感。

"村落里肯定出事了。"扎西说着，赶紧催促马儿奔跑起来。

当扎西领着村落里的男人赶回来时，那苏图他们正在把扎死扎伤的羊和鹿往马背上装。

那苏图看到山谷里冲出来一帮男人，知道是村落里的男人狩猎回来了，赶紧招呼同伴们撤退。

"巴达，你先走。"那苏图看到还傻愣着的巴达，冲他大喊了一声。

巴达一时没有回过神来，依然站在那儿傻看着，他完全被眼前的景象惊呆了。

"巴达小心！"那苏图打马跑出十几步，发现巴达没有跟上，回过头来，正好看着阿旺老爹缓缓地举起手中的投枪。

那苏图赶紧勒住马往回跑，眼看着阿旺老爹将投枪举过头顶，上身正往后倾。那苏图来不及细想，将自己手中的投枪射向阿旺老爹。

看到阿旺老爹晃摆几下便软奄奄倒在地上，德旺突然撒开四蹄，朝着那苏图冲撞过去，扑的一声便将那苏图胯下的马儿撞出几步远，那苏图更是飞了起来，然后重重地摔在地上。巴达这才惊醒过来，从马上跳下来，跑过去抱起那苏图。

那苏图没有受伤，只是被德旺这么一冲撞，摔得很重，感觉头有些晕，天旋地转的。巴达扶着那苏图站起来，可他们已被野牦牛群团团围困在中间。虽然看上去这些庞然大物是老的老小的小，但它们头顶上尖锐而且泛着光亮的犄角，还是让人感到心里空荡荡的没有半点把握。

30

"阿爹。"卓玛抱着浑身是血的阿旺老爹，不停地哭喊着，"阿爹，阿爹。"

阿旺老爹微微张开眼皮，看到眼前的卓玛，似乎有点吃惊，可眼皮很快又合上了。

"阿爸，阿妈，等我。"老爹的声音很微弱，还有些含混不清，卓玛不得不将耳朵凑到老爹的嘴边，"阿弟，阿妹，等着我……梅朵，梅朵，我是阿旺……达娃，阿爸在这儿。"

"阿爹。"阿旺老爹的胡言乱语把卓玛吓着了，"阿爹，我是卓玛。阿爹，你醒醒，我是卓玛。"

阿旺老爹像是睡着了似的，任凭卓玛怎么呼喊怎么摇晃也没有半点反应，还是浑身软耷耷的，仿佛骨头都化掉了，变得跟他身上那皱巴巴的皮肤一样松软。

阿旺老爹沉睡了一会儿，猛然睁开眼睛，"多吉，我的多吉呢？"

村落里的人都围了上来，他们看着阿旺老爹，然后双手合十，为阿旺老爹祈祷。巫师尼亚赶紧给老爹处理伤口，他一手抓着投枪，一手握着一把草药，猛地用力拔出投枪，然后将草药敷在老爹的伤口。血是止住了，但要救活年老体弱的阿旺老爹，除非是天神保佑。

这会儿，阿旺老爹的身体显得十分虚弱，但神志却突然变得十分清醒，不停地念叨着多吉，可多吉离村落还有好几座山。

扎西和同伴们赶到村落里，望着远处快速移动着的黑影，长叹一声。走到野牦牛群的中间，看着那苏图和巴达，愤怒的扎西举起手中的投枪。

然而，看到巴达哀求的眼神，扎西有些心软，将高高举起的手慢慢垂落下来。毕竟，站在自己眼前的，不是山林里的野兽，而是两个活生生的人。

扎西不知该如何处置这两个人，便将他们绑在祭台的柱子上。

"山鬼会处罚你们的。"扎西气愤地说。

卓玛和巫师尼亚照看着阿旺老爹，扎西领着大伙儿清理村落。看着羊圈的羊和鹿圈里的鹿都是死的死伤的伤，扎西更加愤怒。回头看着绑在祭台柱子上的人，眼睛里都快要喷出火来。

"他们的同伴们肯定会回来的。"扎西想。

当天晚上，扎西领着村落里的男人埋伏在村落的草垛或周围的山林里。

哈布和同伴们一路狂奔，一直跑到海心山，确认后面无人追赶时才停下来。在清点人数时才发现，虽然抢到不少的羊和鹿，可却丢下两个人，心里总没个滋味。巴图和那巴发现自己的阿爸没有回来，就知道坏事了。

哈布和巴尔特还有呼伦商定，把抢来的羊和鹿先藏在海心山上，再带上村落里的青壮年连夜赶回海南村落，把那苏图和巴达救出来。出发的时候，哈布看着黑压压的人群，心想，今晚不仅要把那苏图和巴达救回来，还顺便可以把海南村落洗劫一空。

海南村落自从多吉出现，把哺乳期女人的奶子吮吸干后，人丁就一直兴旺不起来。好在男人们很快就学会活捕野羊和野马回来，他们不仅用它们的奶水哺育自己的孩子，还学会了圈养。而这些喝着羊奶和马奶长大的孩子，在喝野牦牛奶长大的多吉的带领下，早早就学会进山狩猎。可就在这紧要关头，最有战斗力的多吉和他的伙伴们，还有德勒及野牦牛群，偏偏都不在村落里。

当哈布和巴尔特还有呼伦领着大队人马赶到海南村落时，扎西正在打盹，听到马蹄声后，赶紧打起精神，可看到山谷口黑压压的人马后，心里直打鼓，即便是偷袭也没有半点胜算。

与其偷袭失败，不如光明正大地一决高下。想到这，扎西不再躲藏，从草垛里钻了出来，大伙儿也都钻出来。巫师尼亚也不知是从哪里冒出来的，还点燃祭台上的火把，将整个村落照得通明。

巴图和那巴看着被绑在祭台上的阿爸，正要冲过去，却被哈布挡住。哈布看着聚集在祭台上的人群，再看看聚集在自己身边的，要比对方强大许多的队伍，这明显不是一场势均力敌的决斗。看到对方是严阵以待，哈布就知道，祭台上应该聚集了整个村落的男人，可对方似乎并不害怕也不退缩，莫非对方还联络了周边的村落。

果然，就在哈布犹豫未决的时候，山林里的群鸟像是受到惊吓，呱叫着扑腾着翅膀窜了出来，在林子上盘旋着。自从海南村落里的人们学会耕种后，不断有鸟群迁徙到村落附近的山林里筑巢安家。

"多吉，"扎西也感觉到了，"是多吉他们回来了。"

多吉的出现令扎西及所有男人都振奋起来，他们用投枪捣着地面，嘴里还跟着投枪捣地的节奏吼叫起来。

哈布暗暗庆幸没有贸然发起攻击。可当哈布看清出现在山谷里的队伍只不过十来个人，还都是些毛头小子时，便大手一挥，黑压压的队伍迅速涌动起来，在山谷口排成一个巨大的扇形。

多吉似乎明白这一大帮陌生人的意图，回头看了看力巴和阿桑还有阿姆他们，一旦发生冲突，他们怎么办？

"多吉，是多吉回来了。"这会儿，阿旺老爹又清醒过来，还挣扎要起身。

卓玛不想违背阿爹意愿，赶紧扶他起来。或许，阿爹的灵魂已经脱离他的身体，死神随时会带走他，把他送回到阿爸阿妈还有阿弟阿妹的身边。也许，这才是阿旺老爹最大的心愿。卓玛并不知道阿旺老爹心中的矛盾，他怀念阿爸阿妈，却又害怕见到他们，因为他总是觉得自己没有照顾好阿妹特别是阿弟。

"多吉，你快过来。"卓玛见到多吉，大声呼喊起来。

多吉见到卓玛以及卓玛搀扶着的老爹，立马从德勒背上跳下来，扑了过去，跪倒在老爹跟前。这时候，老爹的腰板已经僵硬得像一块石板，就连手臂也颤抖着抬不起来。卓玛知道老爹想要做什么，便托起老爹的手，放在多吉的脸颊上。

老爹的手臂也开始僵硬起来，只能用手指头轻轻地摩挲着多吉的脸颊，"走，过去，看看。"

多吉一手托着老爹的手，一手搀扶着老爹的身子，缓缓站起身来，朝山谷口走去。德旺和德吉也走过来，走到多吉身边。德勒和德珠带领的野牦牛群也都跟在多吉身后。

"不要，伤害，他们。"老爹一字一顿地说，虽然声音十分的微弱，但字字清晰。

多吉也不想伤害他们，可只要冲突一起，双方都会有人受伤甚至死去。

"救我啊！"跪绑在祭台上的那苏图挣扎着喊叫着，"哈布，快来救救我和巴达。"

巴达没有吱声，木然地看着阿旺老爹，这个被那苏图的投枪射中胸膛的老人，气息奄奄的老人，突然心里一酸，眼泪便从眼窝里滚了出来。

多吉看了一眼那苏图和巴达，便将目光停在扎西身上。扎西走到多吉身边，多吉让扎西搀扶老爹，顺手抓住扎西手中的投枪，不紧不慢地朝那苏图和巴达走去。

"哈布救我！"那苏图以为多吉要用投枪射穿自己的脸膛，嘶叫起来。

巴达依然没有吱声，反倒直起腰板，挺起胸膛，似乎准备迎接多吉手中的投枪。

那巴和巴图担心这个看上去年龄跟自己差不多大，但要高大结实许多的少年会一枪就扎穿阿爸的胸膛，便急着想往前冲，却被哈布和巴尔特拦住。

哈布看着这个无论是体格还是气质都不同于常人的少年，心里直打鼓，可看到对方一步步走近那苏图，哈布决定冒险一试，便朝巴尔特和呼伦使了个眼色，三人握紧投枪，催促着马儿向前走去。

海北村落的人看到哈布和巴尔特还有呼伦打马上前，准备与对方一决高下，也催促着胯下的马儿向前移动。

第十一章 多吉的使命

31

多吉察觉出对方的意图，缓缓地扭转头来，瞟了哈布一眼，可以看出来，这个壮实的男人正是这帮人的首领之一。多吉突然身子一转手臂一扬，手中的投枪飞射出去，直直地投向哈布。

只听见噗的一声响，哈布看到投枪正扎在自己胯下马儿的胯前，投枪在深深扎入地面后，还发出嘶嘶的战栗声。受惊的马儿嘶叫着高扬着前蹄，久久不敢落下，后蹄连连退后两步，差点把哈布摔下马背。

哈布吓得张大嘴巴，他不敢相信，这个看上去还是个毛头小子的家伙，竟然有如此神力，能把投枪投射得这么远。可哈布强装镇定，他不想在这么多人面前丢面子，可又担心自己稍有不慎的举动，会再次招来穿透自己胸膛的投枪。哈布两腿暗暗使劲夹住胯下的马，脚掌尖还在马肚上蹬了一下，却把缰绳拽得紧紧的。

哈布无非是想暗地里催促马儿向前走两步。这样一来，在同伴眼里，自己并不畏惧这个毛头小子，可马儿抬起前蹄却不敢向前迈出，又落在原地。

"黑儿。"多吉一眼就看出哈布的意图，立马想到了黑儿。

这种时候，只有黑儿才能震慑这帮貌似强大的入侵者，才能把大海周围还有大山里所有的村落或部落联合起来，从而避免相互之间无休止的争斗。

多吉话音刚落，山谷里传来一声长吼，紧随吼叫声而来的，是一阵分外阴冷的风，所有人都不禁打了个寒战。吼声过后，村落甚至山林里都是死一般的寂静，就连山林里的鸟群都紧收着翅膀，不敢发出半点响动。哈布感觉马儿的腿都在打战，有些站立不稳。当第二声长吼传来的时候，哈布他们胯下的马儿都不约而同地跪倒在地，马背上的人都猝不及防，纷纷跌落下来，一个个都狼狈不堪。

德旺也嗷叫一声，前腿一屈跪在地上。所有的野牦牛都嗷叫一声，都跪在地上。海南村落里的人也纷纷跪倒在地，就连阿旺老爹也在卓玛和扎西的搀扶下，艰难地跪了下去。力巴看到海南村落的人还有罗布都跪倒在地，赶紧拉了阿桑一把，也跪倒在地。阿姆被这阵势吓倒，呆呆地站在那里，看着多吉。

"猰！"哈布听到野牦牛的叫唤声，猛然想起海北村落里一个古老的传说。

还不止是海北村落，在别的村落和部落也有同样的传说。哈布曾与海西昆仑大山里的村落或部落的交往中，听他们说起过，甚至还有人亲眼见到过古老传说中的猰。

在这个古老的传说中，这高高的高原之上的高耸入云的雪山上，生存着一种叫猰的神兽。这种叫猰的神兽，体大如野驴，浑身长着长长的毛发，脚掌却赛过马蹄，嘴巴比獠牙虎还要大，凶猛异常，能对付一群凶残的高原狼。即便是獠牙虎家族和豹群，也不敢与猰对抗。还有人说，雪山里有一群猰，猰群当中还有一只猰王，这猰王就是天神派下来的，更是异常凶猛，守护着高高的高原上的神山圣水，狼虫虎豹见了，都唯恐避之不及。

"莫非，这发出令人不寒而栗的吼叫声的，就是传说中的猰王。"哈布想到这，赶紧扔掉手中的投枪。巴尔特和呼伦他们也吓坏了，纷纷扔掉投枪。

一团巨大的黑影似乎是从天而降的。黑影落在多吉的身旁，多吉纵身一跃，骑在黑影的背上。

"獒王！"

哈布看清了，是一只体大如野驴浑身长毛的野兽，口大如盆，两眼还放射着红光。哈布赶紧收回目光，低下头，这才左右瞟了一眼，巴尔特和呼伦他们早就跪倒在地上，连头都不敢抬。

多吉两腿一夹，黑儿纵身一跃腾空而起。哈布看着獒王朝自己扑过来，两腿一软，跪伏在地上。

獒王正好落在哈布的跟前。哈布不敢抬头，但心里却在思忖，这个能把獒王骑在胯下的毛头小子，一定是天神派来的使者。

"多吉。"多吉环视一眼跪伏在地上的入侵者，"洛桑多吉。"

"多吉是天神赐给大地的孩子，能给地上的生灵带来吉祥的洛桑多吉。"海南村落里的人异口同声地喊道。

"汪——呜。"獒王突然退后几步，然后冲着哈布他们一声长吼。这吼叫声带来的阴冷的风，令哈布他们一个个都战战兢兢的，跪在地上不停的颤抖。

"多吉。"阿旺老爹担心山鬼伤害这些入侵者，硬是挣扎着站起来喊了一声，然后摇晃两下倒了下去，幸亏扎西一把将老爹抱住。

多吉听到老爹的喊叫，便回过头去，看到老爹倒在扎西怀里，赶紧勒住黑儿。黑儿明白多吉的意图，掉转头来，纵身一跃便扑在老爹跟前，吓得扎西和卓玛忍不住后退半步。

多吉从黑儿背上跳下来，在黑儿的背上轻轻拍一下，黑儿似乎还不愿离去，看着多吉，呜咽一声。多吉抱住黑儿的头，任黑儿在自己的脸上舔了又舔。舔了好几下后，黑儿似乎才心满意足，转身一纵，消失在黑暗中。

"阿爹，阿爹。"多吉抱着老爹，连喊两声，可老爹没有半点反应。

多吉把头扎在老爹的怀里，痛苦得流下眼泪，呜咽不止。村落里的人都围上来，他们跪在地上，双手合十，为阿旺老爹祈祷。

"天神啊，请不要带走我们的阿旺。阿旺是多吉的阿爹。"巫师尼亚不停地念叨着祈祷着，"天神把多吉赐给大地，可多吉是勇敢智慧的阿旺历经生死才养大的。天神啊，求您看在多吉的份上，把勇敢智慧的阿旺还给我们吧。"

或许，天神听到了巫师尼亚的祈祷。就在这时，奇迹发生了。多吉的眼泪掉在阿旺老爹的胸膛上，滚烫的泪水流过老爹胸膛上的伤口，所经之处，伤口立即愈合。

突然，一道蓝光撕破头顶漆黑的天幕，飞射而下。蓝色的光束越来越小越来越细，直到细如发丝，飘落在多吉的头顶。蓝色的光束闪动着飘荡着，慢慢扩散成一个淡蓝色的光圈，将多吉和阿旺老爹包裹起来。祭台火把上的黄色的火苗开始扑腾乱窜，在左右窜动几下后，便齐刷刷挣脱火把的束缚。只剩下蓝色的光束和光圈，突然散放出蓝白的巨大光芒，将整个村落照得如同白昼。

所有的人都被这蓝色的光芒搅得眼花缭乱。他们仿佛看到阿旺老爹缓缓地抬起双手，捧着多吉的脸。这时，蓝色的光圈渐渐收拢，像是被光束吮吸着，直到吮吸一尽，只剩下细如发丝的光束，但依然散发着巨大的蓝色光芒。突然，光束挣脱多吉的头顶，猛地往上蹿，眨眼便消失在漆黑的天幕里。

"你是谁？"黑暗中，有人问了句，听起来似乎是阿旺老爹的声音。

"我是多吉，你的洛桑多吉。"这是多吉的声音。

"多吉！"的确是阿旺老爹的声音，"多吉是天神赐给我的孩子。"

"多吉永远是阿爹的孩子。"多吉说。

"阿爹的孩子要守护着阿爹，天神的孩子要守护着大地。"说着，阿旺老爹猛然想起大海上那个大雾弥漫的夜晚发生的一切，精神立即大振，还挣扎着坐起来，抬起手臂伸出一个指头指着西面，"龙王的儿子被囚禁在大山中的玉峰下。那是一座金色的雪山，月圆之夜就能看到。"

没有人相信阿旺老爹说的话。老爹还说，囚禁在玉峰下的是龙王的第九个儿子，最小的儿子，九子的阿妈终日手捧指环以泪洗面盼着他回到身边来。

阿旺老爹说完,突然想起了那枚指环,他伸出双手,左右看了看,可什么也没有。老爹有些急了,抓住多吉的双手,却又不知道从何说起。这时,老爹的中指根突然长出一样东西来,闪闪发亮的。竟然是一枚指环,一半是羊脂的白一半是碧翠的绿,中间还有一圈金黄色的脊。老爹把指环取下来,戴在多吉左手的中指上,也像是被吸附在皮肉里,很快就消失不见。看到这种怪异的现象,没有人再怀疑老爹的话。

32

东方露出的一丝光亮,正撒在阿旺老爹的额头上。老爹的额头被岁月的锋刃镂了又镂刻了又刻,光亮撒在上面,迅速向四周流溢开来,很快就漫浸整个村落,整个山谷,整个大地。

所有人都面面相觑,可多吉遵从老爹的意愿,决定当晚就出发,再次进山,去寻找金色的雪山,拯救龙王的第九个儿子。

巴图和那巴也想加入多吉的队伍,他俩跪在多吉的面前,如果多吉不答应,就永远这么跪着。巴达和那苏图也跪在多吉面前,请求多吉带上自己的孩子,并承诺从今往后,海北村落不再侵犯海南村落,并听从多吉的号令。

罗布还有力巴和阿桑也用祈求的目光看着多吉,看到多吉点了一下头,赶紧跑过去扶巴图和那巴。巴图和那巴还是不敢起身,抬头看着多吉,直等到多吉冲着他们点了点头,这才敢站起身来,然后转身扶起各自的阿爸。

为了补偿海南村落的损失和表示歉意,那苏图决定把所有的马匹留给海南村落,然后领着大伙儿步行回海北村落,这也算是给自己的惩罚。

多吉领着伙伴们出发的时候,重获新生的阿旺老爹领着整个村落的人聚集到村落中央。扎西点起篝火,为多吉送行。巫师尼亚点燃所有的火把,为多吉祈祷。看到篝火,阿旺老爹突然想起一件事。

阿旺老爹不愧是一位充满智慧的老人，能在村落遭到海北村落侵袭的关键时刻想到用烟火传递紧急情况，及时召回扎西他们，缓解了村落危机。而多吉已经与大山里的村落及部落有了交往，何不结成联盟，一旦有事，也可以用烟火为号。

　　阿旺老爹让多吉在寻找金色玉峰的途中，每经过一个结成联盟的村落或部落，就在附近最高的山顶垒起一堆干柴，由村落或部落派人轮流守护，一旦发生关乎村落或部落生死攸关的重大事情，就点燃干柴，然后依次传递，其他联盟村落和部落务必倾力救援。海南村落的柴堆，就垒在后山的巨石上。

　　当晚，人们点燃篝火，跳起欢快的舞蹈，既是庆贺海南村落与海北村落化干戈为玉帛，庆贺阿旺老爹的重生，更是为多吉他们送行。

　　阿旺老爹看着总是围着多吉转来转去，却又有些害羞的阿姆，便想起梅朵。多吉见老爹的目光总是在自己和阿姆身上跳过来跳过去，一把牵住阿姆的手，走到老爹跟前。

　　"阿姆。"多吉说，"阿姆是阿桑的阿妹，他们失去了阿爸阿妈，这次还跟我们一起找到了蓝色的圣湖。"

　　阿旺老爹伸出双手，一手拉着多吉，一手拉着阿姆，"我是多吉的阿爹，也是阿姆的阿爹。"

　　阿姆泥黄的脸一下泛起红晕，赶紧抬手想把脸掩藏起来，却又觉得那样似乎有点夸张，只得把指头搁在鼻尖上，遮住半张脸。

　　阿旺老爹没有注意到阿姆的窘态，拉着她和多吉的手，跳起欢快的舞蹈。巴图和那巴，罗布和力巴还有阿桑，村落里所有的人都依次手拉着手，加入到跳舞的行列。跳着跳着，老爹的额头开始渗出汗滴，便将多吉和阿姆的手拉过来，把阿姆的手塞在多吉的手掌心，独自一个人坐在外围歇息去了。

　　看着多吉和阿姆手拉着手，跳得那么欢快，阿旺老爹的眼角突然滚出了泪滴。老爹想抬手拭去，却在眼前停住，然后缓缓地垂落下来。老爹眨巴一下眼睛，泪水便模糊了双眼，他看到年少时的自己，那是刚从大海边迁移到山脚下的自己，拉着梅朵的手，跟阿弟阿妹还有村落里的人，围着篝火跳着欢快的舞蹈。

当篝火开始暗下来时，人群才开始从篝火旁散开来，然后聚集在祭台前，老人和女人也抱着熟睡的孩子走出地穴，为多吉他们送行。巫师尼亚还点燃祭台上的火把，为多吉他们祝福祈祷。

出发的时候，多吉照例骑着德勒，他不想冷落与自己一块长大的德勒。一行人都骑着野牦牛，浩浩荡荡向大山深处进发。

多吉领着大伙儿昼伏夜出，每经过一个村落或部落，都受到人们的热烈欢迎，他们也祈盼着村落之间结成互不侵犯互相帮助的盟约。多吉还把海南村落从单一的狩猎转变为以放牧为主狩猎为辅的生存经验介绍给他们，这样不仅能缓解人类的生存压力，还可以缓解人与动物之间的冲突。

多少年来，在这延绵几千里的昆仑大山中，生息着许许多多的村落和部落，村落与村落或者部落与部落之间，总是因为争夺猎场而冲突不断。不仅如此，由于村落或者部落之间的冲突不断，那些个弱小的村落就不得不向大山深处迁移。

在人类的不断迁移中，对动物们的侵扰尤其是对狼虫虎豹栖息地的侵扰，引发了人与野兽的冲突。面对人类的不断侵扰，狼群和豹群对村落的袭击时有发生，黑熊与棕熊以及别的猛兽更是趁火打劫。

在人类与人类、人类与猛兽的冲突中，那些个弱小的村落最终走向灭亡。而村落里侥幸活下来的勇者，却不得不依附别的村落，苟延残喘供人驱使。巴鲁尔就曾是一个弱小村落里的勇者，他曾杀死过一头豹子。

多吉一行在傍晚时候经过巴鲁尔依附的这个部落时，看到部落里的人们正围着篝火，兴高采烈地分享着猎物。不远处，一个看上去十分勇猛的男人蹲坐在地上，搂着一个瘦小的男孩，眼巴巴地望着。他在等部落里的人分完之后，剩下的那份才是自己的。通常，分给自己的都是瘦得只剩下皮包骨头的衰老的母羊。

"多吉。"多吉催促德勒，径直走到巴鲁尔跟前，自我介绍说，"洛桑多吉。"

巴鲁尔看着骑在野牦牛背上的多吉，还有跟在他身后的队伍，有些惶恐，把小男孩搂得更紧了。

多吉从德勒背上跳下来，顺手还取下一只鹿，扔在巴鲁尔面前。

"给你的。"多吉说着，还伸出手来，在小男孩的脸上轻轻地抚摸了一下。

小男孩的眼睛一直盯着那只鹿，直到多吉的手碰触到脸上才反应过来，想躲避已经来不及了。看到小男孩惊恐的眼神，多吉突然感到一阵酸楚。

部落里的人看着多吉，有几个看上去很健壮的男人走过来，似乎有些不满。德勒转过身去，冲着他们打了几个响鼻，便把他们震住了。

"德勒。"多吉喝住德勒，主动迎上去自我介绍说，"多吉，洛桑多吉。"

他们一听"洛桑多吉"，慌忙跪拜在地上，喊出那句早已传遍大山各个村落和部落的话语。

"多吉是天神赐给大地的孩子，能给地上的生灵带来吉祥的洛桑多吉。"

多吉没有理会他们，转过身去走到巴鲁尔跟前，伸出手。巴鲁尔犹豫一会儿，也伸出手，握住多吉伸过来的手，感觉多吉的手在用力拉自己，这才站立起来。

多吉发现，巴鲁尔的确是一个健壮的男人，虽然有点瘦，但力道不弱。

"你是洛桑多吉？"巴鲁尔似乎也听说过有关多吉的传说，只是这次相见来得太突然，有点不敢相信。

看到多吉点了一下头，巴鲁尔扑通一下便跪在多吉脚下，还抱住多吉的脚，重重地叩了三个响头。

多吉扶起巴鲁尔，还朝着坐在地上傻看着眼前那只鹿的瘦小男孩招一下手。小男孩怯生生地看着多吉，然后扭过头看着阿爸，不敢上前。

"我，巴鲁尔。"巴鲁尔拉过儿子，"巴力登。"

巴力登依在阿爸身边，可眼睛还在盯着地上的鹿。

"你的。"多吉指着鹿对巴力登说。

巴力登立马挣脱阿爸的手，转过身去抓起鹿腿，一弯腰便把鹿扛在肩膀上。看起来，这小家伙虽然瘦了点，但力气却不小。

部落里的人看到多吉如此礼待巴鲁尔和他的儿子，顿时觉得十分内疚，在狩猎中，巴鲁尔是最卖力的，可就因他是来投靠自己部落的，就享受不到同等的待遇，虽然有人不免同情巴鲁尔，却无人敢说出来。那几个健壮男人在部落首领卓嘎的带领下，不约而同地走过来，一个个都张开双臂，紧紧拥住巴鲁尔。多吉知道，巴鲁尔终于融进了这个部落。

33

在这个大山中的小部落里，人口虽然不多，但男人们个个健壮。巴鲁尔站在他们中间，丝毫不逊于身边的每一个人。如果细看，巴鲁尔甚至更为显眼。

从前，巴鲁尔是自己村落里最出色的男人，勇猛而且有指挥能力，是村落下任首领的不二人选。如果不是因为村落频繁受到猛兽的攻击，以及邻近村落或部落的袭击，致使村落分崩离析直到完全瓦解，这时候，他应该已经成为村落的首领。巴鲁尔流落到这个村落里已经有几年了，至今他还记得第一次走进这个村落时的情景。

那是一个大雪纷飞的午后，当巴鲁尔出现在卓嘎部落时，卓嘎正和部落里的男人在部落中央的开阔地里围着篝火商量事情。大片大片的雪花砸落下来，那扑腾着的火苗似乎早已是饥渴难耐，伸出长长的蓝色或黄色的舌头不停地舔食着雪花。没有人注意到巴鲁尔的出现，可他不能停下来，他那披在肩上的头发已经结冰，又冷又饿，特别是怀里抱着的巴力登，他的脸和嘴唇都有些发青发紫，已经没有力气走路，甚至连呼吸都显得有点困难。

"嘿！"巴鲁尔特意喊了一声，可还是没有人注意到他，也许是雪片飘荡的声音实在是有点大，把他的声音给淹没了。

然而，很快就有人注意到他，那是他的脚掌踩在雪地上的扑哧声和嘎吱声惊动了卓嘎。背对着巴鲁尔的卓嘎听到响动后扭转头来，面对巴鲁尔的男人这才发现来人了，都纷纷站了起来。所有人的目光都是那样的异样，他们的手还不约而同地抓起身边的投枪。

巴鲁尔赶紧收住脚步，手臂还暗暗用劲抱紧巴力登。部落里的男人都围了上来，巴鲁尔看到儿子睁开眼睛，迟疑了一下，但还是慢慢地蹲下身去，把儿子放在雪地里，然后扑通一下跪在雪地里，再从背上取下投枪，捧在手心举过头顶。

部落里的男人相互看了一眼，没有吭声。这时，卓嘎看了大伙儿一眼，见没人表示异议，这才面无表情地走到巴鲁尔跟前，伸出一只手，一把抓过巴鲁尔举过头顶的投枪。后来，巴鲁尔才知道他叫卓嘎，是这个部落的首领。就这么一个简单的仪式，部落算是接纳了巴鲁尔，但巴鲁尔知道，只不过是接纳而已，自己终究是一个外人。

刚开始时，巴鲁尔还是努力着试图融入这个集体，可以说是竭尽全力。第一次进山狩猎时，他还是习惯性地冲在最前面，可冲着冲着，猛然发现部落的男人都没有跟上来。巴鲁尔也是听到身后没有一点动静才停下来的，回过头时，发现村落里的男人都用异样的目光在看着自己。他有点纳闷，但很快就反应过来，以前，在自己的村落里，冲在最前面的，只能是村落里的首领。

巴鲁尔低下头退了回来，一直退回到最后，部落里的男人这才开始向前冲。尽管如此，在狩猎当中，巴鲁尔还是得拼命表现，尽可能比大多数人要多捕获一二只猎物。这对他来说并不是什么难事，与这个部落里的男人相比，巴鲁尔更为健壮更富有经验，尤其是在围猎猛兽和体型庞大的野牦牛时。也只有在这种危机四伏的狩猎中，村落里的男人才会让巴鲁尔冲在自己前头。然而，在分配猎物时，巴鲁尔总是排在最后，而且每次分配到的猎物总是最瘦小的。

这是一种屈辱。巴鲁尔不是不知道，可他没有半点办法，但他抱定一个信念，将来，绝不能让儿子巴力登活在这种屈辱中。巴鲁尔自己也不想活在这种屈辱中，可自己的村落已经没有了，如果还想活下去，就得放下自己的尊严，而活下去的唯一理由，就是儿子巴力登。

失去男人的家庭就失去了依靠，失去女人的家庭就失去了依托。昆仑大山里的部落，在狩猎中失去男人是很正常的，一个女人拖着几个未成年的孩子是最常见的，可像巴鲁尔这样独自带着一个刚学会走路的孩子的情况，那是不常见的。

当部落里的人都熟悉了巴鲁尔，对他的成见却依然存在，不仅如此，还多了几许防范，防范他接近村落里失去男人的女人。巴鲁尔早就意识到这些，在部落接纳自己后，就在部落最西头的边缘地界搭起一个窝棚，让人一看就是一个临时的居所。在这段时间里，没有人接近过这个窝棚。

没有人接近并不代表没有人关注。也许是同病相怜的缘故，每次分配完猎物，拉珠都会忍不住多看巴力登几眼，然后再瞟一眼巴鲁尔。不知是为什么，每次这么瞟一眼巴鲁尔，拉珠的目光都像碰触到热烈的柴火，很烫，却又不能舍下。

健壮的男人不怕没有女人喜欢，可巴鲁尔是部落里的异类，没有哪个女人敢亲近他，但拉珠总是忍不住地想，而且还有些渴望。健壮的男人不仅可以滋润女人，还会像老鹰那样训练出同样雄健的孩子。

拉珠是两个孩子的阿妈，大的是男孩，比巴力登大一点，小的是女孩，比巴力登小一点。她的男人在一次狩猎中跌下悬崖，部落里的男人绕了一圈找到山崖下时，下面只剩下一片血迹，能捡回来的，只有那根被摔成两截的投枪。失去男人的拉珠很快就体味出，一个家庭一旦没有男人的支撑，在整个部落中的地位与境况就急剧下转。而且，一个女人拉扯大的儿子，也很难成为一个真正的男人。

虽然部落里不乏类似的家庭，但与别的女人相比，拉珠最年轻，孩子更小，更需要一个像巴鲁尔这样健壮的男人，重新支撑起这个家庭。有了这个念头，拉珠更是越发关注巴力登，她时常趁着男人们都进山去的时候，领着自己的两个孩子站在自家门前眺望着西头。

巴鲁尔进山时，就把巴力登关在窝棚里。这时候的巴力登刚开始学会跑，窝棚太小，他好几次尝试着拉开窝棚的栅栏门，可都没有成功。栅栏门只不过是用一根细小的藤条绕两圈再打个结，可巴力登只知道使劲推和拉，栅栏门晃摆着却始终推拉不开。有一次，巴力登在使劲推拉的时候，手心里冒出来的汗把粘上的尘土弄得湿滑起来。栅栏门不停地晃动时，巴力登的手掌开始打滑，就在快抓不住栅栏门将要摔倒的时候，慌乱中竟然抓住那根藤条。

藤条最终没有抓住，巴力登还是重重地摔倒在地。藤条是一个活结，被巴力登拉开后，立马就弹开了，当巴力登再次又推又拉的时候，栅栏门开了。第一次摆脱束缚的巴力登毫不犹豫地走向村落中的那块平地。平地里，聚集着村落里能走会跑的小孩，如果不是他们的吸引，巴力登走出窝棚的欲望也不至于这么强烈。拉珠看到巴力登时，有些吃惊，她不知道这小家伙是怎么跑出来的。

在平地上的孩子堆里，母亲拉扯的孩子与有父亲陪伴的孩子之间的区别立马显现出来。巴力登没有半点犹豫就冲到孩子们中间，可没有人愿意和他一块玩，还推搡着他，巴力登自然不甘示弱，就和推搡他的大孩子扭打在一起。拉珠的两个孩子也是被排斥的对象，自从失去阿爸后，拉珠只能怀里抱着一个，手里牵着一个，远远地观望着。可巴力登却不一样，他同推搡他的大男孩经过一番打斗后，很快就融入其中和他们玩到一块去了。拉珠手中牵着的男孩也跃跃欲试，却被阿妈死死地拽住。

拉珠十分渴望自己的孩子能融入其中，这样一来，等到将来孩子长大成人时，大伙儿也不至于把他当成外人。可她又担心自己的孩子成为别的孩子欺负和作弄的对象，那样既不能融入其中，还会给他的成长带来阴影。

第十二章 拉珠的渴望

34

拉珠对巴鲁尔的渴望一直停留在关注状态。如果不是因为巴力登，巴鲁尔根本感受不到拉珠的这份关注。

当巴鲁尔背着猎物回到自家窝棚时，没有看到巴力登。往常这个时候，巴力登总是趴在栅栏上眼巴巴看着阿爸。既而，巴鲁尔发现栅栏门是闯开着的，窝棚里也没有儿子的影子。巴鲁尔的脑海中立即闪出猛兽的身影，可又看不出猛兽来过的痕迹。或许，猛兽叼走一个没有任何反抗力的孩子，根本不需要留下任何痕迹。可巴鲁尔还是不敢相信儿子是被猛兽叼走了，蹲下身仔细察看一下栅栏门，这才确定栅栏门是巴力登自己打开的，可他能去哪儿呢？

"巴力登。"巴鲁尔放下猎物，跑到窝棚前朝着村落大喊一声。

正在拉珠家跟拉珠的两个孩子玩得正起劲的巴力登听到阿爸的喊叫声，怔了一下，然后撒腿跑了回来，拉珠也领着孩子追到门口，目送着巴力登。巴鲁尔看到儿子从拉珠家跑出来，这才注意到这个独自拉扯着两个孩子的年轻女人。

巴鲁尔对拉珠的遭遇有所耳闻，只是没有想到自己的儿子竟然跑到她家里玩去了。巴力登跑回来时，有点害怕，他想，阿爸肯定说几句。可巴鲁尔什么也没有说，他知道，孩子光有阿爸的关爱是不够的，更多的时候，他更需要阿妈的疼爱。巴鲁尔伸出大手抱住儿子的头，一把揽在怀里，目光却一直停留在拉珠的脸上。太阳最后的余晖洒在拉珠的脸上，巴鲁尔看到，堆积在那张棱角分明而且光洁的脸上的，除了忧郁便是祈盼。巴鲁尔在转过身去的时候，迟疑了一下，但最终还是抬起手掌，轻轻地挥舞了一下。他想，拉珠应该是能看清楚的。

从这以后，巴鲁尔每次与村落里的男人出去狩猎，都不再绑扎栅栏门，在进山的拐弯处，还忍不住停下来回过头望一眼。这时，巴力登已经跑到拉珠家门前，与拉珠的孩子一起玩耍，而拉珠倚着门，静静在看着孩子们，一把阳光撒在她的脸上，每一根汗毛都照得清清楚楚，还泛着光。拉珠看到巴鲁尔回过头，赶紧举起手掌，没有摇摆，但有点发抖，她只是想示意巴鲁尔不用担心巴力登。

有了玩伴的巴力登完全忽视了阿爸，不仅如此，他渐渐习惯把拉珠家当成了自己的家，有一次，竟然还跟着拉珠的孩子喊了拉珠一声阿妈，然后领着他们跟部落里差不多大的孩子一起玩去了。

或许，巴力登只是不知道该如何称呼拉珠，便学着拉珠的孩子随口喊了一声。或许，他是太想自己也跟别的孩子一样有一个阿妈。至少，巴力登在叫了一声阿妈后并没有感到羞涩，可拉珠就像一只被投枪射穿脖颈的母鹿，浑身抽动一下后，感觉头重脚轻全身乏力，倚着门框软软地滑了下去，直到跌坐在地上。

那天傍晚，当巴鲁尔回到家中，发现巴力登还没有回来，便扛着猎物径直去了拉珠家。果然，巴力登同拉珠的孩子玩得正欢，拉珠蹲在墙角收拾猎物。那是一只羊，不知是谁扔在家门口的。在失去男人后的这一年多里，拉珠已经习惯这种近乎施舍的生活。

巴鲁尔没有吱声，把猎物轻轻地放在拉珠的门口。这是一只公鹿，虽然不是很肥大，但坠地时的声音与震动还是惊动了拉珠和她的孩子们。孩子们显然是被巴鲁尔吓着了，一个个扑向拉珠还不约而同叫喊一声阿妈，巴力登背对着外面，他根本来不及看身后，也跟着扑向拉珠，也喊了一声阿妈。

"你的，阿爸。"拉珠把自己的孩子推到一旁，搂着巴力登说。

巴力登这才转过身去，喊了一声"阿爸"，然后飞快地跑出门去扑在阿爸怀里。拉珠的孩子也追了出去，怯生生地喊了声"阿爸"。

拉珠的脸唰地一下胀得通红，神情也突然变得恍惚起来，好在屋里光线很暗，巴鲁尔根本看不出来。其实巴鲁尔也感到十分尴尬，连忙拉着巴力登转身就走。拉珠的孩子一直追到门外，目送着"阿爸"牵着巴力登渐渐走远。良久，拉珠才回过神来，赶紧跑出来把自己的孩子拉回来。进门时，拉珠顺手拾起地上的鹿，很沉，一只手根本提不起来，只好把它拖了进去。

这回，巴鲁尔再没有回头。他想，拉珠也不会站在自家门口张望。拉珠收拾好羊和鹿的时候，夜已经深了，孩子们早已睡着，可拉珠没有一点睡意，还不由自主走到门边，轻轻地拉开一条缝，整个村落都进入了梦乡，只有最西头还亮着昏黄的火光。那是巴鲁尔的窝棚里透出来的火光。

巴鲁尔与拉珠的关系并未因这次短暂的接触有所拉近，双方反倒自觉或不自觉地拉开了彼此的距离，以避免再次闹出那样的尴尬。随着巴力登渐渐长大和懂事，巴鲁尔不得不有意疏远他和拉珠一家的关系。他们的这种微妙的关系，直到多吉和他的伙伴们的到来才出现转机。

多吉的到来使整个部落都沸腾起来。夜幕开始降临的时候，人们就点起篝火。在这高原上的大山里，即便是夏天，当太阳快要下山时，林子里的寒气便开始蠢蠢欲动，只待太阳下山，便从林子里溢出来，涌向山谷，直到将整个部落漫浸。冬天更是冷酷，只要太阳滚下山去，整个部落像是被一双粗暴有力的大手一把就推进了冰窖。

部落里所有的人都聚焦在篝火旁，无论男女老少，他们手拉手围成一圈又一圈。巴力登一手牵着阿爸的手，一手牵着拉珠的孩子。巴鲁尔看了拉珠一眼，拉珠正好在看着巴鲁尔，两人的目光相遇在一起。也许是火光的照耀，拉珠的脸膛红扑扑的，还泛着光亮。巴鲁尔觉得有点尴尬，本想收回目光，可转念一想，在这几年中，多亏有拉珠照看着巴力登，而自己作为男人，面对凶猛的野兽都会迎头而上，何况是一个女人。

巴鲁尔浅浅一笑，也算是一种表达。而拉珠却是另一种想法，她不只是需要巴鲁尔的帮助，更需要一个像巴鲁尔这样的男人，孩子们同样需要一个如此强健的阿爸。她甚至想过与巴鲁尔一起带上孩子们离开这个部落，可心里也十分清楚，离开部落是无法在这大山与森林里存活下去的。好在多吉的到来改变了一切，部落终于接纳了巴鲁尔，不会再有任何隔阂。拉珠也感觉到了，多吉会带走巴鲁尔的，如果自己不主动抓住这次机会，也许不会再有下次。

孩子们很快就累了。拉珠的机会终于来了，她把孩子送回屋里去时，巴力登也跟在身后。巴鲁尔犹豫一下，只好跟上巴力登。走着走着，巴力登不走了，他要阿爸抱，说是很困了。拉珠的孩子见"阿爸"抱起巴力登，也要"阿爸"抱。可巴鲁尔只能抱两个，拉珠见状，连忙把小女儿抱起来。走到门口时，拉珠站住了，她让巴鲁尔先进去，自己紧跟其后。孩子们已经在怀里熟睡，拉珠把孩子放到榻上，再把巴鲁尔怀里的孩子接过来放在榻上，看到巴鲁尔往门口走，拉珠抢先一步把巴鲁尔挡在门口。

拉珠喘着粗气，胸脯一上一下的，脸涨得通红。巴鲁尔甚至感觉到拉珠喘出的粗气热腾腾的，萦绕着自己的脖子。巴鲁尔意识到了，如果不赶紧离开，就再也走不了了。巴鲁尔抓住门板正要拉，却被拉珠抱住。突然，拉珠呻吟一声，整个人都软了下去，巴鲁尔赶紧把她抱住。拉珠感觉自己掉进水中，正在下沉，只得拼命地抱住巴鲁尔，身子也真的变软了似的，像一根藤条把巴鲁尔缠绕起来。

巴鲁尔本想放下拉珠，可双手似乎不听使唤，反倒把拉珠抱得更紧了。巴鲁尔完全不能动弹，腿也迈不开来，刚挪动半步便绊倒在地，两人很快就翻滚着粘合在一起，再也无法分开。

35

当第一缕阳光从窗户和门缝里挤进来的时候，巴鲁尔睁开眼睛没有看到拉珠，孩子们也不在屋里，部落里静悄悄的。

巴鲁尔翻身爬起来跑到门外，看到拉珠正在和多吉还有卓嘎在商量什么，孩子们蹲在地上玩得起劲。

在淡淡的阳光的照射下，拉珠脸上的汗毛一根根都那么清晰，还折射着光芒，就像那春天里新发出来的嫩叶。巴鲁尔突然发现拉珠原来是那么的美丽动人，特别是那双明亮的眼睛下棱角分明的鼻梁，以及鼻梁下微微噘起的厚嘴唇，只是昨晚屋子里的光线太暗，而且两人都是那么忙乱，根本顾不上细看。

这时，多吉看到巴鲁尔，招手叫他过去。原来，拉珠在跟多吉和卓嘎商量她与巴鲁尔的事，她说她的孩子需要一个像巴鲁尔这样的阿爸，巴力登也需要一个阿妈。卓嘎不知道该说些什么，可当他看到巴鲁尔从拉珠的屋子里走出来，就什么都明白了。

"巴鲁尔是我们的兄弟，以后，我们都是一家人。"卓嘎说着，迎上去一把抱住巴鲁尔。

多吉见状，也上前几步，抱住卓嘎与巴鲁尔的肩膀。拉珠看到这三个健壮的男人把头碰在一起，眼窝突然一热，泪水涌了出来。

"阿妈，你怎么哭了？"拉珠的女儿怯生生说。

"阿妈没哭，阿妈是高兴。"拉珠慌忙抹去眼泪，一把抱住孩子。

部落里的人不知什么时候都出来了，有的已经行动起来，跑到巴鲁尔的窝棚里，把他的家搬到拉珠屋里。

夜幕开始降临的时候，多吉领着大伙儿再次起程，巴鲁尔把巴力登交给拉珠，一直跟在多吉他们的后面。他觉得，跟随多吉就是对多吉的最好报答。

"我们要去往大山深处，寻找金色的雪山。"多吉想让巴鲁尔知道，这是一次凶吉未卜的旅程。

"金色的雪山？"巴鲁尔一下子神采飞扬起来，可这飞扬的神色很快就消失不见，转而被恐惧所替代，"那里是猛兽的地界。传说中，在那金色的雪山上，还有猛兽之王在守护。"

"你见过金色的雪山？"多吉兴奋地从德勒背上跳下来，拉着巴鲁尔的手说。

"以前见过，可那里的猛兽时常袭击我们的村落。"巴鲁尔想起那些痛苦的往事，眼眶里涌出了泪滴。

好些年前，巴鲁尔还生活在大山深处的一个小村落里，那里虽然没有茂密的森林，每次狩猎都得翻山越岭，即使如此，大伙儿的生活还是很平静。然而，随着周围的村落越来越强大，他们的狩猎范围不断扩张，发生争斗的事也是越来越频繁。在巴力登出生那年，村落里的人终于不堪周围几个强大村落的侵扰，在几位老人的带领下，一直向西朝着大山深处迁移。西面的山峰越来越高越来越险峻，终于在黄昏到来的时候，人们穿过一条长长的峡谷来到一个山口，顿时豁然开朗。前方是一片广袤的草场，虽然不是特别茂盛，但在纵横交错的河流和星罗棋布的湖泊的滋养下，也是一片郁郁葱葱，就像一块硕大无比的绿色毯子。

广袤的草场上，随处可见成群的长角羚羊，还有野驴和野牦牛。在草场的边缘，目光的极处，环绕着的雪山在阳光的照射下格外耀眼。巴鲁尔和村落里的人没有停留，他们继续前行，去寻找一处依山傍水的地方重建自己的村落。长角羚羊和野驴看到有人类接近，撒开四蹄像一阵风似的逃窜。只有野牦牛群，它们抬起头，看了一眼，又继续埋头吃草。

巴鲁尔和村落里的人都深信，新生活即将来临。谁也没有想到，当大伙儿赶在天黑前行进到一座山的脚下，还没有安顿下来，山上就出现了狼群，它们似乎只等黑夜的降临。狼群虽然数量众多，但并没有吓倒巴鲁尔和村落里的人。在大山里世代生息的人，早就习惯了与野兽为邻的生活。

然而，当黑夜完全笼罩大地时，人们才发现，还有比狼群可怕得多的猛兽隐藏在暗无边际的黑夜里。没有人看清究竟是什么猛兽，只能看到一个巨大的黑影，甚至听不到猛兽的吼叫或者啸声，只有人的哀泣。直到第二天天亮，巴鲁尔才发现狼群仍未散去，而且越聚越多，它们正在撕扯着那些死去的人。活着的人都面无表情，他们的脸上再也找不出曾经的勇猛。

狼群直到吃饱了才开始散去。看着狼群消失在山谷或草原上，巴鲁尔这才醒悟过来，组织大伙儿清理现场，然后远离这个死亡之地。就在天色开始暗下来的时候，巴鲁尔领着大伙儿往回走。他们宁愿回到原来的村落，宁愿在村落与村落的争斗中死去，也不愿被野兽吃掉。当巴鲁尔心有不甘地回过头来看一眼西边的天空，太阳已经下山了，可就在收回目光的那一刹那，忽然发现目光极处的雪山镶着金边，看起来，似乎是披着一件金色的斗篷。金边的颜色正在发生变化，黄色渐渐褪去，变成火黄，再变成红黄色。当黄色褪尽时，红色也暗了下去，大地也开始暗下去，最终变成漆黑一片。

巴鲁尔看到的镶着金边的雪山，会不会就是自己寻找的金山呢？多吉决定带上巴鲁尔，继续前行。

在继续西行的路上，山峰越来越陡峭山谷越来越深，山坡上的林子也越来越稀疏，直到林子彻底消失，只剩下一丛丛一簇簇低矮的灌木。

"山里没有树林，动物们靠什么生存？"打小就在深山老林里穿梭长大的多吉，看到低矮的灌木点缀出来的青一块灰一块的山坡，不免心生忧虑。

"巴鲁尔，"多吉叫住在前面领路的巴鲁尔，"你确定方向没有错？"。

巴鲁尔左右环顾一下，用力点了点头。虽然已经过去好些年，但他还是能分辨出来自己当年走过的地方。

当年，为了逃避别的村落的侵袭，村里的老人才将大伙儿带到这荒凉而且人迹罕至的山里，可正是这人迹罕至的大山深处，却是野兽的天堂。

"这一带多猛兽。"巴鲁尔提醒多吉。

在巴鲁尔的族人中，还流传着一个古老的传说。传说中，在昆仑大山的最深处，有一座玉山，山里埋藏着一种美丽的石头。这种美丽的石头不仅色彩斑斓，还能分泌出汁液，人要是吃了，可以长生不老。当然，这么好的东西，常人是吃不上的，只有天上的神仙才能享用。而且，天神还派出一只神兽，统领着昆仑山里的猛兽，守护着玉峰。传说中，这只神兽身体似巨大的獠牙虎，凶悍异常，尤其让人感到恐惧的是，它还长着九个头。无论白天黑夜，九头神兽的九双眼睛总是瞪得大大的，环视着昆仑山，任何生物都无法接近玉峰。

"九头神兽不用睡觉吗？"多吉将信将疑地问巴鲁尔。

巴鲁尔看着多吉，用力点一下头，忽而眼睛一亮，似乎想起什么。在族人古老的传说中，守护玉峰的神兽只有在月圆之夜才会打个盹。

"每一个古老的传说，只是因为传说太古老太久远，有点模糊而已。"多吉自言自语地说。

多吉还想到，如果这次未能找到那座金色的雪山，许多许多年以后，经过一代又一代人的传诵，这次寻找之旅也会成为一个古老的传说。

"可为什么要在月圆之夜呢？"多吉想起巴鲁尔说到的披着金色斗篷的雪山。

巴鲁尔看到这座雪山，是在太阳落山时，夕阳的余晖洒在雪山上，就把雪山的西面映成金色。因此，在巴鲁尔的眼里，雪山就像是镶上金边，看上去像是披着一件金色的斗篷。虽然还不是真正意义的金色雪山，但这种景象，或许到了月圆之夜就全然不同。

36

多吉仿佛看到了那座金山。

傍晚时分，西面金黄的太阳从山头上滚落下去，余晖洒在高高耸立的雪山的西面，远远望去，雪山就像被镶上一道金边。这时，东面火黄的月亮开始冉冉升起，将光辉洒在雪山的东面。顿时，整座洁白的雪山被太阳金黄的余晖和月亮火黄的光辉涂抹得金光灿烂。

突然，德勒警觉起来，收住脚步，还打了一个响鼻。所有的野牦牛也都停住脚步，抬着头望着前方。

"德勒肯定感觉到危险。"多吉与德勒虽然无法通过言语沟通，但在这么多年的朝夕相处共同成长中，已经形成某种默契，甚至可以说是心意相通，任何一个细小的举动，彼此之间都能做到心领神会。

多吉朝四周看了看，发现右前方有一条南北走向的山沟，便抬起左脚蹬了一下德勒，德勒迟疑片刻，还是顺从地朝山沟走去。走到谷口时，多吉用双腿夹住德勒，德勒明白多吉的意图，停在谷口，看着德珠领着野牦牛群进入山沟后，就趴在谷口守护大家。山谷很窄，而且看上去还很深，左拐右弯的，一眼望不到头。据守这个山谷，至少不会多面受敌。

"莫非德勒已经感觉到九头神兽的存在。"多吉从德勒背上跳下来，看着它异常警觉的样子，一会儿侧着耳朵，一会儿望着山沟外面，一会儿又抬起头看看山沟两面高高耸立的山峰。

大伙儿也被德勒如此谨慎的举动震住，阿姆还趴在德勒背上，她看一眼阿哥阿桑，本想凑过去倚在阿哥身边，可她迟疑了一下，还是走到多吉身边。多吉伸出手臂，抱住阿姆的肩膀，阿姆抖动的肩膀这才镇定下来。罗布似乎也想凑近多吉，可看着阿姆倚在多吉身边，不好意思再凑过去，只好跟力巴、阿桑还有巴图他们挤在一起。

德珠躺在山谷里，似乎有些累了，它肚子里的小牛犊快要出生了。可看到德勒守在山谷口，警惕地朝山谷外张望时，德珠还是翻身起来，走到德勒身边，用自己的脸蹭碰着德勒的脸。德勒扭过头来，看了一眼德珠，打了一个响鼻，示意德珠回去歇息。德珠没有回应，缓缓蹲下身去，躺在德勒身旁。德勒低下头，在德珠的脸上蹭碰一下，然后跪下前腿，紧接着，后腿也蹲了下去，紧挨着德珠躺下。

德勒并没有完全放松，它在德珠面前努力表现出来的平静，也只有多吉看得出来。

"看样子，我们正在接近玉峰。"多吉看着巴鲁尔说。

巴鲁尔隐隐觉得，危机的确无处不在。但巴鲁尔并不害怕，只是有些担心。这些年来，他经历许多命悬一线的事，但每次都侥幸地活下来了。可儿子巴力登还小，尤其是在这几年里，父子俩寄人篱下相依为命，儿子是自己唯一的寄托与希望，不能有半点闪失，自己是儿子的唯一依靠，而今又有了拉珠的牵挂，更是不能有什么闪失。

多吉似乎看到巴鲁尔心中的忧虑，然后看着罗布还有力巴他们，朝他们招了一下手，示意他们都坐到自己身边来。阿桑看到多吉招手，立马翻身起来走过去，挨着阿姆坐下。

"你们，"多吉扭过头看了阿桑和阿姆一眼，然后看着罗布和力巴以及巴图和那巴他们，压低声音说，"害怕吗？"

大伙儿相互看了对方一眼，然后看着多吉，一齐摇头。看得出来，大伙儿心里还是有些不踏实。

"可是，我有些害怕。"多吉说，"害怕九头神兽会伤害到你们。"

"或许，九头神兽已经知道我们要来。在我们族人古老的传说中，九头神兽还有洞察万物预卜未来的能力。"巴鲁尔说。

"如果九头神兽真是传说中说的那样能洞察万物预卜未来，就一定知道我们的到来。也许，神兽正隐藏在某个地方看着咱们。"多吉相信每一个传说，虽然传说中的某些细节并不一定真实，"既然神兽也只是看着我们而不伤害我们，我们就在这里好好歇息吧。"

罗布点燃篝火，大伙儿也都分散开来，有的寻找柴火，有的收拾猎物。当篝火旺起来的时候，就把收拾干净的猎物架在篝火上面。很快，烤肉的香味就溢满整个山谷，也勾起了大伙儿的食欲。这时，天已经破晓。大伙儿吃饱后，又围拢在一起，互相依偎着，很快就进入梦乡。

多吉合上眼皮，也不知睡了多久，感觉自己一直在奔跑，不停地奔跑，然后隐约看到前方有一座金色的雪山。雪山的顶上，有一处地方不停地闪烁着绿色的荧光。多吉拼命地往山顶上爬，还不时回过头来看看，仿佛身后有什么追赶似的。当多吉爬到接近山顶的地方，发现一块巨大的石头，那形状像是一道门。门的正中举手能及的地方有一个孔，那绿色的荧光就是从这个孔里射出来的。多吉走到门前，这才看清楚，门上有一个奇怪的图形，一个双手的拇指与中指合在一起那般大小的圆形，而圆形的外围像是一圈火苗。那个射出绿色荧光的小孔，正在这圆形的正中。

"这不是太阳的形状吗？"可多吉不明白，是谁会来到这里刻上太阳的图案。

"九头神兽？"多吉猛然想到九头神兽，奇怪的是，九头神兽为什么一直没有现身，难道，它还在等待什么？

多吉将耳朵贴在石头上，屏住呼吸，隐隐约约听到山里面有呼哧呼哧的声音。这声音似乎是从射出绿色荧光的小孔里传出来的，均匀而有节奏，像是人呼吸的声音。可有谁的呼吸能有如此粗重呢？莫非是九头神兽！

这时，多吉突然感觉有好多双眼睛在看着自己，便左右瞟了一眼，身边什么也没有。然而，猛然抬起头来时，看到身子像虎却长着九个头的神兽，正蹲在山顶上，九个头都伸得长长的，九双眼睛正盯着自己。

多吉一时想不出该怎么办，正不知所措时，九头神兽突然腾空而起，朝自己扑过来。多吉本能地转过身来，准备撒腿就跑，却被脚下的石头绊倒在地。多吉想爬起来，可两条腿一点都不听使唤，怎么也迈不开来。

九头神兽扑在多吉身上，多吉无处躲避，只得伸出双手，掐住九头神兽的下颌。九头神兽有九个头九个下颌，掐住一个后，剩下的八个头还在多吉眼前不停地晃动，却并没有撕咬多吉，倒像是在不住地打量多吉。多吉从来没有见过长着九个头的怪物，心底里还萌发出一种莫可名状的憎恶，试图努力摆脱它，想用脚将它蹬开，可不管自己怎么使劲，双腿依然不听使唤，像被什么绑缚似的，又像这两条腿完全不是自己的。

"黑儿，黑儿，黑儿。"情急之下，多吉想到了黑儿，连声呼喊起来。

九头神兽一愣，但很快就回过神来，猛地直立起来，后退一步后，看了多吉一眼，这才转过身去，往山顶窜去，很快就消失了。

"多吉，多吉，"似乎是阿姆的声音，"你怎么啦，多吉？"

多吉睁开眼睛，原来刚才是做了个梦。大伙儿也都被惊醒过来，一个个都翻身爬起来看着多吉。

突然，大伙儿看到眼前出现一个巨大的阴影，慌忙抬起头来。只见山顶上站着一个黑影，挡住了阳光。清晨的阳光从无遮无拦的天空倾泻下来，还是有些扎眼。

第十三章 玉龙与神兽

37

"黑儿。"多吉一看是黑儿的身影。

其实，黑儿一直跟在他们后面，直到听见多吉梦中的呼唤才现身。黑儿站在山顶上，看着多吉，然后抬起头看看西面的雪山，呲着牙齿，喉咙里还发出低沉的吼叫。

德勒和德珠也都站起来，仰起头看着黑儿，再看看多吉，然后相互看了一眼，打了几个响鼻后，朝谷口走去，它们仿佛知道接下来会发生什么事。

"黑儿一定是发现了什么。"多吉说这话的时候，伸手按住巴鲁尔的手臂，还轻轻地拍了两下，"要不，你们在这里等我，我与黑儿先四处看看。"

罗布和阿桑他们看着巴鲁尔，巴鲁尔理解多吉的用意，用力点了点头。

多吉走到谷口时，张开双臂抱住德勒的头，看着跟自己一起长大的伙伴正从壮年走向衰老，再过些年，它就会跟德旺一样。想到德旺，特别是德吉，多吉的眼圈一下就红了。

"它们，其实也跟我们人类一样。"阿旺老爹曾经跟多吉说起过，老爹的阿爷阿奶还有阿妈，在年老体衰的时候，离开自己的孩子，然后泰然自若地走向大海，只是不知道他们是变成了大海里的鱼，还是海面上洁白的浪花。德旺和德吉的阿爸阿妈在年老体衰时，也跟人类一样，安静地回归森林。将来，德旺和德吉，德勒和德珠，它们也会这样离开自己的。

多吉竭力忍住眼泪，然后看着旁边的德珠，伸手摸了摸它的头，转身走了。走出几步后，才朝黑儿招了招手。黑儿几个纵步就从山顶上飞跃下来，稳稳地停在多吉跟前。多吉抓住黑儿后颈上的毛发，翻身骑在背上，两腿一夹，朝着前方的大山深处进发。

多吉的猜测没有错，九头神兽看护的玉峰就在前方。

高高耸立的玉峰跟别的山峰的确有些不同。别的山峰都是呈圆锥形，而玉峰却呈三角形状，而且棱角分明，分别连接着三条山脉。看上去像是一条巨龙的头，延展的三条山脉就像一条张开双翼的巨龙，巨龙的身子向西延伸，两翼则是朝着南北两面延伸，然后再蜿蜒向东，形成合抱之势，拥抱着广袤的草场。玉峰的顶上，矗立着九根半人高的粗大玉柱，有序排列成一圈。这九根玉柱原本一半是羊脂白一半是墨绿，异常的美丽，而且油光润滑。只是在经历亿万年的风吹日晒后，玉柱的外表变得油黑发亮，羊脂白和墨绿只是若隐若现。在这圈玉柱的正中，还有一个头大的圆坑，坑里积蓄着半坑金光闪闪的看起来像细沙的东西。

据说，每隔十万年，这金光闪闪的细沙才能积满那个圆坑，天神就会派使者前来把这细沙取尽送回天宫。九头神兽就守护在这里，九双眼睛瞪得大大的，俯视着东面广袤的草原，以及南北两侧纵横交错的山峦与峡谷。

"你的使命，就是守护玉龙，不让任何人靠近。" 即便是几万年后，九头神兽依然不敢忘记天神给自己的使命，仿佛，自己是昨天才肩负起看守被封印在雪山里的玉龙的使命。

玉龙是西海龙王的第九个儿子，生来就十分的怪异。

"龙生九子不成龙。"西海龙王万万没有想到这道魔咒竟然在自己身上应验，为此大伤脑筋。

他原本以为，"龙生九子不成龙"不过是庸人自扰。而且，所有人都理解为龙生九子性格各异而已，但一旦应验，就昭示着一语成谶，如同一道无法破解的魔咒。而接下来还将发生许多无法预料的事，或许，更为糟糕更为伤神的事还在后头。

九子生来就通体透亮如玉，可看起来只是头部像龙，身子便像是蛇。虽然腹部有爪，可背上却没有鳍，嘴里还含着一枚金镶玉指环。这些看上去虽然十分怪异，却也是十分招人喜欢。他表皮的鳞片如同羊脂白玉，而鳞片下面包裹着的肌肤却如同碧绿的翠玉，还闪烁着墨绿的光芒。然而，更为怪异的是，九子竟然不会腾云驾雾。既然知道已是一语成谶，可西海龙王和龙婆却分外疼爱九子，生怕他随时会夭折。

在龙王与龙婆的百般疼爱与呵护下，九子慢慢长大了。有一天，九子突然感觉浑身疼痛异常。那是一种锥刺般的疼痛，仿佛身体内有无数的锥子，正一个劲地要扎穿身体的表皮，痛得九子满地打滚。此前，龙王一直不敢声张此事，可看到九子这副痛苦不堪的样子也顾不上这么多，四处求仙问药，可都是束手无策。就在龙王无计可施之时，九子的疼痛奇迹般地开始缓解，可他的身体再次发生变异，前肢上侧的身体部位竟然长出两只金色的形同锥状的东西，有点像角，背上也开始长出一排刺。

“难道，九子的角长在背脊上？”龙王想到这儿，忍不住抬起手来摸了下自己头顶上的那对角。

好在九子感觉身上的疼痛开始消减，而之前的疼痛异常，大概就是这东西在身体内拼命地往外钻。可龙王越发感到惶恐不安，谁也不知道九子要长成一个什么样的怪物。龙婆则不然，她不管自己的孩子长成什么样，只要他不再疼痛，能顺利长大就足够了。龙婆几乎把所有的母爱都倾注在九子身上，终日守护着九子成长。

随着九子的慢慢长大，那一对金色的锥状东西也在慢慢长大，背脊上的刺也越长越像是鳍。最终，锥状东西竟然长成一双金光灿烂的翅膀，背脊上那条从头至尾的鳍和四肢也渐渐变成金色。后来，九子就靠这双翅膀照样能飞天，而且，在阳光的照射下，折射出夺目的光芒。

虽然九子终于长成一条能飞的龙，可龙王与龙婆的困惑并未因此得以解脱，因为九子一张嘴，喷出来的竟然是火焰。按照司职，龙是治水的，可九子却只能喷出火焰，水火是不能相容的。可龙婆也因此更加宠爱九子，她甚至想到，"龙生九子不成龙"意味着九子还将有更大的劫难。

西海龙王"九子不成龙"的事很快就被天神知晓。天神虽然觉得怪异，却并未震怒，反倒把这条长着金色翅膀的玉龙召来给王母拉凤辇。那时，九头神兽还是王母的亲随，每逢王母乘坐玉龙凤辇外出巡游，九头神兽总是坐在凤辇前驾驭着玉龙。然而，在一次巡游中，飞驰的玉龙突然打了个喷嚏，凤辇一颠，惊扰了王母。王母本来没有怪罪玉龙和九头神兽，可天神听说此事后大为震怒，将玉龙封在这昆仑山中，并派九头神兽在此守护，一晃就是七万年。

七万年来，九头神兽日夜守护着这终年积雪的玉峰，只有在月圆之夜才能闭上眼睛睡上一觉。然而，即便是在月圆之夜，每当月亮躲进云层，天地间突然变暗的时候，九头神兽就会惊醒过来，警觉地四处察看。

玉龙和九头神兽都是灵异之物，在这七万年间，昆仑山中的野兽都绕着玉峰行走。可多吉他们的到来，令九头神兽感到不安，眼睛里开始泛着红光。它还能感受到，自己守护了几万年的玉龙，似乎也有所感应，仿佛是在这玉峰下沉睡几万年后，终于快要睡醒了。

"只有玉龙醒来的时候，你的使命才算完成。"虽然，天神说过这话，但九头神兽也从来没有想过要完成使命，更没想过这么快就完成使命。

九头神兽似乎能感觉出来，玉龙的呼吸声已经明显不同于以往的均匀。守护玉峰七万年，它完全能感受到玉峰周围及玉龙任何细微的变化。而且，玉龙的呼吸时长时短，短的时候显得有点急促，长的时候像是屏住呼吸侧耳聆听。九头神兽甚至想到，或许，玉龙已经感受到什么，也许是感受到自己的焦虑。

　　九头神兽忍不住看了一眼东方,山顶上的月亮越来越圆越来越亮。也许,在这个即将到来的月圆之夜,自己将无法安然入睡。

　　想到这些,九头神兽越发感到不安起来,就连那枚用铁链拴着挂在胸前的火苗形状的钥环,也显得有些不安分,还不时闪烁着火红的光芒。钥环在闪烁火红光芒的同时,还发出嗡嗡的鸣叫声,像是轻轻碰触琴弦后发出来的余音。声音虽然很细微,而且十分动听,可九头神兽听着这声音,内心越发感到不安,总是感觉有什么事情即将发生。

　　然而,如此种种迹象都没有丁点不祥的征兆,但可以肯定,会有大事将要发生。九头神兽有些纳闷,自己拥有洞察万物预卜未来的能力,在这几天里,虽然感觉到有人在靠近玉峰,而且正一步步地接近,可自己却无法预卜接下来将要发生的大事,前所未有过的大事。

　　九头神兽虽然有着洞察万物预卜未来的能力,可这世间万物,还有一样是它所不能洞察的,那就是九头神兽自己。自己是人是兽,这是它无法洞察的。此外,还有关乎自身的未来三件事也是它无法预卜的,其中一件事是它已经经历过的,那就是玉龙的那个喷嚏。而另外的两件事,会不会依然与玉龙有关呢?九头神兽发觉,无论是从前还是现在甚至将来,自己的命运总是跟玉龙息息相关。

　　想到这些,九头神兽决定去看看玉龙。它来到玉峰的东面,那里有一道巨大的冰封的门,门的正中有一个火苗形状的标记,标记正中的小孔里,正闪烁着绿色的荧光。九头神兽慢慢直起身子,它肩膀上的九颗头连同脖颈也开始飞快地扭转起来,像是拧成一股绳,而且越转越快,可没转多久就停了下来,这时,九颗头已经变成了一个头。当九头神兽站直身子时,已经变成一个披头散发的男人,与生息在这昆仑大山的人并无二异,只是略显高大粗壮一些而已。他双手捧着胸前的火苗状钥环,对准门上的标记,钥环也安静下来了。

这时，九头神兽突然心生犹豫，不知道自己这样做，会不会惊扰已经在玉峰下沉睡了七万年的玉龙。虽然这把钥环在自己的胸前也挂了七万年，但自己从来没有使用过，以往，顶多是透过小孔，看看里面酣睡的玉龙。在犹豫片刻后，九头神兽决定进去看看，便将钥环嵌入门内，只见门上火红的火苗突然变成绿色，一闪就消失了，然后，大门徐徐开启。

洞中竖立着九根巨大的一半羊脂白一半墨绿的玉柱，玉柱间盘踞着一条玉龙，它的身上长满洁白的鳞片，像裹着一层薄薄的羊脂，透过这层羊脂般的鳞片，隐约还能看到它墨绿的肌肤。腹部的鳞片正随着它的呼吸一张一翕，鳞片的缝隙间不时透出绿色的荧光。想必，从门上小孔渗透出来的光芒，正是它鳞片间透出来的。玉龙的背上则是一排从头至尾的金灿灿的鳍，连同头顶上那一对长出还不到一指长的角也泛着金光。酣睡的姿势依然是万年不变，两对同样金灿灿的脚爪在腹下若隐若现，巨大的金色双翼则半掩着头。

七万年前，那是玉龙刚被天神封在洞中没多久，九头神兽第一次从小孔里窥视玉龙时，它就是这种睡姿，只是那时他还没有长出角来。如今，依然是这种睡姿。九头神兽左看右看，总觉得有那么一点点的变化，可一时想不起来。

想着想着，九头神兽的思绪回到七万年前，那是他最后一次坐在王母的凤辇前驾驭玉龙。一向是轻车熟驾的神兽轻手轻脚登上凤辇，坐定后，两手抓起缰绳，再轻轻一拉，玉龙扇动着双翅拉着凤辇朝着王母的宫殿驶去。驶到宫殿的门口时，神兽勒住缰绳，玉龙立即收住翅膀，静静地等候王母的到来。开路先锋黑金刚抢先一步走出宫殿时，王母也在仙姑们的侍候下走出宫殿登上凤辇。王母坐定后，黑金刚一声长啸，神兽这才轻轻一拉缰绳，玉龙飞腾起来，紧随着黑金刚朝西而去。

这次，王母又是去巡游昆仑山。高高耸立在高原大陆之上，延绵数千里的大昆仑是天神在地上的宫殿，俗称地宫，设置着一名地宫总管负责管理那里的一切事务。当然，地宫总管的首要事务就是王母巡游昆仑的接待安排，虽然一万年才有这么一次，而且每次都只逗留几日，但一点也不能马虎。当然，平常也得接待前来昆仑修行的各路神仙。

九头神兽对接待安排的事务并不关心，他只想干好自己的事务，这一路走来出不得半点偏差和意外。而这次，神兽格外谨慎，因为这是玉龙第一次随同王母巡游昆仑。还好，一路上没有出现半点偏差与意外，不仅如此，还非常顺利。这令九头神兽隐隐感到一丝不安，他知道玉龙是西海龙王的第九子，整个高原大陆都称得上是他的故土。

王母巡游快要结束时，事务基本都由随行的仙姑打理，地宫总管还是不能闲下来，他早早守候在凤辇旁。

"一万年以后再见。"九头神兽跟地宫总管道别后，又觉得意犹未尽，"我们走后的这一万年，你这个地宫总管可以好好享享清福了。"

"我这个地宫总管是闲不下来的，等到哪天你来当这个地宫总管就知道了。"地宫总管笑呵呵说。

"我哪有这福分。"九头神兽嘴里这么说，心里还是多少有点羡慕。

"哪里，说不定我的下一任就是你，到那时你就能体会到我的苦衷。"地宫总管依然是满脸堆笑。

两人本来还想说几句，可看到王母的身影，不约而同把嘴闭上了。

九头神兽驾驭着凤辇返回天宫时，因即将完成王母巡游的使命，心中不免一阵窃喜，可依然不敢掉以轻心，玉龙也没有什么异常。然而，当凤辇驶离昆仑山进入天界时，玉龙毫无征兆突然打了一个响亮的喷嚏，神兽来不及应对，凤辇猛地颠簸了一下。

返回天宫后，这件原本说大不大说小不小的事很快就被天神知晓。谁也没有想到，天神却为此事大为震怒，还长叹一声说，"龙生九子不成龙。"

随后，玉龙被天神封在这昆仑山中的玉峰下，九头神兽也被责罚到地宫担任总管，并负责看守玉龙。在这七万年间，神兽终于体会到地宫总管的苦衷，王母的巡游与众仙的修行，还有看守玉龙的重任，哪样都不让人省心。

想到这儿，九头神兽不敢在洞里久待，却又生怕再出什么差错，细细再看一遍后才转身离去。就在这时，九头神兽似乎想起那一点点的变化来，回头一看，没错，就是这一点点的变化，玉龙掩住头部的双翼似乎往前滑动一点点，准确地说，是右翼向前滑动一点点，露出了眼角。

莫非，玉龙真的快要睡醒了，还蒙眬间睁开右眼偷偷张望过一眼。九头神兽想到这儿，赶紧走出来，取下门上的钥环，大门徐徐合上。九头神兽还是有些不放心，还趴在门上，踮起脚尖，眼睛凑近门上的小孔，朝里看了一眼。

"或许，玉龙只是在梦中醒来过。而再次入睡，玉龙又将睡上几万年。"九头神兽这样安慰自己。

只见九头神兽两腿开始后退，扶在石门的双手交替下行，直到四肢着地，头颈又开始转动起来，那拧成一股的绳索再次松散开来。很快，九头神兽又恢复了人面兽身的形状，然后跃上山顶，九双眼睛警觉地四下张望，生怕有什么生灵趁自己进洞察看玉龙的时候偷偷侵袭进来似的。

39

广袤的草原与纵横交错的山峦峡谷间，依然寂静无比，也许，自己的担心完全是多余的。想到这儿，九头神兽决定试着放松自己，绕着玉峰顶上的玉柱转了一圈，心绪似乎平静了一点，并一点一点的平静下来，可心里却像是揣着一块冰，总是有水滴不时滴下来，荡起一圈圈的涟漪。

多吉骑着黑儿站在一座雪山顶上，放眼望去，远处的雪山像奔腾的马群，起伏着呼啸着，朝着目光的极处飞奔而去，仿佛要跃上蓝天。

进入严冬季节的昆仑大山，不像春夏秋三季那般时而晴时而阴，时而飘雪时而下雨，时而是飞沙时而是冰雹的复杂多变，这会儿仿佛长成了一个开始懂事的少女，变得单纯和简单了，不是雪花漫天就是晴空万里。

多吉把目光投向西南面那座高高耸立的雪山，静静地等待，等待太阳西下时刻的到来。看着太阳一点一点往下滑，那光芒也渐渐变成淡淡的金黄，金色的余晖洒在延绵起伏的雪山上，一座座都变成了金色的雪山，只是因为颜色有点浅，看上去还是有点不真切。多吉静静地等候着，等候着太阳继续往下坠，前面起伏的雪山，也随着太阳的移动和余晖的变幻而不断变幻着颜色。终于，当太阳落下去后，眼前起伏的雪山也一座座由低至高次第暗下来，直到只剩下最高的那座雪山，被太阳最后的余晖镶上一道火黄火黄的金边，在这洁白的群峰中变得格外耀眼。

"难道，那就是传说中金色的雪山。"多吉看着前面唯一的金色雪山，还是无法确定。正如巴鲁尔所说，他所看到的金色雪山也不完全是金色的，只是像披着一件金色的斗篷。

"也许，从西面看，它就是那金色的雪山。"多吉想，或许，只有等到月圆之夜，东面火黄火黄的月亮挥洒的光芒，与太阳火黄火黄的余晖交映在一起，才能找到真正的金色雪山。

在模糊的记忆中，抑或是曾经的梦境里，多吉隐隐约约见过这一场景，血色的夕阳与血色的月亮交相辉映的时候，在延绵起伏洁白的群峰中，耸出一座金色的雪山。想到这儿，多吉双腿用力一夹，黑儿大吼一声，然后一跃而起，朝着前方飞奔而去。

德勒听到黑儿的吼叫声，前腿一蹬站了起来，低头嗷叫了一声，所有的野牦牛也都站起来。巴鲁尔也被惊醒过来，看到德勒的警觉后，也立即翻身起来。德勒抬起头，望着多吉去往的方向，前蹄不停地踢踏，所有的野牦牛都聚集在德勒身后，看起来它们正准备出发。巴鲁尔明白德勒的意图，招呼大家赶紧起来，一个个骑到野牦牛背上。德勒领着大伙儿，继续向西前进。

黑儿的吼叫声还在群山与山谷间回荡，身影已经到了另一座雪山顶上。九头神兽听到这声似曾熟悉的吼叫，感到有些纳闷，九双眼睛一齐向着东方，只见那洁白的冰天雪地间，一个黑点在洁白的群峰之间飘荡，忽远忽近的。

"难道是它？"九头神兽猛然想到了神犬黑金刚。

早在七八万年以前，九头神兽还是王母的亲随，而黑金刚也是王母的亲随，不同的是，九头神兽是为王母巡游驾驭凤辇的，而黑金刚是王母巡游的开路先锋。

黑金刚是一条体型巨大凶猛无比的神獒。它脸形似虎，口大如盆，通体长满乌黑发亮的浓密毛发，而碗大的四蹄却是金黄色的，奔跑的时候，大地都为之震动。每次为王母巡游开路的时候，黑金刚在前方奔跑的声响还有吼叫的声音，万步以外都能听到，任何生灵都得退避三舍。

"如果真的是它，那它来到人间的使命又是什么呢？"九头神兽甚至还想到黑金刚是不是也同自己一样，是惹怒天神而被罚下来的。可转念一想，似乎不可能，黑金刚在王母巡游时开路，王母回宫后，它负责看护内宫，时常跟天神的孩子们一起玩耍，还充当孩子们的护卫。或许，它是被天神派下来的，担负着更为重要的使命。

这是九头神兽无法洞察和预卜的。

黑金刚是天神派下来的护卫，专门来护卫多吉的。多吉是天神最小的也是最疼爱的孩子，可他生来就担负着护佑人间生灵的使命，因而必须降临人间，与野兽群居，茹毛饮血，饱尝人间苦难。而这高耸入云延绵千里的昆仑山，是离天最近的地方，也是王母经常巡游的地方。

"难道，近些年来，王母的频繁巡游，与黑金刚的使命有着莫大的关联。"

九头神兽还在为王母驾驭凤辇时，王母每隔一万年才巡游一次昆仑，可自从九头神兽被罚来昆仑山守护玉龙的这数万年间，王母来此巡游的次数就更少了，有时两万年才巡游一次，可在最近不到二十年的时光里，时隔几年就会来昆仑巡游。即便如此，王母身边的仙姑，也时常要来巡视昆仑。或许，仙姑的巡视也是使命，虽然各自的使命不一样，但其中必然有某种关联。

九头神兽感觉自己肩负的使命越来越重，守护了数万年，使命的终结与成败，也许关键时候只需要一天或者一夜。想到这儿，九头神兽竭力让自己平静下来，静心想一想，玉龙的使命与自己的使命，仙姑的使命和黑金刚的使命，虽然时差数万年，但只要理出那个节点，或许就能解开所有的疑团。

然而，九头神兽无法做到心静如水，心绪被各自的使命纠缠着，还要被那山峦间飘忽不定的黑影拉扯成一团乱麻。黑影移动的速度太快，九头神兽一直无法看清楚，心里愈发焦急，不停地围着玉柱一圈一圈地转，可九双眼睛一直盯着那飘忽不定的黑影。庆幸的是，黑影并不是朝着自己的正面过来，而是平行向西飞快地移动，还随着山峦的起伏时隐时现。

突然间，黑儿似乎发觉出什么，猛然收住前肢，后腿奋力一跳，整个身子都直立起来。多吉赶紧抱住黑儿的颈部，只见黑儿腾空而起后，收缩起四肢，直直地坠下来。快要着地时，身子往下一沉，四肢一屈一伸，稳稳地落在地面上。

"怎么啦，黑儿？"多吉从黑儿背上跳下来。

黑儿看了多吉一眼，然后看着谷底，呜咽一声，两只前爪还不停地踢踏抓挠，把地上的积雪踢得四处飞溅。

谷底已被积雪埋没。看上去，这里曾经发生过雪崩。在这终年积雪的昆仑山中，雪崩是常有的事，可黑儿为什么会对这里的雪崩产生如此强烈的反应。难道，被积雪掩埋了的半条山谷里，还掩埋着什么特别的东西。多吉决定顺着山梁下去看个究竟，翻身骑到黑儿背上，顺着山梁开始跳跃起来。

九头神兽站在玉峰上，凝神聚目死死地盯紧黑影。看到黑影停在山顶上，以为黑影发现了自己，赶紧趴下去，可很快，黑影再次飘忽起来，竟然是转过身朝着南面的方向疾驰而下，九头神兽有些纳闷。

看到黑影顺着山梁一纵一跃消失在视线里，九头神兽突然感到前所未有的轻松。也许，黑影并不是冲着玉峰来的。可这种感觉实在是太轻松太释然而且太突然，九头神兽为自己突然产生的这种似曾熟悉的感觉感到有些不安，数万年前最后一次驾驭王母的凤辇时，就有过这种感觉。而这种感觉的重现，是自己对这黑影过于警惕，抑或是过于熟悉，九头神兽怔怔地看着东南面，可奇怪的是，突然隐约感受到来自东南方向的躁动。

第十四章 躁动的海西

40

在昆仑山以东大海以西的广大山川河谷地区，世居着一个强盛的部落，他们长年在这广袤的草原上生活，习惯了马背上蓝天下自由驰骋的生活。随着海西部落的繁衍与壮大，他们不断地向昆仑大山的浅山地区迁徙，沿着山川河谷地间，拓展自己的领域。

在海西部落里，同样流传着一个美丽而古老的传说。在这个美丽而古老的传说中，这巍巍高耸延绵千里的昆仑山深处，有一个闪烁着绿色光芒的神秘山洞，洞中隐藏着天神遗落在人间的金玉神器，无论谁拥有这件金玉神器，就能拥有无穷的力量。千百年来，不断有部落里的青年结伴前往大山深处，寻找这古老传说中的神秘山洞，可每次都是无功而返。直到十年前，又有一批心向神往的青壮年进山去，最后是一个也没有回来。从此，部落里再没有人敢进山去寻找那件神器。

图格的阿爸就是十年前去寻找传说中的神器后再也没有回来。那年，图格才五六岁，这么多年过去了，图格依然清晰记得阿爸的模样，还总是在月圆之夜梦见阿爸。

"图格，阿爸看到了金色的雪山。"在梦里，阿爸总是重复着这句话。

图格一直在琢磨着阿爸这句话的意思，难道，传说中的神器跟金色的雪山有关联。

应该是同病相怜的原因，自从阿爸和同伴们消失在山里后，图格一家就跟那些同样失去男人的人家走得更近，大家互帮互济，渐渐地，孩子们也情同手足格外亲和。图格十来岁的时候，就开始跟小伙伴们商量，等长大了就一起进山，去寻找各自的阿爸。如今，已经长成大小伙的图格和他的伙伴不仅都成为部落狩猎的好手，他们的计划也随着自己的渐渐成熟而变得成熟起来。

"阿妈，我要去寻找阿爸。"在一个大雪过后的清晨，图格早早起来后，走到阿妈身边坐下来，顺手往炉膛里添了一根柴。

阿妈一怔，良久才扭过头来，微张着嘴，一脸的惶恐。

"我和哈里他们一起去，去找回我们的阿爸。"图格不敢看阿妈的脸，又往炉膛里添了一根柴。

"我们已经失去你的阿爸……"阿妈欲言又止，一手拉着图格粗大的手，一手揽住图格的肩膀，往自己身上靠。

图格知道，阿妈本来是想把自己揽在怀里，可自己已经长大长高了，坐在木墩上也比阿妈高出一个头。图格身子微微往后一靠，阿妈便倚在自己胸前。阿妈的头正好靠在图格的下巴处，她的头发有点硬，扎着图格的颈脖，痒痒的。

"还有谁啊？"阿妈不知道该如何反对，也知道图格说的他们是哪些人。

"还有哈图和尕旺，他们几个也说了，要去大家都一起去。"图格忍不住抽出手来，拢了拢阿妈的头发。

"尕旺也去啊，他那么小。"阿妈开始担心起比图格小两三岁的尕旺。

"尕旺和他的阿妈都很思念阿爸，我们都很思念阿爸。"图格说。

"那就去吧，去找回你们的阿爸。"阿妈直起身子，抓住图格的手，"记住，不要去寻找什么宝贝。"

"阿妈，你和阿弟……"图格没有想到阿妈这么爽快就答应了，竟然不知道再说什么，反倒有点担心阿妈和阿弟图勒。

"阿妈没事，你放心去寻找阿爸。"阿妈说着，转过身来看了一眼还在睡觉的图勒，"我和图勒等你回来。"

图勒是图格的阿弟，他才十二岁，比尕旺还小，天天嚷着要跟着图格他们进山狩猎。

图格早就做好了进山的各种准备，趁着阿弟还没有醒过来赶紧走，要不，他肯定会吵嚷着非要同去不可。

图格背上弓箭拿上投枪和行囊，来到大伙儿预先商定的地点。没过多久，哈里和哈图兄弟以及尕旺他们都相继赶来。大伙儿相互对望一眼，甚至没有说一句多余的话，一行十余人便出发了，朝着昆仑大山的深处。

"阿哥。"没走多远，图格就听到阿弟图勒的呼喊，回过头来一看，只见部落里的人在巫师娅妹的引领下，都聚集在祭台前。

人群中，阿妈紧紧地抱住图勒的双肩，可图勒还是挣扎着摆脱阿妈的束缚，朝自己跑来。

"照顾好阿妈。"图格高举着手，使劲摆了摆，还大喊一声。

或许，图勒知道这次不同于以往的狩猎行动，自己必须得留下来，留下来照顾阿妈。看着图勒停下脚步，图格才徐徐放下手臂。这时，大伙儿也停下脚步转过身来。

"我们会把阿爸找回来的。"图格和伙伴们齐声高喊起来，然后使劲挥挥手，转身走了。

没有人知道阿爸曾经走过的路线。只能朝西走，顺着最深的山沟朝着最高的雪山前进，这是大伙儿预先就商量好的。大伙儿都相信，只有走最难走的路，甚至经历生与死的考验，才能找到阿爸。大伙儿还坚信，阿爸一定是迷失在这大山深处的某个迷宫一样的地方，正等候着孩子们的到来。

图格领着伙伴们穿过曾经熟悉的山林，看到前方的林子越来越稀疏树木越来越矮小，而山谷越来越深，山坡越来越陡峭，心里开始有点担心，多年以后，图勒会不会沿着这条路来寻找自己。这个念头刚冒出来，图格立即咽下一口唾液，把这个刚被点亮如同灯火的念头给淹没。

"我们一定能找回阿爸的。"图格心想，还使劲握了一下拳头。

"我们这次能找回我们的阿爸吗？"尕旺突然冒出一句。

"一定能。"图格不假思索吐出这三个字，仿佛，这三个字一直裹在舌头下，一张嘴就自个蹦跳出来了。

"图格说得对，这次我们一定要找回阿爸。"哈里快走几步追上图格，与尕旺擦肩而过时，还忍不住用力捎了他一下。

哈图也加快脚步，紧跟上阿哥哈里。大伙儿也加快脚步，跟紧图格，把尕旺甩在最后。尕旺不由得抬头左右看了一眼，两边陡峭的雪山上，厚厚的积雪仿佛随时要泻下来，不禁心头一紧，赶紧快走几步挤到大伙儿中间，挤到图格身边。

"尕旺，你阿妈怎么会答应你跟着我们进山？"哈里走到尕旺身边，搭着他的肩膀问道。

"我阿妈说了，要我跟着图格阿哥，一定要把阿爸找回来。"尕旺才十三岁，在大伙儿当中，他是年龄最小的，可在家里他是老大，下面还有一个阿妹。

"那你是怎么跟你阿妈说的？"哈里似乎存心想给尕旺找出一个难堪。

"我跟阿妈说，图格阿哥要带着大伙儿去山里寻找阿爸，我阿妈就答应了。"尕旺说的都是实话，也让哈里难以找出破绽。

可哈里还是不死心，正要开口，却被图格瞪了一眼。哈里不敢再说什么，却冷不防狠狠地捎了一下尕旺的屁股。

"我阿妈听说是跟着图格阿哥进山找阿爸，也没有说什么。"哈图没有听出阿哥哈里的用意，接过尕旺的话茬。

哈里见哈图搭话了，这才闭上了嘴，可又觉得有些不甘心，心里还埋怨傻里傻气的阿弟插嘴打断自己的计划，顺手在哈图的大腿上捎了一把。

"哎哟！"哈图跳起来大喊一声，可能是捎得太疼，还忍不住抱怨一声，

"阿哥，你干吗掐我？"

哈里没有吭声。图格反转手来掐住哈里的手臂，使劲拧了一下，疼得哈里嘴都歪了。

"疼吗？"图格这才扭头看了一眼哈里。

"疼，一点点。"哈里咧着嘴龇着牙，看上去真的很疼，可他不好意思说出来。

"我掐一下试试。"尕旺真以为图格只是象征性地掐了哈里一下，也想报他的一掐之仇。

"你凭什么掐我阿哥。"尕旺的手刚伸出来就被哈图挡住。

"他刚才掐我了，现在还疼着呢。"别看尕旺年纪小个头不大，可在这种事上，也不是吃素的，"他不是也掐你了吗，我帮你报仇。"

哈图使劲拦住尕旺，不让他越过去掐自己的阿哥。

"那我帮你再掐他一下。"图格说着，再一把掐住哈里的手臂。

"哎哟哟，换个地方掐行吗？"图格的手刚碰触到哈里的手臂，哈里就跳了起来，可发觉图格并没有使劲，只是做做样子而已，赶紧装出龇牙咧嘴疼痛难忍的样子。

尕旺看到哈里那极为痛苦的样子，这才舒心地笑了。

41

经过这么一番嬉笑打闹，一直盘桓在大伙儿心底里的担忧与紧张很快就被驱散，尕旺更是兴冲冲地走在最前头。突然，尕旺停下脚步，身子也矮下去半截，大伙儿也跟着停下脚步蹲下身子。

"怎么回事？"图格小声地问尕旺。

"羚羊，长角羚羊。"尕旺显得有些兴奋，声音虽然很小，却显得十分激动。

前方三百来步远的谷底，果然有几十只长角羚羊正在悠闲地啃着枯黄

x

xx
xx

xx

xx
xx

的草尖。在以往的狩猎中，人们极少看到长角羚羊，它们总是远离人类居住的地方。即便是看到了，也很难接近，投枪根本投不出那么远的距离。长角羚羊仿佛也知道投枪的投射距离，只要人类走近，就会像云朵一样飘荡起来，直飘到安全距离才停下来继续觅食。要想捕获长角羚羊实在是太难，它们奔跑的速度实在是太快。后来，海西部落的人为了捕获长角羚羊，制作出弓箭，虽然只是偶尔能捕获到长角羚羊，但捕获其他动物的成功率却是大大提高。

长角羚羊的出现，更是说明这里已经接近大山的深处，也是人迹罕至的地方。图格决定带领伙伴们围猎这群长角羚羊，他打着手势示意伙伴们分成三路，两路沿着山腰包抄，自己领上一路从中突袭。

长角羚羊似乎没有想到人类会在这里出现，图格他们很快就摸爬到百步外的地方。看着长角羚羊已经在弓箭的射程以内后，图格趴在一块乱石后面，从背上取下弓箭，搭上箭拉满弓，瞄准一只体形较大的羚羊。这是一只没有角的母羚羊，看上去挺肥的。

大伙儿都屏气凝神，一会儿看着羚羊群，一会儿看看图格，他们都在等待图格射出这一箭后开始围捕长角羚羊。可大伙儿等了一泡尿的工夫，图格还在那儿拉着弓，迟迟不肯射出这一箭。

突然，图格徐徐地松开弦，还从地上爬了起来。图格的举动惊动了长角羚羊，一只只掉过头去飞快地奔跑起来。

伙伴们看着图格的举动，一个个也站起来，眼睁睁看着羚羊群像一阵风似的，飘向山坡，然后沿着雪线奔跑，很快就跑得远远的了。

"你怎么啦？"哈里跑到图格跟前，不解地问。

"你看，"图格指着已经跑远的羚羊，"它们是不是跑得没有以前快。"

"什么啊？"哈里没有听明白，"你还能追上它们？"

"好像挺肥的。"尕旺搔了搔头说，"这季节怎么还这么肥，是不是肚子里有小羚羊了？"

"应该是。"图格看了尕旺一眼，看起来傻乎乎的小家伙似乎明白过来了，这令图格不由得刮目相看，便伸出手拍了拍尕旺的肩膀，"走吧，继续前进，说不定阿爸就在前面等着我们呢。"

"走，我要第一个找到阿爸。"尕旺得到图格的赞赏，高兴得跳起来，走起路来都是蹦蹦跳跳的，仿佛脚下那薄薄的积雪都有了弹性。

哈里这才明白图格为什么没有射出那一箭，可没想到最先明白过来的竟然是尕旺，心里不免感到有点失落，看了哈图一眼，喊了一声，"哈图，跟上。"

哈图跟尕旺差不多年纪，让他们两个去争个高低，那是最合适不过的。图格看出哈里的意图，走上前拍了一下哈里的肩膀，对着伙伴们说，"走，大家都跟上。"

"走，都跟上。"哈里摸着自己的后脑勺，对着图格笑了，似乎有点不好意思。

看到伙伴们争先恐后地往前冲，图格这才会心一笑，拉着哈里的手，迈开了大步。

眼看着太阳快要下山了，图格开始一路寻找夜晚歇息的地方。在这人迹罕至的大山深处，往往是野兽的天堂，歇息的地方一定得是易守难攻的隘口，或相对独立而且位置比较突出的高台，要是能在山腰间找个山洞，那是再好不过的。

这次进山后的前几个晚上，图格的伙伴们都是在山洞里过夜。这些山洞都是部落里的人在平时的狩猎中挖出来的，专门为在山里过夜做准备的。可进入这人迹罕至的地方，要找出天然的山洞，只怕是太难了。

"哈里，"图格叫住哈里，指着北面的山坡说，"你带着哈图去前面的山上看看有没有山洞。"

哈里用力点了一下头，叫上哈图朝北面的山坡走去，一直爬到雪线附近，才折身向西一路寻找，可一直找到太阳下山时也没有找到一个山洞。眼看着天就要黑下来，图格有点着急，在这样无遮无拦无凭无据的大山深处野兽天堂过夜，是非常危险的。

"没有山洞也得找块大石头。"经验告诉图格，必须得找块大石头，这样至少也是有个屏障。

图格看着山谷两面的山坡上裸露出来的岩石，不禁想到，既然山体是岩石构成的，那就一定能找出突出来的岩石。图格把哈里和哈图叫回来，跟大伙儿聚集在一起，然后带领大家加快前行，希望能赶在天黑前找到过夜的地方。

天渐渐黑下来，隐隐约约还能听到远处传来的狼嚎声，可依然没有找到合适的地方。图格有些着急，他知道，在这样的荒原上，狼群是真正的霸主，它们的群体也相当大，少则几十上百只，多则数百只。数量如此庞大的狼群，时常在荒原上游荡着寻找食物，其他有着独立生存习性的猛兽就难以生存。当然，猛兽还是有的，像雪豹，虽然凶猛，但雪豹从来都是昼伏夜出，不会与人类发生正面冲突。还有就是雪豹的生存习性相对特殊，从来都是生活在雪线以上地区，几乎不会跟狼群发生冲突。

"点燃火把，朝山上走。"图格叫住伙伴们，从背包里抽出火把，取下兽皮缝制的防护套。

点燃火把后，图格带领大伙儿朝着相对较高的北面山坡上走去，一直爬到雪线附近，才继续前行。

当夜幕完全笼罩大地的时候，图格他们已经翻到另一座山上，山坡很陡峭，伙伴们两个一组，相互拉着手。山坡上，不时有岩石突出，但个体都不大，连一个人都藏不住。

"不要停歇，加快速度前进。"图格喊了一声。

图格话音刚落，大伙儿就听到一声狼嚎，听起来已经不远了。

"哈里，你带着哈图冲头，我和尕旺断后。"图格说着，一把拉着尕旺的手，加快了步伐，希望尽快找出一处屏障，否则，一旦遭到狼群的围攻，后果不堪设想。

窜动的火苗在呼呼作响，仿佛是被狼的嚎叫声吓得惊慌失措。图格发觉尕旺的手心湿湿的，不由得使劲握得更紧了，脚步却慢了一点，让尕旺走在自己前面，这样前头后面都有自己的同伴，会让他觉得更有安全感。果然，尕旺的胆子壮了许多，脚步也不像原来那样慌乱。

这一路上，图格还不停地张望，希望能在火光的范围内找出能让大伙儿藏身的地方。尕旺跟着前面的伙伴走得正紧，突然踩上前面伙伴的脚后跟，然后整个人都扑在伙伴的背上。图格也差点撞上尕旺，看样子是哈里发现了狼群。

大伙儿都停下脚步，不知如何是好。图格挥动一下手中的火把，定睛看着前方，隐约看到几双闪着绿光的眼睛。图格四下张望一眼，还没有发现狼群，而眼前的这几只狼应该是跑在狼群前面搜索猎物的。

"不能停下，哈里，看能不能在狼群赶到之前找到藏身的地方。"图格大喊一声。

图格知道，搜索猎物的狼与狼群之间的距离不会太短，当它们发现猎物后，还得继续观察，直到确认可以得手，才会发出信号，把狼群引过来，再对猎物进行围攻。

42

队伍开始继续前行。前面那几只狼在犹豫片刻后，看到人类在继续逼近，这才开始后退，然后转过身去四散逃窜。很快，前方不远处传来狼的嚎叫声，图格知道，这几只狼只是负责搜寻猎物的，这嚎叫声就是给狼群传递信息，很快，狼群就会赶过来。

果然，哈里在前面带领大伙儿翻到一座山梁上，狼群便出现在山谷里，队伍再次停了下来。图格举起火把，朝山谷里一望，看到数十双闪着绿光的眼睛。狼群是顺着山谷而来的，双方的距离不到两百步远。

"不要慌，继续前进，注意脚下。"图格吩咐大家，脚下有乱石，还有干枯的茅草丛。

从眼下的形势看，狼群在经过长途跋涉后赶到这里，也是需要喘口气的。

而这时候，狼王肯定站在某个相对人类来说是隐秘，相对狼群来说是突显的地方，它还得进一步观察人类的动向，然后才确定攻击方式。

"狼王所在位置一定是最好的位置，也是大伙儿最好的藏身地。"图格敦促伙伴们，继续前行尽快找到狼王。

"哈里，我俩来打头，其他人跟紧，注意脚下。"图格说着，加快步伐冲到最前头。

就在这时，前方不远处传来一声嚎叫，像是狼王发出的攻击命令，而声音就在正前方。

"快跑。"狼群的攻击开始了，图格已经顾不上别的，只有尽快冲向狼王。

果然，狼王就站在前面一块突出的巨大石块上，石块的上方就是雪线。

山谷里的狼群呼哧着朝山上冲过来，图格领着伙伴们高举着火把冲向狼王。这恐怕是狼王没有想到的，但作为狼王，它不仅没有后退，反倒往前走了两步，龇牙咧嘴摆出决斗的架势。

这时候的图格也没有退路，只能挥舞着手中的火把冲上巨石。哈里虽然有点害怕，但看到图格冲到自己前面，也紧跟着冲了上去。两只火把都对准狼王的头狠狠地砸去。狼王不得不后退半步躲过火把的攻击。这时，其他伙伴紧跟图格和哈里跳上巨石。狼王虽然有些不甘心，但面对人群的攻击，不得不呜咽着往后退去，一转身就跳下巨石。

当狼群围上来的时候，图格已经领着伙伴们聚集到巨石上。狼群依然蠢蠢欲动，狼王龇牙咧嘴嚎叫不止。在狼王的鼓动下，有几只体格健壮的公狼绕到巨石的两侧，龇着牙扑上来。图格领着几个年龄大富有经验的伙伴站在外围，看到公狼往巨石上窜，就拿火把对准公狼的头猛砸过去。火把上的火星还有松油沾上狼毛便燃烧起来，一只只在地上打滚。

狼群后退了一点，但还是心有不甘。狼王低沉的嚎叫似乎在责备它们，也像是在鼓励。又有几只公狼向前走几步，低着头斜着眼睛看着图格他们，继续朝巨石的两侧包抄过来，一直走到雪线下。有一只公狼还试探着准备继续往山上走，可走了几步后，发现积雪很深，半条腿都陷了下去。公狼只得退回来。突然间，公狼一跃而起，扑向图格。

图格早就注意到这只公狼，双手紧握着火把，对准公狼的颈部，使出全身的气力狠狠地砸过去。公狼重重地摔在地上，颈部的毛也被烧掉一大块。

"往火把上撒松油。"图格说着，从行囊里抓起一把凝结的碎小松油块撒在火把上，火苗立马扑通乱窜起来，火星还不停地爆裂，纷纷溅落在地上的茅草丛中，引燃了茅草。顿时，巨石周围的茅草都被引燃，开始朝山坡下蔓延。

狼群看着蔓延过来的火苗，开始呜咽着往后退，只有狼王还站在那儿，一动也不动，直到跟前的茅草被引燃，火苗在眼前乱窜，狼王才呜咽一声，然后掉头就走。

看着狼王掉过头去，图格这才松了口气，伙伴们也一个个都瘫软在巨石上。

狼群随着狼王的掉头离去而迅速散去，可它们并没有走远。图格知道，这荒原上的狼群是不会轻易放过猎物的，这时候它们虽然走了，但不会走远，一定会在附近的山谷里游荡。

这个晚上，图格和哈里轮流值守，半点也不敢疏忽。狼的嚎叫声时远时近，整晚都没有散去，直到天完全放亮，此起彼伏的嚎叫声才渐渐远去。

饥饿的群狼虽然远离图格他们，却依然在荒原上游荡，寻找着食物。看来，它们是好长时间没有找到食物了。狼王还不时回过头去，仿佛还在懊恼昨天晚上那次失败的围攻。狼王似乎想到什么，突然放慢脚步，没走几步便停下来，朝玉峰的方向看了一眼，然后转身朝玉峰的西南方向走去。

狼群在山谷里与多吉遭遇的时候，一只只都显得异常亢奋跃跃欲试，它们似乎完全忽略了黑儿的存在。也许，它们真的是饿极了，尤其是经历一场失败的围猎后，有些饥不择食。

可多吉不明白，狼群为什么突然出现在这个山谷里。黑儿看着狼群，有些愤怒，它龇着牙，发出低沉的吼叫声。狼群似乎对黑儿有些陌生，但还是被黑儿的吼叫声震住，它们停下脚步，似乎有一点点畏惧。

"黑儿。"多吉喝住黑儿。

多吉知道，即便是数量如此庞大的狼群，也不是黑儿的对手。多吉只想弄明白，狼群为什么会突然在这里出现，难道，那次雪崩，把什么东西掩埋在这山谷里。多吉蹲下身仔细察看，希望能看出什么迹象，可积雪上没有任何痕迹。可以肯定的是，狼群比自己更熟悉这里的一切。想到这儿，多吉决定先行离开这里，看看狼群有什么举措。

狼群见黑儿在后退，又开始跃跃欲试，狼王嚎叫一声，群情鼎沸的狼群都嚎叫起来，朝着黑儿狂奔而来，对黑儿形成半包围的态势。黑儿似乎完全被这群因为饥饿而无视自己威猛的狼群所激怒，扬起头来大吼一声，整个山谷都在震动，山坡上的碎石不停地滚落下来。有几只狼被黑儿的吼声震住，有的直接趴在地上，打乱了整个队形。

这时，狼王已顾不上别的，冲到最前面。黑儿站在原地一动不动，但眼睛却一直盯着狼王，看着狼王朝自己冲过来，越来越近，越来越近，冲到跟前时，狼王后腿使劲一蹬，腾空而起朝黑儿猛扑过来。只见黑儿并不慌乱，直等到狼王扑到身前时，才身形一闪，猛然张开大嘴，一口咬住狼王的脖子。整个狼群都被黑儿这致命的一击震住，一只只立马收住前腿，再不敢往前半步。

"黑儿。"多吉大喝一声。

黑儿一甩头，把狼王甩出十几步远。狼王在雪地里打了好几个滚，直到力度减弱许多时才站住脚。狼狈不堪的狼王似乎还没有缓过劲来，四条勉强站立的腿还在战栗不止，它低着头看着黑儿，四条腿突然一弯趴在地上，对着黑儿呜咽起来。

狼王还看了一眼多吉，然后猫着身子朝多吉爬去，看样子是想讨好多吉。黑儿一见狼王朝多吉爬去，似乎担心它要伤害多吉，纵身一跳挡在狼王面前，低沉地吼叫了一声，吓得狼王赶紧趴在地上，一动也不敢动。所有的狼见到狼王这样屈服于黑儿，也都后退几步，趴在地上呜咽起来。

多吉似乎明白狼王的用意，叫住黑儿。黑儿立即后退，倚在多吉身边。狼王似乎依然心有余悸，还是不敢靠近多吉，趴在原地呜咽几声后，才屈着身子往后退，一直退到狼群跟前才站起来。

第十五章 山谷的秘密

43

多吉拍了拍黑儿的头，然后朝雪崩掩埋的谷底走去。黑儿明白多吉的意思，紧跟着多吉。

黑儿低着头，把鼻子贴在积雪上，仔细地搜寻着。狼王见黑儿如此举动，也跟了上来。黑儿抬起头，看着狼王，呜呜叫了两声，狼王立即顺从地趴在地上。多吉明白，这是狼王彻底屈服于黑儿的举动。

看着多吉和黑儿退后几步，狼王才站起来，朝谷底走去。狼群跟着狼王，只是它们不敢靠近黑儿和多吉，沿着山坡绕过黑儿和多吉后，才朝着狼王奔跑过去。

这时，狼王正跪着前腿趴在积雪上，鼻子插入积雪中，仔细嗅了嗅，似乎还是有点不确定。它站起来，两只前爪飞快地刨挖几下，刨出一个小坑后，把头伸进去，再仔细嗅了嗅，然后才抬起头来呜咽一声。

看到狼王的举动，多吉确信这条山谷的积雪下面一定掩藏着什么，而且，狼群不止一次来过这里，只是没有达到目的。

狼群在狼王的带领下，自觉地围成几个圈，开始刨挖着积雪。只见雪片纷飞，看似杂乱无章，却是配合默契。前排的狼把积雪刨在自己身后，后排的狼再把面前的雪刨到自己身后，很快就在积雪中刨挖出一个大洞。

然而，刨着刨着，有几只狼明显开始体力不支，速度慢了下来，很快就被前面刨出来的雪掩埋掉。狼王站在山坡上，看到这情形，显得有点焦虑，不停地转来转去，还呜咽不止。

黑儿冲着狼王呜呜两声。狼王听到黑儿的召唤，赶紧跑了过来。黑儿来到多吉跟前，舔了舔多吉的手，然后回过头来看着跟在身后的狼王，还冲着它呜呜叫了两声。狼王赶紧趴在地上，用四只爪子在地上爬行，一直爬到多吉跟前，然后舔了舔多吉的脚背。舔完后，依然用四只爪子在地上爬着往后退，退了几步便趴在那儿不动了。黑儿走到狼王面前，舔了舔狼王的头，然后看着多吉，呜呜叫两声。多吉明白黑儿的意思，它是把狼王召唤过来保护自己。多吉朝黑儿挥了挥手，黑儿这才转身朝山上飞奔而去。

看着黑儿一纵一跃消失了，狼王就趴在多吉跟前，还呜呜叫了几声，狼群听到召唤，几只健壮的公狼退出刨雪的队列，走到多吉的身边，警惕地看着四周。看样子，是狼王召唤它们过来，共同守护多吉。其他的狼则分散开来，在多吉的周围形成一个大的保护圈。

想必，黑儿是去捕猎食物去了。果然，没过多久，黑儿就回来了，拖着一头野驴。

野驴的气息立即吸引了狼群，它们齐刷刷看着黑儿，然后都把目光投向狼王。狼王看着黑儿，听到黑儿呜呜两声后，才走过去，从野驴身上撕下一大块肉，然后跑到黑儿跟前趴下，放下肉块，还用鼻子拱了拱。黑儿看了狼王和它眼前的肉块，眨巴一下眼皮，然后抬起头看着前面的雪山。狼王也识趣，也许是饿极了，用前爪按住肉块撕咬起来。狼群这才围了上来，围着野驴的尸体撕咬起来。

看着狼群狼吞虎咽地吃着野驴肉，多吉也觉得饿了，扯了几把茅草，拾了一捆干枯的柴棍，点燃柴草后，从背包里取出一只被冻得硬邦邦的羊腿，架在火上烤，不一会儿，羊腿烤出的香味便在整个山谷里飘落。

多吉撕咬羊腿的时候，看到黑儿正眼巴巴看着自己。看样子，黑儿为狼群找来一头野驴，可它自己却没有吃。多吉撕下半只羊腿，递到黑儿嘴边。黑儿似乎有点不好意思，有点犹豫，看了多吉一眼。多吉冲它微微一笑，手还往前推了一下，硬是往黑儿嘴里塞，黑儿这才张开嘴咬住那半只羊腿。

很快，狼群就把野驴吃得只剩下一副骨架，白森森的，在阳光的照射下还有点泛光。吃饱肚子的狼，舔尽嘴边的血腥味，开始继续刨雪。这次，它们刨得更加起劲，只见雪片在狼群的上空翻飞着，旋转着，仿佛置身高高的天上，看着突如其来的一场暴风雪，翻飞旋转的雪片在阳光的照射下，还闪动着银光。

多吉还在想，积雪下面究竟埋藏着什么秘密呢？

黑儿趴在山坡上，似睡非睡的样子，多吉躺在黑儿身边，头枕着黑儿的肩胛，时而睁开眼睛看看刨雪的狼群，时而闭上眼睛，猜测雪崩埋藏着的秘密。

突然，多吉听到一声狼的哀号，睁开眼睛一看，只见狼群几乎同时停止了刨雪。多吉赶紧爬起来跑过去，刨出来的竟然是一只狼，一只早就被压扁冻僵的狼。显然，这只狼是雪崩时被埋在下面的。

难道，是狼群在围攻猎物，双方正在对峙时，突然间发生雪崩。如果真是这样，那下面肯定还掩埋着人类。能与狼群形成对峙的，人类的可能性最大，但结局肯定也跟这只狼一样，早就被冻僵了。

多吉本来想阻止狼群的继续刨挖，如果下面真的掩埋着人类，倒不如让他们继续在这积雪下安睡。可转念一想，地不老天不荒，可冰雪总有消融的那一天，那时，他们岂不要暴尸荒野，任狼群或其他野兽分食。看到狼群把那只冻僵的狼拖到一旁后又继续刨挖，而且刨得越来越起劲，多吉打消阻止狼群刨挖的念头。

很快，狼群又刨出一只被压扁冻僵的狼，又一连刨出几只狼，也终于刨到了山谷的底部，狼群这才停止刨挖。这时，狼王呜咽着围着那几只被压扁冻僵的狼转一圈，然后走到刨出来的深坑里，用鼻子贴着地面闻了闻，似乎闻到了什么。只见狼王跑到多吉面前，舔了舔多吉的手背，然后转身

第十五章 山谷的秘密

朝刚刨挖出来的深坑走去。多吉跟随狼王走向深坑，黑儿紧跟在多吉身后。狼群见到多吉和黑儿走过来，都纷纷往后退，一直退到山谷两边的坡上。

多吉看到狼王一直走到深坑的最里边，然后直立起来，前肢趴在雪墙上，不停地呜咽。显然，狼王是告诉多吉，前面，还掩埋着什么。

难道，真是人类。多吉取下背上的投枪，举过头顶小心地凿挖着。凿着凿着，投枪似乎碰到了坚硬的东西。多吉以为是人的头颅，赶紧扔掉投枪用手刨开积雪，竟然是岩石。

看到这块高过自己的岩石，多吉似乎明白过来，一定是人类来到这里后，遭遇狼群，然后依托这块巨大的岩石，与狼群对峙。只是没想到，就在双方相持不下的时候，突然发生了雪崩，狼群开始四散逃窜，那几只来不及逃脱的狼被滚滚而来的积雪掩埋，而人类正好站在这块巨大的岩石前方，也是在瞬间就被汹涌而来的积雪掩埋。

"也许，他们的姿势依然是站立着的。"多吉想到这儿，有点不忍心再挖下去，甚至渴望再来一次雪崩，把这里的一切重新掩埋冰封起来。

黑儿突然呜咽着叫了一声，纵身跳到岩石上，前爪飞快地刨挖起来。多吉迟疑片刻，举起投枪继续凿挖起来，而且越来越小心，直到看见积雪里露出投枪的头，以及黑乎乎的火把头。

多吉突然感觉到，这场雪崩仿佛就发生在眼前，掩埋在积雪里的人还没有死，他们正在等待有人来营救。

44

阳光照射在冰墙上，隐隐约约，还能看到冰封在里面的黑色影子，有些模糊，但的确是人的形状，而且不止三五个人，有好多个人。多吉紧握着投枪，对着冰雪中隐约可见的人影凿挖起来。

包裹着人类的是积雪，以及积雪融化后凝成的冰块。多吉不停地凿挖，直挖到坚实的冰墙，再也挖不动了才停下来。冰墙里，立在最前面的那个人，身体向前倾斜，还张开双臂，一手握着投枪，一手握着火把。显然，他是在竭力保护着自己身后的同伴。多吉仿佛看到，他在不停地挥舞着手中的投枪和火把，还吼叫不止，令狼群一时不敢近前。

多吉痴痴地看着冰墙里的人。在阳光的照射下，冰墙开始融化，那水滴仿佛就是他们祈求的泪水，祈求多吉把他们解救出来。可多吉不知该如何才能把他们解救出来，直到黑儿呜呜的叫声和它嘴里叼着的柴棍提醒了多吉。

黑儿看到冰墙里冻住的人，再看看多吉的神情，然后就带领着狼群四处搜寻柴棍。多吉把搜集到柴棍堆积在冰墙四周，点燃了。黑儿继续带领狼群四处寻找柴棍，火越烧越旺，冰越融越快，冰墙里的人的表情越来越清晰，他们都很平静，没有惊恐，甚至还有点欣喜。这种欣喜应该是在遭遇狼群攻击的紧要关头，看到狼群突然退却时流露出来的，只是万万没有想到，山顶的积雪在狼群的躁动与嗥叫声中崩塌，瞬间就将半条山谷掩埋。

多吉扶着最前面的那个人，当包裹着他的冰封融化时，便扑倒在多吉怀里。多吉把他放在地上，从体格和脸部来看，他正值壮年，在部落里应该是出色的猎手，家中应该有阿爸阿妈还有儿女。多吉突然想到了阿旺老爹，他的阿爸会不会同老爹一样，时常站在地穴外，望着儿子进山的方向，等待着儿子的归来。

多吉还想到，说不定此时，老爹正在卓玛的搀扶下，站在地穴旁边的山脊上，正朝着自己出发的方向张望。自己还会回到海南村落，可扑在自己怀里的人却再也回不去自己的村落，他们的阿爸阿妈等到心碎了也等不回自己的儿子。

多吉鼻子一酸，眼窝也热了起来，泪水涌出来顺颊而下。那是蓝色的眼泪，在阳光的照耀下，闪烁着淡蓝色的荧光，滴落在冻僵的身体上，淡蓝色的荧光顿时延展开来，将他的身体包裹起来。多吉没有看到，也来不及再看他，甚至来不及擦拭泪水，直到把其他人都一个个整齐地摆放好，才擦干眼泪。火苗舔食着他们身上的寒气，阳光抚摸着他们的身体，暖暖的。

看着他们冰冻的头发开始垂落下来，还冒着淡淡的热气，滴着水滴，多吉再次感觉到，他们依然还活着。

这时，黑儿绕过火堆，从岩石上跳下来，走到他们身边，呜咽着舔了舔他们的脸，还有脖颈。狼群也聚集在岩石上，看着地上躺着人类，不停地呜咽着。

"狼，狼群。"不知是谁大喊一声。

那个摊开双手直挺挺躺在地上的男人突然翻过身来，想从地上爬起来，可又重重地摔在地上。其他人也仿佛被这一声大喊惊醒似的，一个个都睁开眼睛翻过身来，却再没有力气爬起来。

"莫非这里真是刚刚发生的雪崩。"看到他们一个个都苏醒过来，多吉不免有点吃惊，可从被压扁冻僵的狼来看，应该是很久以前发生的雪崩。

"是你救了我们？"那个男人挣扎着想坐起来，多吉赶紧扶他坐在地上，"是你打退了狼群？"

"你们是？"多吉不知道该怎么回答他。

"我叫图尔勒，海西部落的。"男人说着，看了一眼身边的同伴，"他，哈儿盖。"

多吉把他们一个个都扶起来。他们看着多吉，又看看山坡上的狼群，然后挣扎着站起来，还捡起地上的投枪，退缩到那块巨大的岩石下。看他们这架势是准备再次迎接狼群的围攻。

多吉不得不佩服他们的意志和战斗力。显然，他们并不知道是狼群救了他们。为了能让他们放松下来，多吉朝狼王挥了挥手，狼王会意，带领着狼群朝山谷口退去，很快就消失在视线中。

"你！"图尔勒看着多吉一挥手，狼群就往后退去，嘴巴张得老大，一脸的惊讶。

"我，多吉，洛桑多吉。"多吉还指着趴在地上的黑儿，"黑儿，我的伙伴。"

黑儿听到多吉叫它，呼地从地上站起来，还抖了抖毛发。图尔勒没见过这么体型庞大的野兽，吓得连连后退，其他人也不由得后退几步。黑儿似乎也知道自己吓着图尔勒他们，低下头走到多吉跟前，温顺地趴在多吉的脚下。

"这是？"图尔勒壮着胆子上前一步，指着黑儿问道。

多吉拉过图尔勒的手，蹲下身去，抚摸着黑儿的头。黑儿晃了晃头，似乎有点不乐意被陌生人抚摸。

"你，你们，去哪里？"图尔勒说。

"我们从大海的南面来，去寻找金色的雪山。"多吉突然想到德勒和德珠还有罗布他们，也不知他们现在到哪里了。

"金色的雪山！"图尔勒有点吃惊，"我们见到了金色的雪山，就在那面。"图尔勒指着西面说。

突然间，图尔勒两腿一抖瘫软在地上，其他人也跟着瘫软下去。

多吉见状，不知发生了什么事，慌忙抱住图尔勒，"你，怎么啦？"

"水。"图尔勒已是十分虚弱，憋足了气力才说出这么一个字。

多吉赶紧从背上取下水壶，把壶嘴塞到图尔勒嘴里。图尔勒喝了两口水，肚子里传出咕噜咕噜的响声。看样子，他们不仅是渴坏了，也饿坏了，可多吉的行囊里只剩下两只羊腿了，水也不多了。多吉离开伙伴们时，只装了自己和黑儿的食物和水，怎么也没有想到还在这大山深处遇上这么多的人，而且都是饿极的人。好在还有黑儿在身边。

"黑儿，去找些吃的来。"多吉说着，把空空的行囊扔在黑儿跟前。

黑儿呜呜两声后，纵身朝东面走去。

当烤羊肉的香味在山谷里飘荡时，图尔勒他们也恢复了一点力气，一个个艰难地爬起来，在火堆旁围成一圈。多吉把羊腿一块一块地撕下来，分给图尔勒他们。图尔勒他们看来真是饿极了，把羊肉塞进嘴里，慢慢咀嚼起来。他们的嘴似乎都变得僵硬起来，只能慢慢咀嚼。

黑儿的捕猎能力超乎想象，只要站在山顶上俯视着猎物，低沉地吼叫一声，那猎物都四肢发抖，根本迈不开步。当图尔勒他们把羊腿吃得只剩下骨头时，黑儿就叼着一头健壮的公鹿回来了。

这会儿，图尔勒和他的伙伴也恢复了一些力气，自觉分工后，有的忙着收拾猎物，有的四处收集茅草和柴棍。

"图尔勒，"在多吉的心里，依然心存疑团，"雪崩，是什么时候发生的？"

图尔勒看着多吉，脸上有些茫然。他努力回忆，那天，被狼群追击后，自己和伙伴们就据守山谷里这块巨大的岩石，在对峙一段时间后，狼群突然掉头就跑，大伙儿还没回过神来，感觉背后的巨石被重重地撞击一下，然后就发觉眼前只剩下白茫茫的，紧接着，白茫茫就变成漆黑一团，就什么都不知道了。

45

"烟，那边有烟！"哈里突然兴奋地喊叫起来。

图格顺着哈里望着的方向，果然看到有一股淡淡的青烟，而且看上去距离并不远。

"有烟的地方就会有人。"图格说着，领着大伙儿折向西南方向。

昨晚与狼群激战，虽然成功打退了狼群，可图格还是有些后怕。回想这些事的时候，图格忍不住看了一眼尕旺。尕旺和哈图走在队伍的最前面，正互相追逐打闹着，看来，他们已经把昨晚的惊慌与惶恐抛在脑后。

"深山里怎么还会有人烟呢？"哈里放慢脚步等着图格。

在这一带的大山深处，就连海西部落的人都极少涉足，何况是在这大雪封山的严寒季节。

"难道这大山深处还生栖着别的部落？"哈里实在是无法相信。

"也许吧。"图格不想考虑这些事，不管是哪个部落的人，会合到一起人多势众总归是好事，相互还能有个照应，尤其是在对付猛兽和狼群的时候。图格说着，伸出手搭在哈里的肩膀上，脚步不由得加快许多。

"你闻闻。"走着走着，哈里闻到风中夹杂着烟火的味道，以及烤肉的香味，他停下脚步，仰起脸，嗅了嗅说，"是鹿肉的味道。"

"嗯，是鹿肉的香味。"图格说着，步子迈得更大了。

尕旺和哈图已经开始奔跑起来，显然，他俩早就闻到了，恨不得自己长出翅膀飞过去。

哈图奔跑着拐进弥漫着浓浓的烤鹿肉香味的山谷时，脚步却突然停了下来，尕旺来不及躲闪，直愣愣扑在哈图身上，两人都摔倒在地上。

黑儿最先察觉到有人来了，但它没有动，直到听到异样的响动后，才微微睁开眼睛瞟了一眼。多吉站起来，图尔勒还有哈儿盖他们也站起来，看着出现在山谷口的人群。

尕旺和哈图一骨碌从地上爬起来，看到山谷里似曾相识的人，有点不敢相信自己的眼睛，儿时模糊的记忆也在这一刻突然变得清晰起来。

"怎么啦？"图格看着尕旺和哈图，然后再看到山谷里的人，惊得目瞪口呆。

良久，图格才回过神来，使着劲儿在自己的大腿上掐了一把，可没有感觉到疼痛，看到哈里在自己身旁，便掐了一下哈里的屁股，可哈里也没有反应。

"难道真的是在梦里？"图格掐住尕旺的手臂，几乎把全身的力气都使在了两个指头上。

尕旺转过头来，一脸狐疑地看着图格，"有一个，像是我阿爸。我小的时候，阿爸总是把我扛在肩膀上。"

没错，就是阿爸。

"阿爸。"图格轻轻地呼唤一声，嘴唇还有些发抖。

虽然肯定那个正望着自己的男人就是阿爸，可图格还是有点不敢相信，阿爸一点都没有变，还是记忆中的模样。

"阿哥，那是阿爸吗？"哈图看着满脸惊讶的阿哥，可哈里没有半点反应，哈图抓住阿哥的手臂，摇晃了一下。

哈里仿佛才回过神，手却捂在图格掐过的地方，使劲搓揉起来。

"阿爸。"图格大喊一声，"阿爸，我是图格。"

图尔勒伸出粗壮的大手在脸上抹了一把，张开双臂跌跌撞撞朝山谷口走去，大伙儿跟在图尔勒身后，都不停地抹着眼泪。他们都不敢相信，出现在山谷口的，竟然是自己的儿子，居然都长成大小伙子了。

"阿爸，你，你们怎么不回家？"图格扑在阿爸怀里，父子俩已经差不多一样高了。

图尔勒依然不敢相信，儿子图格怎么一下子就长得跟自己一样高了呢？

"阿妈和我还有图勒每日每夜都在盼着阿爸回来。"图格抹着眼泪说，"现在我长大了，就领着哈里他们一起进山来找阿爸。"

"你，"图尔勒帮图格擦去眼角的泪水，"怎么一下就长这么高了，图勒呢？"

"阿爸，"图格看着阿爸，"图勒在家陪着阿妈，我们日日夜夜都在盼望你，盼望你回来，已经盼了整整十年。"

"十年？"图尔勒有些吃惊，"我只记得我们被狼群围困在这山谷里，后来，雪崩把我们都埋了，刚刚出来。"图尔勒转身指着多吉，"是多吉把我们救出来的。"

"刚刚？"图格看了看多吉，又看了看阿爸，再看看哈里他们，都扑在阿爸怀里抽泣，"阿爸，我去给他磕个头，然后就回家，阿妈和图勒还在家里等着我们。"

"哈里，你们都跟我来。"图格走出几步又停了下来，回头喊了声。

图格领着伙伴们走到多吉跟前，一齐跪拜在多吉面前。

多吉看着这些个跟自己差不多大的年轻人跪在自己面前，似乎有点手足无措，慌忙抓住图格的手臂，想拉他起来。可图格不但不起来，还挣脱多吉的手，使劲地磕头。

这时，黑儿低沉地吼叫一声，吓得图格他们赶紧直起身子。

"你们，快起来。"多吉赶紧伸手按住黑儿的头。

这回，图格再不敢执拗，赶紧从地上爬起来，哈里他们也跟着爬起来。

图格和哈里他们倚着各自阿爸，心里都在盘算着，巴不得立马启程赶回到部落去，跟家里人团聚。

"我们要跟着多吉，一起去金色的雪山。"图尔勒看出儿子的心思，撇下他走到多吉身边。

哈儿盖迟疑一下，也站到多吉身边，其他人也都站了过来。他们之所以打定主意跟着多吉，并不是为了寻找金色的雪山寻找那个古老的传说，而是为了报答多吉的救命之恩。

"金色的雪山！"图格突然想到自己多次梦到的情景，"阿爸，我在做梦的时候总是听到你说看到了金色的雪山。"

"是的，我们看到了金色的雪山，但没有找到传说中的那个山洞。"图尔勒听儿子这么一说，更加坚定了跟着多吉走的决心，"图格，你跟着阿爸，我们都跟着多吉，一起寻找传说中的山洞。"

"阿妈说过，要我们找到阿爸就回家，不要再去寻找山洞。"图格说。

"如果我们真的找到了，哪怕是看上一眼就足够。我们只要能证实族人古老的传说，就满足了。"图尔勒说。

图尔勒开始回想起带领大伙儿走出部落，来到这大山深处，应验部落族人世代相传的古老传说，不想却被雪崩埋了十年，如果不是遇上多吉，又怎么能这样奇迹般地复活呢？虽然，图尔勒和他的伙伴们都不知道多吉是什么样的人，但能把大伙儿从冰雪里刨挖出来，而且都还活过来，他肯定不是一般的人，也许，他就是传说中的神。而且，能在这山谷里与儿子重逢，或许也是神的安排。

想到这些，图尔勒突然双手合十跪在多吉跟前，哈儿盖他们也跟着跪下去，拜伏在地。哈里和哈图见阿爸他们都跪在地上，也跟着双手合十跪在地上，然后五体投地拜伏在多吉面前。哈里发现图格还木然地站在自己身边，连忙拽了他一把。

他们是在表达自己的心愿，表达自己的虔诚，多吉没有去扶他们，也双手合十，算是回礼。

"越过这山岭，然后沿着山谷走，就能到达金色的雪山。"图尔勒站起身来时，指着曾经发生过雪崩的山岭对多吉说。

多吉只是点了点头，并没有动身的意思。他在等待罗布和伙伴们及德勒和野牦牛群的到来。

第十六章 多吉的梦幻

46

巴鲁尔和罗布他们，还有德勒和德珠领着的野牦牛群出现在山谷口的时候，已是太阳开始西斜的时候。他们也是看到山谷里腾起的烟雾赶过来的。德勒看到多吉，似乎有些激动，仿佛已经分别了好久好久。它走到多吉跟前，不停地舔着多吉的头发，直到多吉伸出手来抱住它的头，还轻轻地拍了几下才停下来。

看着聚集在山谷里越来越庞大的队伍，多吉决定把他们分成三队。图尔勒和哈儿盖还有他们的同伴是一队，考虑到他们的身体还没有完全恢复，就在山谷里为大伙儿搭建营地。图格和哈里带着伙伴们去搜寻柴火，巴鲁尔和罗布带着伙伴们捕猎，务必在天黑前赶回来。野牦牛也分成两队，德珠领上一队跟随图格他们，德勒领上一队跟着巴鲁尔他们。

夜幕降临的时候，图尔勒和他的伙伴们用石块在山谷里垒起一个半人高的圈子，既能挡风御寒，还能防范野兽的攻击。没过多久，图格和他的伙伴们也背着大捆的柴火回来了，巴鲁尔和罗布他们直到傍晚时候才回来，收获也不少。

大伙儿把柴棍架起来点燃，把猎物架上，再也按捺不住跳起舞来。于是，图尔勒他们拿着木棒敲打起来，罗布和罗巴还有巴图他们早就按捺不住，手拉着手围成一圈，欢快地跳起来。阿姆本想加入到跳舞的行列中去，可看到只有自己一个女人，就蹲在篝火旁，装出专心烤猎物的样子，眼睛却时不时瞟一眼多吉。

阿桑也想加入到跳舞的行列中去，可看到阿姆没有动身，又回到阿姆身边。多吉并没有注意阿姆的表情，他的注意力都集中在图尔勒和图格他们这些意外相逢的父子身上，图尔勒和哈儿盖他们的目光总是不离自己的儿子，可图格和哈里他们已经沉醉在这欢快的舞蹈和热烈的氛围中。

巴鲁尔看着阿桑坐在石头上，跷起的小腿正随着图尔勒他们敲打的节拍晃动，就招呼阿桑一起加入跳舞的行列。阿桑走过阿姆身边时，也想把她拉过去，却反被阿姆拉住。巴鲁尔看了他们兄妹一眼，只好自个儿去了，很快就跟上了节奏。

"陪我一起烤。"阿姆没好气地说。

说完，阿姆又瞟了一眼多吉。多吉还在乐呵呵地看着跳舞的伙伴们，目光也随着舞动的身影不停地移动，即便是正对着阿姆时，也是从阿姆的头上越过。阿姆呼地站起来，挡住多吉的视线。多吉这才看着阿姆，咧开嘴笑了，然后把目光投向篝火。

篝火上架着两只鹿，朝下的一面已经烤出油来，一滴一滴地往下掉，刚掉落下去就变成一撮火苗，油滴往下坠，火苗一个劲儿往上蹿。多吉忙抓住贯穿鹿只的木棍转动一下，正要去抓另一根木棍，却被对面的阿姆抢先抓住，可没有转动，气得阿姆站起来，双手握住木棍，使出全身的力气才转过一点点，可刚一松劲就转了回去。

"阿哥，帮我。"气急的阿姆抬起脚来，狠狠地踩了一下阿桑的脚，疼得阿桑直跳。

阿桑赶紧伸出手来抓住木棍，装出一副十分卖力的样子，可手上压根就没有出力。看到阿姆再也坚持不住快要松手时，阿桑依然只是做做样子。

直等到阿姆再也使不出力气，木棍开始回旋时，阿桑这才用力一转，把鹿只翻了个身，气得阿姆直想哭。

这时，月亮已经升起，看上去，再过两三天就会迎来月圆之夜。多吉看着月光下跳舞的伙伴们，心里却在想着金色雪山的事，队伍越来越庞大，潜在的风险就越来越大。多吉不想队伍中的任何一个人出现闪失，可又不能停止前进的脚步，愿天神保佑，保佑大伙儿都能平平安安回到各自的部落。

当烤鹿的香味弥漫整个山谷的时候，大伙儿手挽着手高高举起欢呼起来，然后围拢在篝火周围，等着阿桑和阿姆给大伙儿分烤肉。阿姆撕下一块烤肉递给多吉，多吉迟疑了一下，还是接了过来，闻了闻，简直香极了，可他并没有吃，而是递给图尔勒。

不知是为什么，图尔勒总是觉得特别的饿，而且似乎怎么也吃不饱，他毫不客气地接过多吉手中的烤肉大口吃起来。阿桑见多吉把烤肉递给了图尔勒，便撕下一块递给哈儿盖。哈儿盖也不客气，接过来就吃。

大概是因为大家跳舞都很尽兴，吃饱后便一个个都东倒西歪的，很快就进入了梦乡。听到此起彼伏的鼾声，多吉也觉得有些犯困，搂住黑儿很快就睡着了。

"黑儿，黑儿。"多吉的呢喃惊醒了黑儿。

黑儿发现多吉正搂着自己，显然，多吉正在做梦，梦见了黑儿。

黑儿看着酣睡着的多吉，不禁想起了许多年前的多吉。那时候，多吉还很小很小，只会在地上爬。黑儿趴在前面不远处，下颌枕在前爪上，眯着眼睛看着多吉。他就像一只刚出壳的爬行动物，眼巴巴看着黑儿，嘴里发出"嘿哎"的声音，仿佛是在叫唤黑儿。他在试探着手脚并用爬行几步后，手和脚移动的速度也渐渐快了起来，朝黑儿爬去。爬到跟前时，黑儿便闭上眼睛，让多吉顺着自己的头爬到背上去。多吉的小手紧紧抓住黑儿背上的毛发，小脚丫不住地蹬着黑儿的眉骨。黑儿的毛发既浓密又光滑，多吉爬了好多次才爬到黑儿背上，却又急着要下来，稍不留神就滚落下来。多吉打了个滚，再转过身来朝黑儿爬去，一直爬到黑儿的背上，再滚落下来。

如此反复，乐此不疲，直到爬累了，就趴在黑儿的背上睡着了。

这时候，黑儿扭过头来，小心地侧过身子，让多吉顺着自己的侧背滑下来，滑到自己的后腿弯里。看到多吉的嘴角流出来的口水，黑儿忍不住伸出舌头，轻轻地将多吉的嘴角舔干净。多吉睡得很香，一直要睡到披着七彩霓裳的仙女像一阵轻柔无比的风，飘到跟前抱起他时才能醒过来。这时，黑儿才站起来，看着多吉朝自己挥舞着小手掌，嘴里还发出"嘿哎"的呢喃。

仙女抱着多吉去了王母的宫殿，那儿还住着多吉的奶妈。当多吉吃饱后，仙女抱着他去见王母。多吉是王母的第九个儿子，也是王母最小的儿子，更是王母最疼爱的儿子。可这时，王母把多吉搂在怀里，却怎么也高兴不起来。

"天神的第九个儿子，只有经历了人世间的苦难，才能成为天神的儿子。"

这句预言总是在王母的脑海中萦绕，像一根千年的古藤，把王母对孩子丝丝缕缕的爱都缠得紧紧的。王母不敢想象，如果把孩子留在自己身边，会是一种怎样的结局。

从来没有人怀疑过预言是否能成为真实，所有人都相信，所有的预言都能得到验证。终于有一天，王母狠下心来，在一个漆黑的夜里，把孩子送往人间。黑儿不知道王母要把孩子送到哪里去，就紧跟在王母身边。

王母抱着自己最疼爱的孩子来到昆仑山上，一眼千里的目光扫视着延绵的大山，最终停留在海南村落。当王母化身成一个又老又丑的女人出现在山谷时，整个海南村落还在熟睡中。她把孩子放在山谷口的大石头上，刚要转身离去时，却听到孩子发出梦呓般的声音。

"姆妈。"听到孩子轻声的呢喃，王母的双腿便不听使唤，怎么也迈不开脚步。

想到最疼爱的儿子将从此远离自己，在这大山里与野兽为伴，王母忍不住再次抱起孩子，紧紧地搂在怀里，泪水涟涟。

47

就在王母依依不舍时，天空突然电光闪烁，那是天神在催促王母。王母不得不放下孩子，然后看着黑儿，抬手指了一下东南方向那高高耸立的阿尼玛卿雪山。黑儿明白王母的用意，呜咽两声后，朝着雪山奔跑而去。王母低头看了一眼怀里熟睡的孩子，然后轻轻地放在石头上，狠心扭过头去，转身消失在黑暗中。

即便有黑儿隐身雪山守护着自己的孩子，王母还是有些不放心，她站在云端回望一眼躺在山谷口那块大石头上的孩子，一弹手指，只见一道金光穿透云朵。金光落地时，形成一道金色的光环，将孩子笼罩起来，然后徐徐缩小，将孩子团团包裹起来。

"姆妈。"多吉的梦呓似乎来源于最初始的记忆。

看着睡得十分香甜的多吉，黑儿仿佛看到了很多年前那个只会爬行的婴儿，忍不住伸出舌头舔了一下，尽管多吉的嘴角十分干净。

多吉仍沉醉在自己的梦乡，却依然能感觉到黑儿的存在，双手不停地摸索着，直到摸着黑儿柔软细密的毛发，搂住黑儿的脖颈，睡得更加甜美。

这些年来，多吉一直想自己从哪里来，更想知道自己的阿爸阿妈是谁。从开始记事起，多吉好几次问过卓玛，可卓玛总是把目光投向阿旺老爹。这时候，老爹就会把多吉揽入怀中，搓揉着他的头发说，多吉是上天赐给老爹的孩子。

多吉相信老爹的话，可随着年龄的增长，懂事的多吉也不断听到村落里的人们说起自己的来历，再看着达吉和小伙伴们都有阿爸阿妈，唯独自己只有一个老爹，就眼巴巴望着卓玛，却又不知道怎么开口。卓玛看着老爹，嘴唇抖动着似乎想要说什么，可最终没有说出口，只是在心里默默地念叨，多吉是天神赐给老爹的孩子，也是我们的孩子。

然而，多吉却不止一次在梦里与阿爸阿妈相见，可总是那么模糊不清，一会儿看起来是阿旺老爹，一会儿又变成扎西和卓玛。但无论是梦见谁，他们身后都有一个影子，黑乎乎毛茸茸的。

那是黑儿。多吉也不知道黑儿的来历，只是觉得它特别亲切，这种亲切仿佛是与生俱来的。梦中的黑儿总是趴在那不远不近的地方，直到人影全都离开后才不紧不慢地走过来，舔着多吉的手臂和小腿，舔完后还眼巴巴望着多吉。多吉蹲下身子，搂着黑儿的脖颈，任它舔自己的脸和脖子，痒痒的。当多吉痒得难受想推开黑儿时，发现自己搂着的竟然是德勒。

多吉和德勒都是吮吸着德吉的奶水长大的，虽然他俩之间的那种亲切不是与生俱来的，可那种依赖与默契占据了彼此心底里最初始的记忆。即便有时总是那样若隐若现的，但怎么也抹不去，就像秋天里漂在河流里的树叶，有的被浪头卷入水中，最终沉入水底，而那些个总是漂浮在水面的，在浪花的冲洗中泛起光亮，也越来越清晰起来。多吉相信，或许，德勒就是自己的兄弟。

德勒似乎从来就没有把多吉当成自己的兄弟，因为它并不明白兄弟的含义。只是，这些年来，德勒闻着多吉身上散发出来的气息，感觉就是自己的气息，甚至还有德吉的气息。

看着被自己惊醒的多吉，德勒粗重的呼吸突然平息下来，它小心地伸出舌头。仿佛，这舌头不是德勒吐出来的，而是禁不住多吉头上那浓密的深棕色发丝间蒸腾出来的气息所诱惑，从嘴唇间溜出来的。那舌头轻轻地触及多吉头上那几撮凌乱的发丝，然后轻轻地捋了捋，直到捋得服服帖帖。

看着多吉再次进入梦乡，德勒这才小心翼翼地往后退，退出几步后，才转过身去。所有野牦牛都抬着头看着德勒，看着德勒朝着谷口走去。德珠看了一眼德勒，回过头来看了一眼多吉，这才迈步跟上德勒。所有的野牦牛都紧跟在德珠身后，脚步都很轻盈，似乎害怕惊醒多吉。

没有人知道德勒带领着野牦牛群要去哪里，他们看着野牦牛群，再回头看着多吉。也许，多吉实在是累了，一时半会还不会醒来。

眼看着德勒它们渐渐隐入夜色里，罗布突然有些担心，他不敢确定多吉是不是知道德勒它们要去哪里，可又不想惊动多吉，只得往火堆上加了几根柴。新柴上腾起的火光照亮整个山谷，可德勒已经领着野牦牛群走到谷口。那谷口像一条硕大无朋的猛兽，张开黑洞洞的大嘴，一口就把野牦牛群吞噬。

德勒领着野牦牛群走出山谷后，顺着山势朝西面的大山深处走去。

在这几天里，德勒总是能感觉到另一个野牦牛群体的存在，甚至能感觉到它们的敌意。虽然没有露面，但德勒能感觉出来，它们就在附近某个山谷里。

德勒似乎已经感觉出来另一个野牦牛群体的方位，一路上都低着头，朝着大山深处，不紧不慢地走去。突然，德勒停下脚步，打了一个响鼻，然后缓缓地扭转脖子，抬起头来，看着紧跟在身后的德珠还有同伴，眨了一下眼睛，将头抬得高高的，嗷嗷嗷连叫三声，声音很短促。

德珠明白，德勒已经感觉到前方潜在的危险，这是在警示同伴别再跟随。德珠没有犹豫，走到德勒身旁，伸过头来，在德勒的肩胛上使劲地蹭了两下。德珠这是告诉德勒，无论前方有多大的危险，自己都会跟随。紧随德珠身后的野牦牛群都扬起头来，嗷嗷嗷连声叫唤起来，声音十分悠长。

德勒扭转头，把鼻子贴在德珠脸上，轻轻地打了两个响鼻，然后把头扬起来，嗷地一声长吼。所有的野牦牛也都抬起头来，拉长声音吼叫起来，齐声附和着德勒。

德勒昂着头，迈出坚定的步伐，领着野牦牛群朝大山深处走去。

在大山的深处，玉峰北面的大山沟里，的确生栖着一个庞大的野牦牛群体，它们被九头神兽所统领。在这几天里，它们隐隐能感受到神兽的不安与焦躁。或许是受神兽的感染，生栖在这大山深处，一向悠闲自在的野牦牛群也开始蠢蠢欲动，仿佛在等待什么。终于，在满月之夜即将到来的一个月明星稀的夜晚，这种莫可名状的等待很快就要终结。

听着远处传来的同类的吼叫声，玉峰北面大山沟里的野牦牛群再也无心埋头寻觅食物，齐刷刷抬起头来，望着北边的山峦。

山峦上洁白的积雪，在这清冷月光的照射下，那闪烁着的寒气显得格外寂冷，还让人觉得无比坚硬无法融化。

野牦牛群开始聚拢，聚成一团，就像一片硕大的乌云，在山沟里漂移着，朝着玉峰脚下集结。它们似乎有些惶恐不安，也许是在这大山深处的山沟里等待得太久，渐渐忘却了怎样决斗。

也是，在这大山深处，除了饥饿的狼群偶尔来骚扰一下，再没有虎豹攻击的隐患。之所以说是骚扰，因为狼群并非真心与野牦牛群为敌，只有在饥饿难耐时，才象征性地骚扰一下，无非是针对老弱病残的野牦牛进行试探性围攻，看能否找到捕猎的机会。而这次，它们所面对的，将是自己的同类，在狼群与猛兽共生共存的深山老林中生存下来的同类。从远处翻滚而来，如同雪山崩塌时雪浪奔腾的声音里就能听出来，对手的攻击力远胜自己的群体。

48

德勒领着野牦牛群出现在玉峰北面的大山沟里时，椭圆的月亮正高挂在玉峰的上空。

九头神兽看着被自己踩在脚下的影子，不由得后退一步，可影子总是在脚下移动，抬头仰望天顶，明月不偏不倚，正挂在头顶的天空。这么多年来，神兽似乎还是第一次关心起自己的影子来。其实，神兽只是无法掩饰心底里的焦虑。

是的。出现在山谷口的，只是一群野牦牛。虽然，它们经历了长途跋涉，但它们并未表现出体力不支甚至半点疲惫。

九头神兽并不是焦虑这群闯进来的野牦牛，而是期待中的对手并没有出现，只能耐心地等待，在等待中坐观野牦牛与野牦牛的决斗。

德勒停下脚步，德珠犹豫片刻，才走过去紧挨着德勒。紧跟在德珠身后的野牦牛自觉地分成两拨，它们顺着山脚继续前行。看到同伴都进入山谷，德勒和德珠才迈开脚步，一前一后朝前走，一直走到与两边的同伴形成互为犄角的位置才停下来。

德勒带领的野牦牛群一进山谷就摆出进攻兼顾防守的阵形，这是德勒跟随多吉在山里狩猎时最有效的方法。只是，这次的对手不是猎物，更不是小群体甚至独来独往的猛兽，而是一个看起来比自己的队伍更为强大的野牦牛群。

集结在玉峰脚下的野牦牛群一直在观望着德勒它们的举动，但骚动是无可避免，它们围绕在领头野牦牛周围，相互拥挤着推搡着，直到让出一条领头野牦牛上前迎敌的通道。

领头的野牦牛看起来是整个群体中最为健壮的，可能是受栖息地气候环境的影响，与德勒比起来，它显得有些矮小，但这并不代表它就不是德勒的敌手。它的犄角是朝上长着的，虽然不是很长，但比较直。或许，这对犄角能在进攻时弥补身材矮小的不足。

德勒看到对手从群体中走出来，也朝前走出几步，站定后，前蹄不停地踢踏着地面。地面上有一层砾石，已被这山谷里直来直去冰冷的风刮得服服帖帖，与下面的沙土冻结成块，还有点滑。在德勒不停地踢踏下，包裹着砾石的沙土有些松动，还溅了起来，弹起一点点灰尘和草根。扬起的灰尘中，还残留着干草的气味。这种气味对德勒来说是非常熟悉的，甚至称得上亲切，那是充溢着阿旺老爹窗前牛棚里的气味。只是牛棚里的干草气味很浓很浓，足以弥漫整个海南村落，以及村落所在的整条山谷。

一场对决已无可避免。虽然是两个野牦牛群的对决，但真正参与这场决斗的，只有两头野牦牛，德勒和另一个野牦牛群的领头牛，由它们的决斗来决定各自所在群体的命运。

每一个野牦牛群的领头牛，都是在群体内部的长期争斗中，或同别的野牦牛群争夺草场，以及抵御猛兽与狼群的战斗中形成的。然而，德勒是与众不同的，它在与多吉的共同成长中，不仅学会更多的进攻与防守的技能和经验，还在与多吉的共同狩猎中，积累了人类的成功经验。

人类的智慧是任何动物都无法企及的，更何况是像多吉这样常人难以企及的人。

这时，德勒的尾巴已高高翘起，尾巴上垂落下来的长毛似乎也变得硬扎扎的，连风都无法吹动，只是随着尾巴越发坚挺时的抖动而抖动。德勒的头压得低低的，而眼珠却死盯着对手，鼻孔里呼出的热气，把鼻尖下方地面上冻结的沙砾都融化了，那些细微的沙土随着那一股股的热气翻滚着腾扬着。德勒的前蹄停止了踢踏，它在等待中察看对手准备进攻时的变化，尽可能地不放过任何一个细微的变化。

任何一个细微的变化，都有可能成为德勒致胜或落败的关键。

对手保持的姿势与德勒保持的姿势完全相同，虽然体型有差别。德勒已经注意到体型上的差别，尤其是对手相对较短而且较直的犄角，那是对手致命的武器。

德勒还在耐心地等待对手的进攻，而对手似乎也在等待德勒的进攻。它们就这样等待着对峙着，都在期待对手率先发起攻击，然后在对手的攻击中找准破绽。虽然不可能一击致敌，但至少要击中要害，击溃对手抱定的必胜信心。

对手似乎有些按捺不住，它抬起一只前蹄，虽然没有完全离开地面，但它的膝突然弯了一下，却很快又站直了。显然，它已经有点按捺不住了。果然，没过一会儿，它的前腿双膝再次弯曲，前蹄用力一蹬，整个身子就像一个健壮男人使出全身力气扔出去的投枪，朝着德勒飞射而来。

在对手的奔驰中，德勒发现，对手弹跳的高度应该高过自己弹跳的高度，而每次起跳时，它的头都会不由自主地往上抬起，在落下来时头就会向下俯冲。德勒把握住对手弹跳起来和俯冲下来的节奏后，瞅准对手弹跳起来时，开始撒开四蹄迎上去，速度越来越快，越来越快，但总是能踏准对手的节奏。在快要接近对手时，德勒突然放慢速度，整个身子往下沉，但力度不减。当对手弹跳起来准备对撞时，德勒突然停下来，四蹄像四根柱石一样稳稳地扎住，压得低低的头猛地往上一抬，迎接着对手使尽全身力气与重量的狠狠一击。就在双方的犄角碰触的瞬间，德勒的四条腿顺势一弯，身子往下一沉，再突然发力，只听到砰的一声巨响，对手被高高顶起，飞了起来。

德勒充分发挥出体型上的优势，它的这一系列的应对举措，在消解对手全力一击时产生的巨大冲击力后，再度起跃，强大的爆发力把对手甩开，甩得远远的。

一击之下便处于上风的德勒没有再次发起进攻，它继续摆出迎战的姿势，等待对手的再次攻击，毕竟，自己才是入侵者，主动发起攻击似乎有点过于冒犯。跌倒在地的对手飞快地弹跳起来，它虽然知道自己不敌对手，但没有示弱，再一次迅猛地发起攻击。这一次，德勒直接迎了上去，又是砰的一声响，两对犄角碰到一起后又被撞开了，但立即又对撞在一起。

德勒看出对手的意图。对手试图用直而尖的犄角挑刺德勒的脖颈或下颌，但德勒步步紧逼，不给对手任何机会。僵持中，各自所有的力气都集中在四蹄与脖子上。没过多久，德勒的体型优势再次显露出来，把对手顶得站立不住。对手在后退半步后，再也站立不住，开始连连后退，直到后腿再也无力支撑，重重地甩在地上。

德勒没有抬起头，依然保持着对撞时的姿势看着对手，可对手已无力再次发起攻击。德勒感觉到，对手身后的野牦牛群开始往后退，而自己身后的同伴在德珠的带领下，正在朝自己围过来。可这时，德勒的眼里只有躺在地上的对手，它没有犹豫，迈开步子，不紧不慢地走上前去，一直走到它跟前，用自己的鼻子轻轻地碰触着对手的鼻子，然后，打了两个响鼻，声音很小，也许，只有自己和躺在地上的对手能听到。

是的，即使是失败了倒下了，但尊严是永远不会倒下的，这才是野牦牛。

德勒走到对手身边，用头顶着对手的肩胛，直到对手翻身站起来，这场原以为你死我活的对决就这样毫无悬念地收场。

失去野牦牛群这道屏障，九头神兽是无法接受的，却又无可奈何。

在对手倒地时扑腾起来的灰尘还有整个山沟里扬起的灰尘中，依然夹杂着干草的气味，德勒忍不住深深地吸了口气，再次感受到了牛棚里及海南村落里熟悉的气息。

多吉也被那熟悉的气息包裹着，仿佛置身于阿旺老爹窗前的牛棚，自己蜷缩在德吉的后腿弯里，旁边还倚着德勒。这浓浓的干草味就像那无孔不入的小虫子，它们拼了命似的往多吉鼻孔里钻，还把鼻孔搔得痒痒的。

第十七章 金色的雪山

49

　　"阿嚏。"多吉打了个响亮的喷嚏，睁开眼睛没有看到德勒，德珠也不见了，所有的野牦牛都不见了，他一骨碌爬起来，"德勒，德勒呢？"

　　"德勒领着德珠和野牦牛群出山谷了。"罗布一直守候在多吉身旁，看到多吉坐起来，赶紧翻身起来。

　　"去哪里了，知道吗？"多吉有些着急。

　　"出了山谷，好像是往西去了。"罗布为无法确定德勒的去向而感到内疚。

　　罗布最清楚多吉和德勒的感情，恐怕是除了阿旺老爹，就是德勒和德吉，特别是德勒，可以说从小就朝夕相处，长大后也是形影不离。

　　这时，月亮已经西斜，月光被西面的大山完全挡住，山谷里黑沉沉的，在篝火燃尽后残余火光的渲染下，影影绰绰，像一只硕大无朋的猛兽正虎视眈眈。多吉环顾四周，没有找到一根柴火，只得从背包里掏出火把，伸到篝火残余的火光上，火把立即冒出黑烟，直等到火把上的松油融化后一滴一滴掉下去，腾起一串火星，火把扑地一下窜出火苗。罗布也把自己的火把点燃，旁边的人依次点燃自己的火把，把山谷照亮起来。

黑儿还趴在那块巨石上，听到多吉的声音后，睁开眼睛站起来，冲着多吉鸣咽一声，而后朝着北面的山坡一纵一跃就到了山梁上。多吉看到黑儿的举动，就知道它这是去寻找或接应德勒。或许，只有黑儿知道德勒和野牦牛群的去向。

德勒正领着庞大的野牦牛群往回赶，它们所经之处，整个山谷都在震动，那腾起的尘土遮天蔽月，像一大片的乌云，在山峦间随风飘荡流溢。

黑儿看到领头的德勒后，鸣鸣叫了两声，声音很短促也很低沉，然后后腿一弯，蹲坐在山顶上。多吉听到黑儿低沉短促的叫唤声就明白，黑儿一定是发现德勒它们了。德勒听到黑儿的叫唤声，就知道是多吉在寻找或等候自己，赶紧带领着野牦牛群奔跑起来。

没过多久，山谷里的人开始感觉到大地在颤动。图尔勒似乎听到什么响动，不是野牦牛踢踏地面的声音，也不是山坡上碎石滚落的声音，但这声音似乎曾经在脑海中出现过。

图尔勒的脑海里像滚过一块巨大的石球，碾平了所有的思绪。突然，图尔勒两腿一弹便站立起来，他冲到多吉跟前，一手拉着多吉，一手拉着罗布。

"快跑，往山谷口跑。"图尔勒大声喊叫起来。

哈儿盖还有其他同伴也一下子反应过来，一个个拉起身旁的人就往山谷口跑。大伙儿来不及细想，跟着图尔勒一路狂奔起来，没跑出多远，就感觉到身后有一股冰冷彻骨的风，扑在人的背上，似乎还使劲地推了一把。

大伙儿这才明白过来，是雪崩了。大块大块的积雪从山顶崩塌下来，像滔天的巨浪，以排山倒海之势一浪盖过一浪，裹挟着石块倾泻下来。当大伙儿狂奔到山谷口，听到身后归于平静时才停下来，纷纷回过头来一看，只见刚才歇息的地方已被山顶崩塌下来的积雪完全淹没，半条山谷变成白茫茫一片。

惊魂未定的图尔勒看着眼前的这一幕，心底里残留如同死灰的零碎记忆，突然冒出一个火星，点燃揸在上面的干草，所有的记忆开始复苏延展。

大海以及临海依山的村落，村落里有自己的妻儿，还有那古老传说中的金色雪山和山洞，还有狼群。想起这些，图尔勒觉得自己完全像是做了一个梦，惊喜的是，梦醒后居然见到了长成大小伙子的儿子。

惊恐过后是喜悦。当大伙儿看到德勒带领着的大群野牦牛时，简直不敢相信。多吉看到德勒身后黑压压的野牦牛群，立即明白过来，德勒已经赢得一场决斗，战利品是一个比自己的群体还要大的野牦牛群，而此时，它最想要的，恐怕只是自己的一个安慰。想到这儿，多吉快步走到德勒跟前，一把抱住它的头，不停地抚摸它的头顶还有犄角。

德珠似乎也特别兴奋，抬起头嗷嗷嗷叫唤起来，整个野牦牛群也跟着叫唤起来，响成一片的叫唤声撞击着山梁，整个山谷都嗡嗡嗡鸣响起来。德勒突然有些害羞，挣脱多吉的怀抱，伸出舌头，使劲舔着多吉的脖子还有下颌。刚开始时，多吉还竭力忍受着瘙痒，可最终还是没有忍住。

多吉感觉又回到了小时候，抓住德勒的犄角，爬到它的头上，然后顺着脖子再爬到背上。黑儿看到多吉坐在德勒背上，似乎有点失落，却没有表露出来，转过身去，走在前面领路去了。罗布他们也赶紧骑上自己的野牦牛，图尔勒和哈儿盖他们也知道这是启程的架势，一个个都兴奋起来，走进野牦牛群挑选自己的野牦牛。

看到大伙儿都骑上自己喜欢的野牦牛，唯有阿姆还站在那儿，一会儿看着德勒，一会儿又看看肚子圆鼓鼓的德珠，有点不知所措，多吉朝她招了一下手。这正是阿姆求之不得的，她兴冲冲跑到德勒跟前，把手高高举起。其实，多吉明白阿姆的心思，抓住她的双手，用力一提，就把她拉到德勒背上坐在自己胸前，然后两脚一蹬，带领大伙儿和野牦牛群，跟上黑儿朝西面的大山深处进发。

走在继续西进的路上，多吉愈发感受到掺和在空气中的躁动气息，就连巴鲁尔还有罗布和阿桑也感受到隐隐的不安，只是图格和哈里他们几个浑然不知，一路上说说笑笑的。这也难怪，能找到阿爸，再骑着野牦牛进山，去寻找金色的雪山还有那古老传说中的山洞，这对图格他们来说，除了意

第十七章 金色雪山

199

外和惊喜，还激活了那份曾经因失去阿爸而过早成熟，不得不埋藏起来的天真与好奇。

同样感受到躁动不安的，还有几道山梁之外的九头神兽。世代守护在玉峰脚下的野牦牛群，被德勒所带领的野牦牛群带走，失去这道常人与猛兽都难以逾越的屏障，九头神兽愈发感到不安。他努力着试图安慰自己，这只不过是一场意外，一场没有人类掺和的意外，纯粹是昆仑大山中同一动物种群沿袭了成千上万年的分分合合。

在延绵千里的昆仑大山中，野牦牛种群应该是最强大的种群，但它们内部之间的争斗从来就没有停息过。尤其是在野牦牛世居的生栖地野牛沟中，每隔十年左右就会有新的而且势力不弱的族群崛起，然后在经过一场争斗之后分离出走。在不断分离出走的各个野牦牛群之间，为了草场为了生存，这样的争斗仍在延续，分分合合的剧情不断上演。尤其是像德勒带领着这个庞大的种群更是无可避免，只需要新合群的族群出现一头能战胜德勒的野牦牛，分离出走只是时间问题，但不是现在。

九头神兽等不起将来，只想着眼下如何解决自己内心的躁动与不安。所有的努力都是徒劳，内心的躁动与不安越发感到强烈，它不得不站起来，围着玉柱转起来，不时朝南面张望。

月亮已经西斜，站在高高耸立的玉峰上俯视，低矮的群峰变得影影绰绰。九头神兽无法确定，激起内心躁动与不安的因素会来自哪个方向哪条山沟，东面是广袤的草原，南北两面是两条又深又长的山沟。

多少年来，居住在大海西面的部落虽然世居海边，但十分崇尚大山与森林。随着部落的繁衍与壮大，部落里的人顺着南北走向的山沟向山里延伸，然而，当部落延伸过山林，开始望及灌木丛生的山坡时，就不再向南延伸，而是转向东南地区拓展。

　　九头神兽望着海西部落方向的大山沟，还是有点犹豫。在无法作出准确无误的判断时，它只能在玉峰守护着或者耐心地等待，等待那个飘忽的黑影以及来了又去的野牦牛群再次出现。

　　此时，多吉开始平静下来。他骑在德勒背上，感觉怀里的阿姆气息均匀，已经睡着了。德勒也是不紧不慢地走着，看到路边没有被积雪覆盖的干草，刚想着要用舌头卷进嘴中，可看到身后的德珠以及紧随其后的野牦牛群，刚从齿唇间滑过的舌头又缩了回去。

　　越往西走，两面的山坡越平缓，雪线却越来越低。多吉抬头看天，椭圆的月亮低垂在西边的天空上，而东方已经升起启明星。多吉回头看了大伙儿一眼，巴图和那巴他们都有些困乏，看来，他们还不习惯这种昼伏夜出的生活方式。

　　"德勒特别是德珠也需要休息。"看着身后这庞大的队伍，多吉寻找金色雪山和金玉神器的欲望就像阳光照射下的雪球，正在慢慢消融，而另一种责任却如同雪山上滚落下来的雪球，越滚越大。

　　"如果没有找到金色的雪山，这也是一次不错的旅行。"看到图格仍在滔滔不绝地给阿爸讲着这些年部落里所有发生的事，多吉越发觉得，没有纷争没有生离死别，才是最大的幸福。而且这次旅行，不仅让沿途所有经过的村落和部落结成联盟，还意外地让图格还有哈里他们父子团聚，已经是意义非凡。

　　黑儿看到多吉停了下来，掉头跑回来趴在多吉脚下。多吉叫罗布传下话去，让大伙儿就地休息，也让德勒和它的野牦牛群好好休息一下。这几天里，德勒和它的野牦牛群确实很少休息，尤其是德珠，它明显瘦了，可肚子却一天比一天圆鼓起来。

　　昆仑大山的深处，几乎是常年被冰雪覆盖，能适应这高寒缺氧地区的草木是越来越少，一丛丛一簇簇的十分稀少，在这严寒季节也早已干枯。这对德勒和德珠它们这群一直生栖在大海南部的野牦牛群来说，的确有些不适应。这也难怪，生栖在这一带的野牦牛，它们的体型明显要比德勒小得多。

德勒低下头看了看德珠，再抬起头看着被自己征服的那头野牦牛，打了一个响鼻。野牦牛明白德勒的用意，迈开大步走到德勒跟前，连着打了两个响鼻，然后朝着山谷的东南方向走去。那里，有一片冬季草场。

穿过山谷，前面是一片开阔的沼泽地，虽然已经被冻得严严实实，但从相对比较密集的干枯草丛可以看出来，春夏季节也是水草丰茂。每逢严寒季节最艰难时期到来，生息在这一带的野牦牛群就靠这片草场过冬。

生栖在大山深处的野牦牛群，不但有相对固定的活动区域，也形成了相对固定的生活习性，它们把草场功能划分得十分清晰，春夏季节与秋冬季节的草场完全区分开来，否则就熬不过这漫长的严冬，无法在这大山深处世代生息下来。

天边开始发亮的时候，德勒抬头看一眼东方，昂着头嗷嗷叫唤两声，带领着野牦牛群往回走，回到多吉身边。或许，德勒也意识到，在接下来的这两天里，无论是多吉和同伴还是黑儿和野牦牛群，都将面临一场考验。

德勒领着野牦牛群出现在山谷口时，天已经大亮。大伙儿东倒西歪的，在篝火旁围成一圈，只有多吉一个人醒着，正在往火堆上添加柴棍。柴棍上窜出的红黄火苗左右摇曳上下扑腾着，似乎在竭力舔食着空气中的寒意。多吉看到德勒时，把手中的柴棍扔在火堆上，然后站起身来。黑儿睁开眼睛，远远地看了德勒一眼，又懒洋洋地闭上了。

黑儿似乎对德勒没有什么好感，甚至有些敌意。如果不是因为多吉，像德勒这样的食草动物，在黑儿的食物链上，那也是排在最末端的。然而，看到多吉与德勒之间的那种情感，黑儿似乎也想要表现出自己对德勒的善意。听到多吉的脚步声后，黑儿再次睁开眼睛，站起来抖动几下毛发，紧跟在多吉身后，去迎接德勒和野牦牛群。

野牦牛进入山谷时的震动惊醒了大家，有的一骨碌翻身坐起来，有的微微睁开眼睛看一眼又闭上了。继续躺下睡觉的是罗布还有力巴和阿桑这些一路跟随多吉的人，他们已经习惯了多吉和野牦牛昼伏夜出的生活方式，坐起来的是图尔勒和图格他们。图尔勒他们看着多吉，直看到多吉和野牦牛群回到山谷里躺下来才继续睡觉，可都睡不着。

　　图尔勒干脆爬起来，想四下看看。图格看到阿爸回头看了一眼自己，赶紧爬起来，正要拉哈里一把，却被阿爸用眼神制止了。本来，图尔勒只是想一个人去探探路。然而，哈儿盖看出图尔勒的意图，翻身起来，还把哈里和哈图都拉了起来。同伴也都起来了，他们带上各自的儿子跟着图尔勒，试图找出当年走过的路。然而，总是有些片段怎么也回忆不起来。

　　多吉看着图尔勒他们的背影，拍了拍黑儿的头，然后指着图尔勒他们。黑儿明白多吉的用意，远远地跟在他们身后。

　　图尔勒和哈儿盖都在努力回想着，从遭遇狼群围攻时开始回溯，隐约记起有一座金山的雪山。

　　"我们见到了金色的雪山。"图尔勒肯定地说。

　　哈儿盖也想起来了，的确见过金色的雪山。

　　"我阿爸说见到了金色的雪山，还说了好多次。"图格插了一句。

　　"你那是在做梦。"哈里白了图格一眼说。

　　"可我觉得挺真实的，我阿爸肯定见过金色的雪山。"图格有些不服气。

　　图尔勒和哈儿盖听着他们两个的谈话，相视一笑，那模糊的记忆也逐渐清晰起来。

　　太阳快要下山时，大伙儿被东西两面天空的淡黄云彩吸引着，双腿不由自主往山梁上走。随着太阳一点点地往下坠，云彩的颜色越来越深越来越美丽。这时，图尔勒扭转头想看看东面云彩的变幻，猛然发现西南方向有一座高高耸立的金色雪山，有些耀眼，特别是雪山的顶峰，光芒四射十分耀眼。

　　"雪山，金色的雪山。"图尔勒惊叫起来。

在连绵起伏的洁白的群峰中，在东西两面猩红的云彩的包围中，巍然屹立的金色的雪山如此突兀，就像那……

像什么呢？图尔勒不知道该用什么来形容金色雪山的突兀与壮观。

"我们找到了金色的雪山。"大伙儿忘情地欢呼起来。

欢呼过后，大伙儿静静地坐在山梁上，看着雪山上裹着的金色一点一点变幻着。雪山的西面，颜色越来越深，而东面的颜色却越来越浅。当圆圆的月亮升起来时，雪山才恢复本来面貌。

"狼，狼群。"哈儿盖惊叫一声。

大伙儿顺着哈儿盖的目光，看到南面山谷里有一大群的狼在移动。显然，狼群早就发现了图尔勒他们，只是在等待夜幕降临。

"快，快下山。"图尔勒记得北面的山谷里有一块突兀的大石头，那是唯一可以据守的地方。

狼群移动的速度很快，像一阵风似的，很快就跑到山梁上，下山时，速度就更快了。图尔勒领着大伙儿连滚带爬地跑，赶在狼群之前跑到了石头下方。狼群把他们围在中间，龇牙咧嘴不停地发起攻击。刚开始，大伙儿捡起地上的石块驱赶着头狼，可当夜幕完全降临天地一片漆黑时，身边再无石块可投掷，只得一手拿着火把一手拿着投枪抵御狼群的攻击。

51

看到狼群久攻不下，一直在山梁上观望的狼王显得有些急不可耐，高昂着头嚎叫起来，两边山坡上的狼也跟着嚎叫起来，山谷里负责攻击的那十几只健壮的公狼龇牙咧嘴咆哮起来。

图尔勒提醒同伴握紧手中的火把与投枪。他最了解这荒原上的狼群，尤其在这寒冬季节里，一旦发现猎物就绝不会善罢甘休。而这时，负责攻击的公狼在狼王的催促下，将发起最后也是致命的攻击。在这次攻击中，狼群是绝不会退缩的，只会前赴后继，直到猎物筋疲力尽无力抵抗。

然而，就在狼群咆哮着冲上来时，山谷似乎颤抖了一下，但图尔勒他们已是无暇顾及。就在图尔勒的眼前，有好几只腾空而起张开大嘴扑过来的狼，而后面的狼猛然收住前肢畏惧不前，仿佛自己的头顶或身后盘踞着面目狰狞的山鬼。

　　图尔勒最后的记忆是感觉身后的巨石被什么狠狠地撞击一下，看到眼前那几只狼被雪块击中后，记忆也随即被撕裂。但凭着这段记忆，已不难找到金色的雪山，图尔勒估摸着，那金色的雪山就在附近。图尔勒领着大伙爬上西面的山梁，看到前方起伏的雪山云雾缭绕，又有些把握不准。看情形，前方正在下雪。

　　雪落高山。在前方云雾缭绕的玉峰及周围的群峰上，大块大块的雪片不停地砸下来，三步之外就有些模糊不清。玉峰上的九头神兽来回不停地走动。它不能停下来，要不很快就会被雪片掩埋，而此时，更多是因为心中的急躁。

　　山那边在下雨，山顶正在下雪，而山的另一面却是艳阳高照，在一日四季的昆仑山中，这种现象是十分常见的。

　　雪越下越大，这种时候，风也不甘寂寞，从山谷里涌出来，朝着山的顶峰，拼了命似的奔涌着。山顶上的雪片，在风的怂恿下，迟迟不愿落地，不停地旋转翻飞，扑打着九头神兽的脸和眼睛。九头神兽越发感到不安起来，它总觉得这是天神对自己的惩罚，只是这里没有鞭也没有执鞭者，只有大块大块的雪片，打在脸上，每一下都是生痛生痛的。

　　或许，自己真的做错了什么，可自己什么也没有做。九头神兽不敢低下头躲避，害怕躲避会招来更大的惩罚，就干脆停下来，闭上眼睛，任雪片扑打，等到被雪片掩埋起来，或许更好一些。

　　图尔勒断定金色的雪山就掩藏在前方云雾缭绕的群峰之中。他把自己的想法告诉多吉。多吉微微点头，在多吉的内心里，似乎有所感应，感应到了九头神兽的躁动与不安。

　　太阳开始西斜的时候，多吉又领着大伙儿还有野牦牛群出发了，顺着由北向南的山谷前进。一路上，罗布和力巴还有阿桑和巴图他们，已经跟图格和哈里他们打成一片，巴鲁尔也和图尔勒他们融合到一起，虽然语言上还是有些障碍，但并不影响交流。

走出山谷，前面豁然开朗。那是一片空旷的川谷地，被肆意奔跑的风夯得严严实实，如果是在夏季，这里应该是一片沼泽地。

仰望着前方洁白的群峰，图尔勒和哈儿盖都不敢确定哪一座才是金色的雪山。巴鲁尔也傻眼了，置身山中，方向和角度的变化，山峰的姿态也完全不同，横看成岭，侧看成峰，远近高低亦不相同。而且，大雪过后的山峰基本都是一种形状。

九头神兽已经被那场暴风雪深深掩埋起来。这时，它趴在玉峰顶上，覆盖在身上积雪已经融化，腾出来的空间足够自己舒展开身体。只是不时有一滴水滴下来，那是被自己身上散发的热量融化的。它突然觉得这样挺安逸的，正好可以好好睡上一觉，在这个月圆之夜。虽然心里这样想着，但它还是微微睁开一只眼睛，却什么也看不见，不知是天已经黑了，还是身上的积雪太厚。

多吉的心里也变得平和起来，似乎感应不到九头神兽的躁动与不安。抬头看了一眼西面，太阳还在山顶上，似乎有些依依不舍。

大伙儿沿着山脚向西前行，看到前面有一处垭口。巴鲁尔从野牦牛背上跳下来，爬上垭口，眼前又是另外一番景象，自东而来的山峦和向南延绵的山峦，完全像两条巨大的臂膀，不似北去的山峦那样枝枝蔓蔓沟壑纵横。在这两条巨大臂膀的怀抱中，是一片广袤的草场，草场上湖泊密布，成群的野驴和长角羚羊在冰封的湖泊间悠闲地啃食着枯黄的草尖。

看到这种场景，巴鲁尔似乎有点模糊的记忆，然而这一路走来全是陌生的场景，可以肯定，这是自己不曾到过的地方。可为什么会有似曾熟悉的感觉呢，巴鲁尔自己也搞不明白。野驴和长角羚羊根本无视人类的到来，它们抬头看了一眼，又继续埋头吃草。

大伙儿也都从野牦牛背上跳下来爬上垭口。南向的山峦越走越低，西向的山峦越走越高，可那起伏的山峦间看不到特别突兀的山峰。看着西面的山峦，多吉有些把握不准，左右看了一眼，看到图尔勒和巴鲁尔也是面露难色，不知道下一步该往哪儿走。

"快看，金色的雪山。"突然，有人惊叫一声，是尕旺的声音。

大伙儿纷纷回过头，真的有一座金色的雪山，傲然屹立在起伏的群峰和色彩斑斓的云霞中间。而且还不止一座，但看上去，只有其中最高的那座雪山被金色的光晕包围着，其他的山峰都有一道暗色的金边。

眼睛能产生错觉，但太阳与月亮的光辉不会。

极目远眺，坠下山去的夕阳投射出最后的光芒，与尚未露头的月亮投射出来的光辉，正好在这座高高耸立的雪山上交合，将洁白的雪山镀成金黄。

那金色雪山，就是这众多山峰中的最高峰。多吉已经顾不上欣赏金色雪山的壮观和绚烂，催促着德勒转过身去，顺着山脊朝金色的雪山走去。

山脊上的雪很厚，像德勒这么体型庞大的家伙根本无法上去。多吉只好跳下来，拍了拍德勒的肩胛，示意它领着野牦牛群回到草场休息。德勒似乎有些不甘心，可低下头看看没腿的积雪，再看看肚皮贴着积雪的德珠，只得掉头往回走。只有黑儿，在山峦上撒开四蹄肆意奔跑着，一直跑到前面山峦的峰顶才停下来，回头看着多吉，然后趴在那儿等候。

图格和哈里他们欢呼着奔跑起来，还不停地追逐打闹着，对他们而言，寻找金色的雪山并不是此行的目的，找到了各自的阿爸对他们来说，已经完成了心愿。罗布和巴鲁尔还有图尔勒他们紧跟着多吉，一直走到黑儿身边才停下来，然后细细欣赏金色雪山的绚烂。

站在高处再看金色雪山，景象又完全不一样了。从北面南面和西面延绵起伏而来的山峦，仿佛是那大海里的波涛，拼了命似的往前推涌，直到汇聚一起，把金色的雪山推得高高耸立。

"那就是金色的雪山。"图尔勒与巴鲁尔异口同声地喊道，然后相视一笑。

巴鲁尔明白过来，以前在东面广袤的草原上看到披着金色斗篷的雪山时，并不是太阳的余晖与月亮的光辉交合的时候。

　　这时，多吉有点兴奋，或许还有点担心，跨到黑儿的背上，两腿一夹，黑儿站立起来，抬起头对着金色雪山大吼一声，草场上的野驴和长角羚羊也都抬起头，愣了一下，飞快地转过身去四散逃窜。

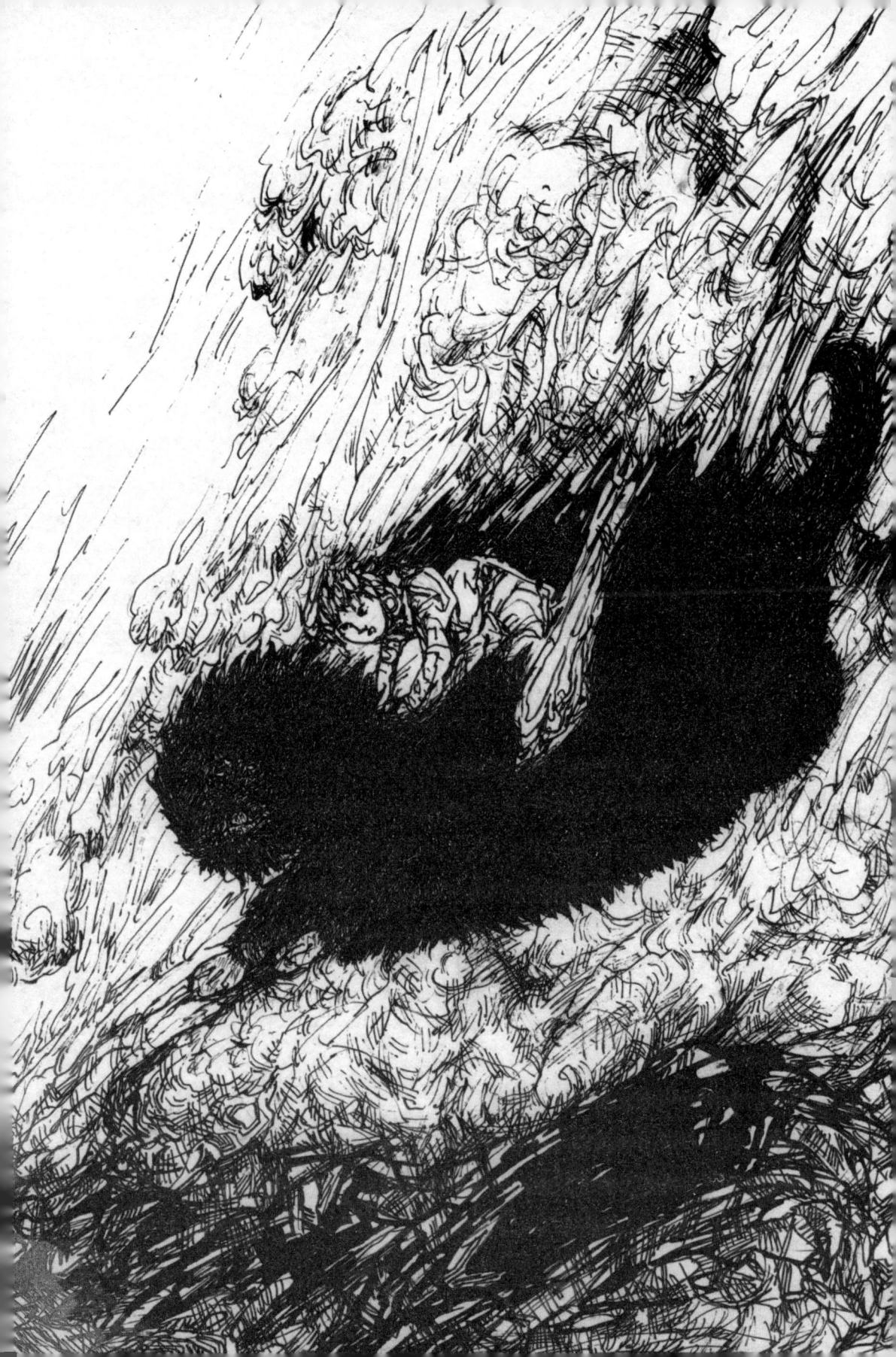

第十八章 使命的终结

52

黑儿的吼叫声撞击着雪山，在山谷里久久回荡。

玉峰雪窟中酣睡着的九头神兽也被这巨大吼叫声惊醒，一跃而起冲破覆盖在身上的积雪。顿时，金色的雪山上光芒四射缤纷炫目。

人们都被这怪异的景象惊呆了。那是太阳的余晖和月亮的光辉照射着山顶上的九根玉柱，再折射着反射着，天空也登时亮堂起来，又是那样的光怪陆离。

野牦牛群也被这奇异的景象惊住，它们纷纷集结在德勒的身后。只有黑儿还在不停地奔跑，朝着光芒四射的山顶。

九头神兽的九个头齐齐望着西面，却没有把人群放在眼里，只看着正朝自己飞奔而来的黑影，以及山谷中集结的野牦牛群。看着黑影越来越近，九头神兽似乎有些愤怒，肩膀上顶着九个头颅开始上下移动左右交错，面孔也在不停地变幻着，一会儿变幻成人脸，一会儿变幻成虎脸，一会儿变幻成狮脸……

玉柱折射出来的光芒五彩斑斓十分耀眼，罗布和大伙儿都无法看清玉峰之巅的任何东西，反倒激起了大家的兴致，一个个的脚步也都轻快起来，使劲追赶着多吉与黑儿。山峦上的积雪在阳光的照射和冷风的吹拂下变得坚硬起来，人踩在上面咯吱咯吱地响，但不至于深深陷进去，可一旦踩破坚硬的表层，大半个身子就陷进了积雪中。

野牦牛群齐刷刷望着玉峰之巅，它们眯着眼睛，看清了九头神兽不断变幻着的面孔，直到变幻成狮脸。德勒虽然从未见过这样的猛兽，却并不畏惧，它嗷嗷嗷叫起来，所有的野牦牛也齐声叫起来。那些四散逃窜的野驴和长角羚羊也停下来，回过头叫唤几声，然后向野牦牛群靠拢。

九头神兽似乎被野牦牛群特别是逆光中快速接近玉峰的黑影激怒，它的鼻孔里喘着白气，不住地咆哮着，迸发出来的声浪把空气震得嗡嗡作鸣，可奇怪的是黑影并不畏惧，甚至连野牦牛群也不惧怕。不仅如此，野牦牛群在德勒的带领下，开始向玉峰脚下移动，还有它们的嗷叫声撞击着山坡，形成一波接着一波的声浪不停地往上翻滚着。

九头神兽咆哮着迸发出的声浪与野牦牛群嗷叫形成的声浪撞击着，整座玉峰突然颤抖一下，紧接着，玉峰上的积雪崩塌下来。看着这翻江倒海般的雪崩，图尔勒惊呆了，虽然离玉峰还隔着一个山峰，但他的腿再不敢向前移动半步。

这时，黑儿一跃而起，迎着雪崩直直冲撞过去。崩塌的积雪翻滚着飞溅着，所有人都睁大眼睛张大嘴巴，眼看着飞溅起的冰块与积雪吞没了多吉和黑儿。

几乎是多吉与黑儿被吞没的同时，太阳投射在玉峰上的最后一缕余晖也突然消失，大地顿时暗下来。就在这时，一轮硕大的红月亮猛地从东方的雪山背后跳出来。月亮的光辉清冷如霜淡薄似雾，为所有的雪山更增添几分寒气与肃穆，高高耸立的玉峰正好挡住月亮的光辉，所形成的巨大阴影罩住人群与野牦牛群，每个动物周身仿佛被一团巨大的冷气包裹着，都禁不住打了一个寒战。

月亮是黑夜的神，却无法主宰万物与生灵，尤其在这延绵起伏的昆仑大山中，每到黑夜降临，绝大多数生灵都会走出自己的巢穴或栖息地，觅食捕猎甚至迁徙求偶。而黑儿，是黑夜的幽灵，双眼迸发着红色的光芒，洞悉一切。

看不到多吉，德勒似乎急了，领着野牦牛群迎着雪崩狂奔过去，整个山谷都在震动。突然，飞溅的积雪中，一个黑影腾空而起。

"多吉。"罗布看到了多吉和黑儿，惊叫一声，大伙儿也欢腾起来。

德勒听到欢呼声，赶紧抬起头来，只见纷飞的反射着月亮光辉的雪块中，乌黑发亮的黑儿在冲破翻滚着的雪浪后，跃到高高弹起的冰块上，再纵身一跳，直扑向玉峰之巅。多吉紧贴着黑儿后背，左手抱住黑儿的肩胛，右手反握着投枪，双腿用力紧紧地夹住黑儿的两肋，随时准备发起攻击。

德勒领着野牦牛群集结在玉峰脚下时，多吉和黑儿已经跃上玉峰之巅。看到黑儿驮着多吉扑向九头神兽，德勒和野牦牛再次嗷叫起来，为多吉和黑儿助威。

看到黑儿张开大嘴和前爪猛扑过来，九头神兽也毫不示弱地腾空而起主动应战。与黑儿相比，变幻成雄狮的九头神兽显得略为强壮。就在九头神兽迎头扑向黑儿的时候，多吉挥舞着手中的投枪，朝着九头神兽的下颌直刺过来。九头神兽看到直刺过来的投枪时，已是躲避不及，猛地嚎叫一声。这声音，听起来有些悲壮。

这时，多吉右手一抖，投枪往外一闪，从九头神兽的颈部边上斜刺过去，然后用力一甩，击中神兽的下颌。当神兽滚落下去时，黑儿已四肢着地，稳稳地站在玉峰之巅那一圈玉柱的中间。

九头神兽从未被人如此击败过，它咆哮如雷目放凶光，朝着玉峰之巅呼啸而去。多吉并不畏惧，却又不想伤害它，将手中的投枪投射出去，直直地射向九头神兽的前方。看到飞射的投枪，神兽赶紧收住脚，投枪正好从下颌前射过，射穿冰雪硬生生扎入岩石之中，良久还颤动不止嗡嗡作鸣。

可九头神兽并未被多吉的投枪震住，再次咆哮起来，身形也迅速膨胀起来，然后跨过胸前的投枪朝多吉走去。多吉并没有退缩，从背上取下那片包裹着兽皮的利器，手腕一抖，兽皮散开来掉在地上，在月光的照射下，利器散发出一道一道的寒光。

所有人都惊呆了，他们从没见过如此巨大的猛兽，只见它越跑越快，然后腾空而起，张开大嘴朝多吉飞扑过去，大有一口吞下黑儿和多吉的架势。可黑儿也并不示弱，仰天长啸一声，身形也迅速膨胀起来，几乎变得跟九头神兽一般高大，两眼放射着红光，死死地盯着九头神兽。当九头神兽飞扑过来时，黑儿猛地抬起前爪狠狠地拍向神兽的脸。

九头神兽在空中翻滚几下，重重地摔落下来时，还在继续翻滚，直跌落到半山腰，身形也变成了人的模样。他终于回想起来，眼前这只黑色的猛犬，就是黑金刚，守护天神第九个儿子的黑金刚。

九头神兽手脚并用爬上山顶，跪拜在多吉面前。可黑儿似乎还不解恨，俯下身去，冲着九头神兽一声长吼，巨大的声波冲得九头神兽的头发都朝后直直飘了起来。

看到九头神兽连头都不敢抬，黑儿才变回原来的模样。多吉收起利器，从黑儿背上跳下来，快步走到九头神兽跟前，只见九头神兽向前跪行两步，抱住多吉的脚掌，轻轻地吻了一下。多吉这才伸出手，把他拉了起来。

观望的人群再次惊呆了，虽然没有出现他们料想中的那场你死我活的殊死搏杀，可这种情形更加令人感到意外。

"多吉是天神赐给大地的孩子，能给地上的生灵带来吉祥的洛桑多吉。"巴鲁尔大声欢呼起来，大伙儿也齐声欢呼起来。

"金玉神器在哪儿？"多吉问九头神兽。

"金玉神器？"九头神兽从来没有听说过这东西，却不由得想到玉龙，它的身体像玉，而头上的角，还有两翼都是金色的，"你是说玉龙吗？"

"玉龙？"多吉不解地问，"他是西海龙王的九子吗？"

九头神兽没想到多吉竟然是为玉龙而来。

"他就在这玉峰之下，已经沉睡了七万年，我的使命就是等待玉龙的醒来。"九头神兽说。

"我的使命是让九子回到阿妈的身边，这是老爹给我的使命，我们翻越了无数座雪山穿过了无数条河流才来到了这里。"多吉说。

"我的使命是等待玉龙的醒来，这是天神给我的使命，我在这里已经守护了数万年。"九头神兽不敢违背多吉的意愿，可更不敢违抗天神的旨意。

安静地趴在多吉脚下的黑儿见九头神兽毫不相让，猛地一下站起来，龇着牙朝着九头神兽呜咽起来。

"天神说，只有玉龙醒来的时候，我的使命才算完成。"九头神兽看了黑儿一眼，将天神的旨意重复一遍。

53

没有人敢违背天神的旨意，多吉自然也不能例外，无论他是天神的儿子，还是天神赐给大地的孩子。

就在双方僵持不下时，九头神兽突然感觉脚下震动了一下，但很快就被震动引发的雪崩所掩盖。与前面的大雪崩相比，这次的雪崩相对较小，只是把前次崩塌下来的松散冰块与积雪震落下去。

"他醒了。"多吉感觉出来，这是酣睡在玉峰下的九子翻身引发的震动。

说完，多吉就看着九头神兽。神兽也意识到，这应该是玉龙醒过来的迹象。想到玉龙醒来，就意味着自己使命的结束，神兽突然感到有些落寞。神兽本该先去看看玉龙，看他是否真的是睡醒了，可又有些迟疑不决。

这时，九头神兽胸前的那枚火苗形状的钥环再次闪烁起来，与前次不同的是，在闪烁着火红的光芒和发出嗡嗡鸣叫声的同时，还震动不止，仿佛是要挣脱那条铁链的束缚。

"难道，自己的使命真的就这样终结了？"九头神兽曾经总是盼望自己的使命早点终结，可当终结的时刻来临时，又觉得有种特别的失落感。而且，他不知道守护玉龙的使命终结后，下一个使命将是什么。

就在九头神兽犹豫不决之时，一声脆响，胸前的铁链断裂开来，那枚闪烁着红色光芒的钥环挣脱铁链的束缚。神兽慌忙伸出手去想一把抓住钥环，可钥环一闪就躲避过去，还闪烁着跃动着。多吉伸出手掌，钥环竟然直直弹跃过去，落在多吉的掌心里。

"这也是天神的旨意。"多吉把钥环握在掌中，然后双手合十跪拜在地，"天神啊，我是洛桑多吉，我祈求您让我带回九子吧，九子的阿妈日夜以泪洗面盼着儿子的归来，九子是阿妈最小的儿子。"

话音刚落，多吉感觉掌心里的钥环再次震动起来，红光闪烁嗡嗡作鸣。多吉摊开双手，钥环立即弹跳起来，朝着东面飞去。多吉紧随其后，在钥环的引领下，多吉来到东面那扇曾经在梦幻中出现过的冰封大门前，钥环这才停下来，不再嗡嗡作鸣，只是依然闪烁着红光。多吉手捧着钥环，嵌入大门上的孔内，一道绿光迸射出来，大门随即徐徐开启。

玉龙真的醒了，他正在玉柱间盘行游走，显得有些急躁难安。看到大门洞开，玉龙急忙盘游过来，看见是陌生少年而不是九头神兽时，玉龙似乎有些茫然，他不知道这个打开大门的陌生少年会给自己带来什么。数万年以来，玉龙一直在等候天神第九个儿子的到来。

"龙生九子不成龙，"当天神在惩罚九子时蓦然想了什么，侧过脸如此低语一声，然后一挥手，"你就在那儿等候我的九子吧。"

西海龙王的九子看着这个披头散发裹着兽皮的陌生年轻人，无论如何也不会把他与天神的九子联系到一起。虽然多吉的长相的确有别于常人，但在九子的臆想与梦境中，天神的九子应该是身穿金甲手提金枪，胯下还骑着龙驹，而眼前这个年轻人与自己臆想中的人相去甚远。

多吉也没有想到，看着这条长着晶莹剔透鳞片和金色的角金色的鳍，还有金色的翅膀的怪物，一时难以确定他是不是龙王的九子。看着对方茫然地望着自己，多吉忍不住伸出左手。这是一种友善的姿势，在期待对方的靠近。

这时，戴在多吉左手中指上的指环突然显现出来，迸发出耀眼的光芒。九子见到这枚指环，翅膀轻轻一扇，就滑翔到多吉跟前，然后匍匐在多吉的脚下。

"你就是西海龙王的第九个儿子？"多吉抚摸着九子的头，九子已是泪水涟涟，使劲地连连点着头。

"阿妈日夜都在盼望着她的九子回到她的身边。"多吉说着，也想起自己的阿妈，自己应该也有阿妈，可自己的阿妈在哪里呢？想起这些，多吉情不自禁地流下了眼泪。

九子看到多吉说起自己的阿妈竟然如此动情，更是俯首帖耳臣服于多吉，扭动着脖子等候多吉骑上去。多吉也不客气，抓住九子的金角便跨上去。九子的翅膀轻轻往后一扇的同时，前爪轻轻一蹬，收起双翅从门洞中滑翔出去，然后振翅飞向天空，顿时光芒闪耀，照亮整座玉峰和山谷。

当九子降落下来时，大伙儿这才看清是多吉驾驭着这条传说中都不曾有过的飞龙。多吉吩咐图尔勒和巴鲁尔带领大伙儿，以及德勒的野牦牛群回海西部落等候，世代守护玉峰的野牦牛群依旧守护玉峰，自己还得把九子送到他的阿爸阿妈身边。九头神兽自知无力阻拦，也无须阻拦，他深信，这都是天神的旨意。黑儿此行的使命也在这一刻得以完成，它抬头看了多吉一眼，转身消失在黑暗中。

大海已经被厚厚的冰盖封得严严实实。当多吉驾驭着九子飞临大海的边缘时，一道火红的光芒从天而降，冰盖顿时开始消融，海水摆脱了冰盖的束缚，立即开始涌动起来，将大块大块的冰块掀上岸去，很快就在岸上筑起一道高高的冰墙。

第二天清晨，当海边村落的人们准备出海凿冰捕捞时，发现大海碧波荡漾，岸上筑起了一道两个人高的冰墙，根本无法下海。就在人们绝望之际，先行来到海边的人突然欢呼起来。原来，高高的冰墙外面，散落着一层鱼儿，这些鱼儿，比平时捕捞到的要大得多。

没有人知道，昨天晚上究竟发生了什么事，让大海一夜之间解冻。但人们相信，这是天神的馈赠，如果没有这散落一地的鱼，那该有多少人等不到冰雪消融的春天。

昨天晚上，当多吉驾驭着九子飞临大海飞临海心山时，大海顿时波涛汹涌，显得异常兴奋。九子在海心山上盘旋三圈后才降落下来，西海龙王与龙婆早就迎了出来，看到骑在九子背上的年轻人时，龙王在惊诧之余，目光落在多吉的左手上，似乎在搜寻什么，直到发现多吉手指上若隐若现的指环，龙王赶紧拉着龙婆迎上去，拜倒在多吉面前。

"我是多吉，洛桑多吉，是阿旺老爹叫我帮你们找回儿子的。"多吉说着，从九子身上跳下来，走过去扶起龙王与龙婆。

就在这时，更为奇异的事发生了，只见多吉走过的地方，都会出现一个环形且带着火苗状的印迹，还闪耀着金光，只是在地面上一闪就消失不见了。

这是天神之子才有的特殊印记。这个印记只有在神仙居住的地方才会显现出来。

九子看到激动不已泪水涟涟的阿妈，拍打着翅膀扑了过去，当他扑向阿妈的怀抱时，已经变成了一个身着银色铠甲肩披金色斗篷的少年。龙王扶着龙婆拉着九子再次跪拜在多吉面前，刚才的跪拜是拜谢多吉送回九子的大恩，而这次是跪拜天神之子。虽然多吉并不知道自己是天神之子，只当是他们对自己送回最小的儿子表达的千恩万谢。

多吉把龙王和龙婆一一扶起，可当他去扶九子时，九子迟迟不肯起来。多吉用力一托，奇迹再次发生，九子身上的银铠甲金斗篷突然变成一道白光一道金光，白光金光一闪便合为一体，变成了海西部落里那个古老传说中的金玉神器。没有了银铠甲金斗篷的九子顿时精神大振，他猛地向天上一窜，变成一条墨绿色的龙，当他降落下来时，变成了一位英俊的绿衣少年。

54

龙王与龙婆看到九子终于历尽劫难变成了龙，自然是喜出望外，他们抱着九子高兴地流下了眼泪。多吉触景生情，情不自禁地流出了眼泪，自己还不知道阿爸阿妈长什么样，他们是不是也在盼望自己与他们团聚。想到这儿，多吉拾起金玉神器，对着大海轻轻一甩，竟然将大海划出一条巨大的口子，掀起的浪涛足有十个人叠起来那么高，就连脚下的海心山都在晃动。

看到多吉对自己的身世全然未知，同样作为阿妈的龙婆一时动了恻隐之心，忍不住上前一步想要说出来，却被龙王拽住衣袖，还轻轻地扯了一下。龙婆其实也知道，这是天机，一旦泄露出去，必然会受到天神的惩罚。可看着从小就失去阿爸阿妈疼爱的多吉，龙婆就想起数万年间母子分离的苦痛。原来，即便天神与王母也有无奈之举，也得饱受这种失去九子的煎熬与苦痛。在此之前，她以为天上地上只有自己饱受母子分离的苦痛，还为此痛恨过天神。

龙王上前一步，伸出双手捧着多吉的左手，那枚指环再次显现出来，奇怪的是，指环已经变成墨绿。当龙王松开手时，指环也不再消隐。

"这枚指环是九子出生时含在嘴里的，在母子分离后的数万年间，他的阿妈终日手捧指环以泪洗面。今后，无论是谁拥有这枚指环，西海的龙族和高原的水族都要听从指环主人的号令。"龙王说完，再次拜谢多吉。

多吉想先行回到海西部落等候图尔勒他们的归来，可看到海面涌动的波涛，不知该如何是好，他并不知道金玉神器和指环给予的神奇力量，但他相信龙王一定有办法让自己顺利通过这波涛汹涌的大海。多吉告别龙王转过身去的时候，大海顿时风平浪静，海面的浮冰迅速漂移起来，凝结成一条洁白的大道。每当多吉踏出一步，浮冰漂移过来，在他的脚下凝结。多吉忍不住飞奔起来，冰块漂移过来凝结的速度总是能赶上他的脚步。

多吉出现在海西部落时，启明星正冉冉升起。村落里十分安静，多吉扫视一眼整个村落，看到有几户人家还亮着昏黄的灯火。多吉来到一户亮灯人家的门前，听到里面好像有人在哭泣，声音很微弱，却十分的凄楚。

多吉正犹豫着要不要上前敲门，里面的哭泣声停了下来，门也突然开了。开门的是一位中年女人，有些喜出望外，可当她看到是一个陌生的年轻人时，脸上的惊喜像是被门外涌进去的那股寒风刮走了似的，立刻阴了下来。

"你要找谁？"中年女人虽然这样问多吉，但她还是把多吉当成一个无家可归的孩子。

"我想找一个阿妈。"多吉似乎还沉浸在没有阿爸阿妈的悲苦中。

"哦,"中年女人顿生怜悯之心,"可怜的孩子,快进来吧,外面很冷。"

"我是多吉,我想找图格的阿妈,他的阿爸叫图尔勒。"多吉这才回过神来。

"你见过图格和他的阿爸。"中年女人一脸的惊诧,看样子,她就是图格的阿妈。

"他们很快就会回来的。"多吉知道她不会这么轻易就相信一个陌生人的话,抬手从背上取下金玉神器,"你瞧,这是我们一起在玉峰的山洞里找到的。"

"图勒,图格找到阿爸了,他们就要回来了。"图格的阿妈回过头去大喊起来。

多吉这才发现屋里的榻上还躺着一个半大小子,他听到阿妈的呼喊后,像是从梦中惊醒似的,一下子就弹坐起来。

"阿爸和阿哥真的要回来了?"图勒跑过来,仰着脸看着多吉,多吉使劲地点了一下头。

"阿爸要回来了,我的阿爸要回来了!"图勒夺门而出,在部落里奔跑着大声呼喊着。

在图勒的呼喊中,整个海西部落像是从睡梦中惊醒过来似的,最先奔出门来的是哈里和哈图的阿妈,她的男人和两个孩子都进山去了。自从哈里和哈图一起进山去寻找阿爸后,她就打定主意,如果他们都回不来,就一个人进山去。她深信,他们会在某个地方等着自己,男人在等待着自己的女人,孩子们在等待着自己的阿妈。

惊醒过来的海西部落一下就沸腾起来,有人点燃了篝火。这篝火是为远行的人点燃的。大伙儿都相信,无论是部落还是家中,只要有火光,远行的游子都能找到回家的路。

在等候远行的游子归来的时候,人们开始议论纷纷,只有巫师娅妹一直在盯着多吉，似乎见过或听说过这个年轻人，可怎么也想不起在哪见过或听谁说起过。娅妹走到图格的阿妈身旁，他想，图格的阿妈或许知道一点这个年轻人的来历。

"多吉，他说他叫多吉。"图格的阿妈小声说，"他还说带着图尔勒他们找到了族人传说中的金玉神器。"

"洛桑多吉！"巫师娅妹终于想起来了，许多年以前的一个夜晚，准确地说是一个凌晨，天还没有亮起来的时候，自己曾被一个奇怪的梦惊醒，可跑出来看时，只见大海的南面闪耀着一道蓝色的光芒，但很快就消失了。

巫师娅妹极力回想着那个奇怪的梦，却怎么也想不起来，只是隐约记得这个梦似乎跟一个孩子有关，这个孩子的名字好像叫桑吉，也许不叫桑吉，但他的名字中有"桑""吉"这两个字。听到图格的阿妈说出"多吉"，藏匿在娅妹脑海中某个角落的那个遥远又依稀的梦顿时清晰地显现出来。

"多吉是天神赐给大地的孩子，能给地上的生灵带来吉祥的洛桑多吉。"巫师娅妹双手合十跪拜在地大声呼喊起来。

大伙儿见到巫师娅妹拜伏在多吉跟前，慌忙跪拜下去，跟着巫师娅妹呼喊起来。

夜幕降临的时候，图格的阿妈和哈里、哈图的阿妈见山里没有任何动静，有些焦急，她俩已经在山谷口守望了好些天。这时，她俩再也按捺不住，不顾众人的劝阻进山去了，只想早一点见到自己的男人和儿子。图勒也想早点见到阿爸和阿哥，一手拿着火把一手搀扶着阿妈朝山里走去。

多吉没有阻拦他们的阿妈，只是远远地跟在后面。多吉完全能理解她们渴望见到儿子的心情，如同自己的阿妈渴望见到自己一样。虽然多吉不知道自己的阿妈身在何处，但他深信，所有的阿妈对儿子的疼爱都是相同的。

月亮升起来的时候，白色的月光一泻如水，将山谷和森林渲染得更加静谧，偶尔一截枯死的树枝跌落下来发出的声响都显得十分突兀。走着走着，多吉感觉脚下的大地在微微颤动，这应该是野牦牛群在奔跑时发出的震动，看来，德勒正领着野牦牛群驮着图尔勒他们正往村落里赶，应该已经不远了。

第十八章 使命的终结

221

果然，没过多久，前方隐约看到出现一片火光。

"回来了，回来了。"图勒挥舞着手中的火把大声欢呼起来。

德勒老远就看到多吉了，在经过图勒他们身边时不仅没有停下来，反而加快了速度，直跑到多吉面前时猛地停下来。

图尔勒从野牦牛背上跳下来，跑过去紧紧拥抱着多吉，如果不是多吉，自己哪里还能跟亲人团聚。多吉轻轻抱了一下图尔勒，就把他推开，还扶着他转过身去，去迎接正跌跌撞撞跑过来的女人。图勒早就和阿哥拥抱在一起。哈儿盖也走过来与多吉拥抱一下，然后才转过身去把自家的女人抱在怀里。

第十九章 阿旺的梦魇

55

海西部落因图尔勒和哈儿盖他们的归来再次欢呼雀跃起来。

多吉到来之前，村落里的人都深信，图尔勒和哈儿盖他们早就命丧荒野，被野兽撕咬得尸骨无存。村落里的长老早就议定，他们是为寻找族人古老传说中的金玉神器而献出生命的，他们的名字与壮举应该永远被后人记住，巫师娅妹把他们十个人的名字和事迹刻在后山的岩石上。谁也没有想到，十年后，他们居然回来了，还找到了传说中的金玉神器。

这是一个奇迹。大伙儿都缠着图尔勒和哈儿盖他们讲讲自己的遭遇，图格和哈里他们自然被小伙伴们团团围住。他们的遭遇与故事虽然有些离奇，但没有人怀疑。后来，巫师娅妹把他们的离奇遭遇与幸运归来都刻在岩石上，还把大海一夜解冻的奇异事件刻在后面。娅妹深信，春天的提前到来与图尔勒他们幸运归来有着必然的联系，而这一切也必然跟多吉有关。

多吉没有在海西部落久留，当晚就带着罗布他们还有德勒和野牦牛群踏上归程，他们沿着来路将巴鲁尔还有阿桑、阿姆他们都送回家去。多吉带领大伙儿找到金色雪山的事，已经传遍沿途各个村落和部落。在多吉的感召下，环绕着大海的高原大陆上，所有的村落和部落迅速形成一个强大的部落联盟，人们对"多吉是天神赐给大地的孩子，能给地上的生灵带来吉祥的洛桑多吉"的传说更加深信不疑。

多吉和罗布他们带领着野牦牛群回到海南村落时，巫师尼亚正在祭台上祈祷，人们还在谈论大海一夜之间解冻的怪事。这事虽然过去好多天了，但这对曾经世代生息在大海边的人们来说，那是闻所未闻，就连阿旺老爹都感到有些惶恐不安。多吉告诉老爹和巫师尼亚，大海的提前解冻是因为九子回到了阿妈身边。巫师尼亚这才停止祈祷，可老爹心中依然感到难以安定。

大海的提前解冻，最犯愁的还是巴图和那巴，大海突然解冻，他俩如果沿着海岸走回去，不知要走到何时才能回到海北村落。尤其令人苦恼的是，这一路上不知要经过多少村落和部落，能不能安全通过也是个问题。

巴图和那巴把祈求的目光都投向多吉。多吉理会他俩的心思，却没有人理会多吉的心思。在亲身体会到龙王与龙婆对九子，以及海西部落的人们对亲人的祈盼后，多吉一直在想，自己为什么会出现在海南村落，阿爸阿妈会在哪里呢，他们是不是也同龙王龙婆一样日夜思念着自己呢，自己为什么不能像图格他们那样不畏艰险去寻找自己的阿爸阿妈？可自己走遍了大海以南及西面的每一个村落或部落，从未听说过谁家把孩子送走的事。也许，阿爸阿妈是从海东或者海北过来的，可他们为什么要把孩子送到海南村落里呢？

想到这些，多吉决定陪同巴图和那巴回到海北村落。德勒和野牦牛群需要休养一段时间，尤其是德珠，很快就要生小牛犊了。这回，多吉决定骑马去。马是那巴的阿爸那苏图及海北村落的人，在掠夺海南村落和射伤阿旺老爹后，为表示歉意留下来的。

看着多吉带着巴图和那巴打马朝东走去，阿旺老爹心中的不安更加躁动，隐约还有一种不祥的预感。那天晚上，老爹辗转反侧难以入睡，也不知道究竟在想些什么，总是觉得千头万绪却又毫无头绪，直到天快亮的时候才昏昏欲睡。老爹刚合上眼皮，感觉地穴里似乎有个人影在晃动，睁开眼睛一看，的确有一个人影，看上去是一个老太婆，还长得十分丑陋。

"是梅朵吗？"最初，阿旺老爹以为是梅朵回来了，可梅朵即便是老了也不会变得如此丑陋。

"还我儿子。"丑陋的老太婆终于开口说话了。

老太婆的声音很小，仿佛来自大地的深处，又像是来自高远的天空，但字字清晰，阿旺老爹听得十分真切，有点像梅朵的声音。也许是许多年没见梅朵，她已经变得又老又丑，早已不再是年轻时的模样，可细细回味又像是阿妈的声音。这次回来，莫非是梅朵在埋怨自己没有保护好儿子达娃，又或是阿妈埋怨自己没有保护好阿弟才旺。想到这儿，老爹惊出一身冷汗。老爹极力回想着当时的情形，可那些片段总是无法串联起来，就像林子里撒落一地的阳光的碎片，看上去满地都是，却无法拼凑成为一整块。

其实，阿旺老爹心底里一直为此事内疚不已。壮年时期的阿旺曾是村落里狩猎的好手，即便是老了还能独自一人在黑夜进入深山老林，与狼虫虎豹周旋一个晚上后，最终成功诱回了野牦牛，却连阿弟才旺都保护不了，甚至连儿子达娃的尸骨都没能找回来，紧接着又失去了梅朵，依然是什么也没有发现。阿旺老爹认定这个丑陋的老太婆不是梅朵就是阿妈，无论是谁，都是来质问自己责备自己的。老爹觉得自己无颜面对梅朵，也愧对阿妈，更不知道该怎么回答她们。

"阿妈，梅朵。"阿旺老爹无法确定是阿妈还是梅朵，只想叫她坐到榻上来，听自己慢慢解释。

可老太婆根本就不想听任何解释，还转过身去准备要走。

"你听我说，阿妈，梅朵。"阿旺老爹急得大声喊叫起来。

卓玛正在牛棚外观察德珠，听到老爹的呼喊声，赶紧直奔地穴。

德珠安静地躺在牛棚里，看样子很快就要生小牛犊了，估计等不到太阳升起。

"梅朵，你看见梅朵了吗？"老爹从榻上弹坐起来，一把抓住卓玛的手，她应该还能记得梅朵的模样。

"谁？"卓玛有点莫名其妙，"老爹是不是做梦了，我刚才就在外面，什么也没看见啊。"

看来，刚才确实是一个梦。阿旺老爹索性走出地穴，可脑海中还在想着刚才的梦，想着梦中出现的那个人影，可除了声音有点像以外，无论是从形态还是模样来看，都不像是阿妈或者梅朵，可除了阿妈和梅朵，谁还会来找自己索要儿子呢？莫非，是多吉的阿妈？

阿旺老爹决定去问问巫师尼亚。东方已经露出鱼肚白，或许，巫师尼亚能给自己解答点什么。巫师尼亚听到屋外的脚步声就知道是阿旺老爹。老爹正要推门，门就开了，巫师尼亚正端坐在榻上，似乎正在等候着自己。老爹把刚才的梦叙述一遍，巫师尼亚听后，沉思了许久，却一言不发。老爹不好催问，只是眼巴巴看着巫师尼亚。

"德珠要生小牛犊了，你快回去看看。"巫师尼亚说。

巫师尼亚的话让阿旺老爹有点莫名其妙，这梦怎么跟德珠有关呢，德珠是一头野牦牛。可转念一想，梦中的那个丑陋的老太婆来找自己索要儿子，莫非正是德珠要生小牛犊的预兆。

"是公牛犊还是母牛犊？"想到这儿，阿旺老爹忍不住追问一句。

"公牛犊。"巫师尼亚随口说了一句。

阿旺老爹的心结顿时打开了，然后欣喜地往自家的牛棚跑去。

"生了，生了。"阿旺老爹老远就听到卓玛在喊叫着，想必是德珠已经生下了小牛犊。

"是公牛犊还是母牛犊？"阿旺老爹想印证自己的梦和巫师尼亚的惑解，迫不及待地大声问道。

"公牛犊。"卓玛大声回答说。

阿旺老爹一听，心里突然觉得踏实了许多，看来，那个梦只是德珠快要生小牛犊的预兆。

巫师尼亚站在门外望着阿旺老爹的背影，无奈地摇了摇头。只有巫师尼亚知道，那是多吉的阿妈在想念着自己的孩子。可巫师尼亚没有说出真相，他知道，阿旺老爹无法承受真相，更何况，这也是天机，谁也不能泄露，否则，天神会责罚的。

56

阿旺老爹一路小跑来到牛棚前时，卓玛已经为德珠铺上新的草料，而德珠正在舔着刚出生的小牛犊。老爹似乎从来没有如此关注过野牦牛的繁育与成长，他的全部心思都集中在多吉身上，可今天早上居然梦到这种事。

刚生下来的小牛犊还有些站立不稳，德珠在舔犊的时候特别用力，小牛犊也使出全身的力气努力站稳。阿旺老爹的目光不停地在德珠和小牛犊身上挪动，可无论怎么看，也看不出来德珠跟梦中出现的那个丑陋的老太婆有什么关联。老爹虽然有点纳闷，却还是忍不住弯下腰偏着头仔细看了一眼小牛犊，的确是头公牛犊。老爹突然想起，已经很多年没有给野牦牛起名了，看着眼前这头尚站立不稳的公牛犊，立马想到了"德刚"这个名字。

卓玛还在那儿细心照看着德珠和小牛犊，一夜未眠的阿旺老爹觉得有些犯困，回到地穴后斜躺在榻上。老爹刚躺下闭上眼睛，身体突然产生一种麻木感，从小腿开始，迅速向上蔓延，仿佛是站在冰冷的海水里，一排巨浪涌过来，迅速没过了头顶。

海水涨上来的时候悄然无声，阿旺老爹蓦地睁开眼睛，漫过头顶的水是浑浊的，根本就不是清澈的海水。老爹挣扎着浮出水面，看到浑浊的水面上漂浮着牛羊的尸体和粗大的树干。那浪潮一个接着一个，可老爹像是被什么绑缚着似的，手脚都无法完全施展开来，被浪潮打得透不过气来。老爹拼命挣扎着，他那从小就在大海边成长所积累的本能在挣扎中不断释放出来，也仿佛渐渐摆脱了束缚。当束缚完全摆脱时，老爹猛地挣脱出水面，扑向前面那根早就瞄好的粗大树干。

爬上树干后，阿旺老爹迅速爬向微微翘起的根部，扶着根须站了起来。

老爹这才发现自己站在一个巨大的浪涛顶上，两面都是荒芜的山坡，这个巨大的浪涛正顺着河谷，以排山倒海之势朝着山下猛扑过去。

前方的河谷里还有村落。村落依山傍水而建，顺着河谷一直延伸到山坡下，村落里的人们正在屋舍前享受着正午的阳光与午餐，牛羊在山坡上悠闲地吃草。老爹扯开嗓门呼喊起来，双手还竭力扭转大树的根须，仿佛这排山倒海的巨浪是自己驾驶着的一条船。老爹试图扭转船的航向，可这一切都是徒劳，巨浪汹涌着扑向村落，也没有人听到老爹的呼喊。

"卓玛。"阿旺老爹看到了一个女人，她正一手抱着孩子，一手端着碗，看上去有点像是卓玛，正抱着罗布。

可卓玛怎么会在这里呢，而且，看起来还是那么年轻，罗布也还是那么小。

"卓玛，快跑。"老爹的心都快要跳出来了，也来不及细想，再次呼喊起来。

卓玛依然没有听见，老爹竭力呼喊着，嗓子都快要冒烟了，可卓玛仍是一点反应都没有。

"多吉，怎么不见多吉呢？"阿旺老爹一想到多吉，便顾不上卓玛，开始四处搜寻牛棚，多吉应该在牛棚里，可看不到牛棚，而且这个村落看起来也不像是自己的村落，可卓玛怎么会带着罗布出现在别的村落里呢？

一切都晚了。眼看着巨浪席卷着村落，继续向前涌去，阿旺老爹痛苦地闭上眼睛，可卓玛还有罗布却从脑海里漂浮出来。当卓玛听到异常的响动时，这才回过头来，看到眼前这巨大的浪涛时，本能地把罗布搂在怀里，但顷刻之间就被浪涛吞噬，连同整个村落。看到卓玛和罗布被浪涛吞噬，阿旺老爹也顾不上自己，纵身跳下去，却浮不起来，也被浪涛吞没。

"老爹，老爹。"阿旺老爹感觉抓住了什么，不对，是自己的手被别人抓住，呼喊的声音像是卓玛，老爹感到无比的欣喜，终于抓住她了。

阿旺老爹感觉自己被拉出水面，睁开眼睛，真的是卓玛，只是在自己的地穴里，透过窗户，一眼就能看到外面的牛棚，德珠正在给刚出生的小牛犊喂奶。

卓玛虽然背对着光，脸上有些阴暗，但阿旺老爹十分清楚，刚才只是一个梦。这是一个奇怪的梦，令老爹心惊肉跳的梦，但愿巫师尼亚能给出一个答案，哪怕是一点启示也行。老爹推开卓玛，冲出地穴直奔巫师尼亚的住处。

"来了。"巫师尼亚漫不经心地说。

巫师尼亚仿佛知道阿旺老爹要来似的，一直保持着老爹离去时的样子，依然闭着眼睛坐在榻沿上。

"水，浑浊的水，从山上滚下来，好大，树都被连根拔起，在洪水里漂浮。"阿旺老爹急促地说，似乎生怕自己想不起来了，"还有卓玛，她抱着罗布，也被卷走了。"

"别着急，慢慢说，说详细点。"巫师尼亚终于睁开眼睛，然后瞟了一眼榻沿，示意阿旺老爹坐下来。

"这还不够详细吗？"阿旺老爹坐在巫师尼亚身边，侧着脸看着巫师尼亚，努力地回想着，"好像就这些了。"

"就这些？"巫师尼亚似乎有些吃惊。

"就这些了。"阿旺老爹一下子想不起更多的细节来。

"灾难。"巫师尼亚说。

巫师尼亚似乎已经感觉到了这场灾难，可又觉得"灾难"这两个字难以解释出来，"大自然的惩罚。"

阿旺老爹一听，蓦然想起阿爸来。阿爸说过，大自然的往复循环，各个环节是紧密相扣的，就如同大海里的鱼儿，被捕捞一尽后，大自然的往复循环链就断裂了。可老爹还是有些不敢相信，大自然的往复循环链断裂之后，带来的后果真有这么严重。

巫师尼亚站了起来，手一伸，倚在门角的手杖像被巨大的力量吸引住似的，直直地飞到巫师尼亚的手心。那是一根手腕粗的古藤，看起来像一根粗大的打着一个又一个结的绳索。巫师尼亚径直走出门去，也不再理会阿旺老爹。老爹惊讶地望着巫师尼亚，他仿佛脚不粘地就飘出门去。老爹从来没有见过巫师尼亚这般神态，也许，真有什么大事即将发生，前所未有的大事。

巫师尼亚的神态有点凝重，飘到门外时，看到马群在山谷里游荡，只见他举起手杖，似乎在挑选马匹，然后朝着最为雄健的那匹马指了一下。那马匹仿佛被抽了一鞭，前蹄高高扬起还嘶叫起来，朝着巫师尼亚飞奔而来。尼亚抓住马鬃翻身上马，很快就消失在山林里。

村落里的老人都从地穴里钻出来，望着巫师尼亚远去的背影，嘴巴都张得老大。

传说中，在阿尼玛卿大山里，有一座常年冰封的雪峰，那里隐藏着巫师们的神庙，巫师们有紧要大事需要商量时，就在那里集合。从海南村落到神庙，要蹚过二十一条河流，翻过四十九座山梁。巫师尼亚骑着马，跑了两天两夜才抵达。

"你终于来了，尼亚。"说话的是持着同样手杖的巫师娅妹，看起来是一个女人，可声音听起来却是男人。

"好多年没见你了，娅妹。"巫师尼亚翻身下马，然后在马屁股上拍打一下，这才朝巫师娅妹走去，"莫尼应该早到了吧。"

"莫尼在神庙里等你。"巫师娅妹说着，快走一步在前面领路。

前面是一处山崖，山崖上爬满古藤。巫师娅妹举起手杖轻轻敲击一下崖壁，整个人就消失不见了，巫师尼亚却是直直走过去，也消失不见了。

"是谁把多吉是天神的九子泄露出去的？"巫师莫尼把目光投向尼亚。

"多吉是天神赐给大地的孩子，却没有人知道多吉是天神的九子。"巫师尼亚对视着巫师莫尼，神态自若。

尼亚理解莫尼的疑心，多吉出现在海南村落，成长在海南村落，若论疑点，自己自然是最大的。

57

巫师莫尼从尼亚的眼神中没有看到虚伪，只得收回目光。其实，莫尼也知道，这已经不是追究责任的时候。他举起手杖朝石壁上一指，只见石壁上顿时显现出来的翻滚着的巨浪，顺着河床呼啸而来，铺天盖地朝着尼亚席卷而来。尼亚心头一惊，却没有后退。莫尼再轻轻一指，只见那翻滚的巨浪顿时退了回去。

不，不是退了回去，而是石壁上显现的影像缩小继而消隐了。巫师尼亚不敢相信自己的眼睛，更不敢相信石壁上显现的影像将变成现实。

石壁上再次显现出来的是整个高原大地的影像，南北三条高大巍峨延绵数千里的山脉如同巨人的双臂，将西海揽在怀里。在这三条巍峨高耸延绵千里的山脉中，成千上万条山川河谷纵横交错，汇聚成数以百计的河流。百川归海，这数以百计的河流中，大多数汇聚成大江大河奔涌而去，最终汇入东方的汪洋大海。其余的百余条河流，都流向了巨人怀里这片靛青的西海。眨眼间，这些百余条河流掉头向东。

宁可火烧三次，不可水洗一次。巫师尼亚看到，那百余条河流突然掉头向东，水流越聚越大，渐渐形成排山倒海之势，最终汇入那东去的大江大河，摧毁和吞噬沿途所经之处的村落和人们。

"这是天神对西海的惩罚，遭难的却是大地的生灵。"巫师尼亚看出了端倪。

"你是说把多吉是天神的九子泄露出去的是西海龙王。"巫师莫尼惊讶地看着尼亚。

尼亚不敢确定，但十分清楚，那几十上百条河流掉头向东流去，西海就会日益干涸，这难道不是天神对西海龙王的惩罚。

巫师莫尼与尼亚面面相觑，娅妹更是目瞪口呆。

"谁也不敢违背天神的旨意。"昆仑大山中的三大巫师双手合十跪拜在地，一同祈祷起来，他们只能把希望寄托在多吉身上。

"多吉是天神赐给大地的孩子，能给地上的生灵带来吉祥的洛桑多吉。"

三大巫师祈祷完后，立即启程返回各自的村落和部落分头行动，临行时，商定以海南村落的篝火为号，召回多吉的同时，也将各个村落和部落的青壮年男人召集起来。

巫师尼亚赶回海南村落已是傍晚时分，阿旺老爹的梦早已在村落里传得沸沸扬扬，整个村落都笼罩在惶恐之中，所有的人都在等候着巫师尼亚的回来。

"那就召回多吉吧。"巫师尼亚看了一眼阿旺老爹，再看了看惶恐不安的人们，"多吉是天神赐给大地的孩子，能给地上的生灵带来吉祥的洛桑多吉。"

"把后山的柴堆点燃，但愿多吉能看到。"阿旺老爹把目光投向扎西。

扎西立即带上火种和火把还有松油向后山跑去。海南村落的柴堆点燃之后，没过多久，昆仑大山里各部落、村落的柴堆次第点燃。

多吉带着巴图和那巴各自骑着马一路向东，刚开始还能沿着海岸走，曲曲折折的海岸边堆砌的冰墙把阳光折射得光怪陆离。走着走着，前方就出现一条河，水面虽然并不宽，不过七八十步，但水流湍急，涉水是肯定过不去的。多吉只能带着巴图和那巴沿着河岸走，没走多远，就看到前方耸立着一座山崖，路也消失不见了，只能向南折去。南面是一条深谷，一眼望不到头，两面都是起伏的山峦和茂密的森林。

多吉一行朝着东方走，翻过一座又一座山，山势越来越平缓，森林越来越茂密。几乎每一条山谷里都有一个依山傍水而建的村落，虽然也不大，几十上百户人家的样子，但可以看出来，村落与村落之间交往十分频繁，他们的房舍大同小异。人们对多吉一行的到来感到十分惊奇，虽然素不相识言语不通，却也是十分热情，不仅端出食物送给多吉，还为他们腾出房舍过夜。

越是往东，村落也越大，当多吉一行穿过一片低矮而茂密的森林，看到一个庞大部落，成片成片的房舍散落在森林与草原的边际地带，估计有数百近千户人家。群山环绕的金色草原上，成群的牛马羊就像那一团团云彩在飘荡。而河流的两侧以及森林的边缘，人们还开垦出一垄垄的土地，油黑油黑的。人们对多吉一行的到来感到十分新奇，仿佛多吉他们来自另一个世界。

"穆萨。"一位长者在人们的簇拥下来到多吉面前自我介绍道。

穆萨是这个部落的先知，也是部落的首领。

"大海会在一夜之间解冻，河流会在一夜之间转向。"

在穆萨部落，流传着这样一个古老的预言。部落的历代先知还说，当预言成真时，天神会派出使者，拯救善良的子民。

部落里曾有人怀疑过这个古老的预言，大海怎么会在一夜之间解冻，河流怎么会在一夜之间转向。直到这个寒冬季节，大海真的是在一夜之间完全解冻，人们在深信古老预言的同时，也一度让整个部落陷入恐慌。

"天神会派出使者，拯救善良的子民。"大海突然解冻的那天早晨，穆萨就领着部落的人们向上苍祈祷，善良的人们深信，当灾难降临时，天神一定会派出使者来拯救大家的。

也许是大海会在一夜之间解冻的预言得到了应验，人们的恐慌弥漫着整个部落。那天晚上，穆萨刚入睡，就听到山崩地裂的响声。

"莫非，河流已经开始转向。"穆萨不停地擦拭着眼睑，却总是看不清楚。穆萨听到水流撞击山石的咆哮声，如同万马奔腾齐声嘶叫，震耳欲聋撕裂长空。水流的咆哮声一波高过一波，时不时有山体崩塌跌落水中的声响。滴水尚可穿石，何况是数十上百条的河流同时转向汇聚在一起的力量，再坚硬的物体都无法阻挠水流前进的方向。

就在这时，穆萨隐约听到了马蹄的声音，这声音听起来很小却很有节奏，居然没有被水流的咆哮声淹没。穆萨看到东方出现一线光亮，原来，刚才无论怎么擦拭眼睑却什么也看不清楚，那是因为自己沉浸在一片无边的黑暗之中。

虽然只是一线蓝色的光亮，可穆萨还是看清楚了，真是有一匹马，马背上是一位披头散发的少年，少年背对着光亮，以至无法看清他的脸。少年骑着马，正朝着自己飞驰而来。穆萨没有躲避，他也不想躲避，他想看清楚他的脸，也许，这少年就是天神的使者，他是来拯救善良的人们的。

少年骑着马飞驰来到穆萨跟前时，仿佛是到了跟前才发现前面还站着一个人。少年赶紧勒住缰绳，马儿被勒住了，可高扬的前蹄几乎踢踏到穆萨的前额。马儿几乎站立起来，连连后退几步，还昂起头嘶叫起来。

那一线蓝色的光亮突然消失，穆萨再次陷入无边的黑暗中，可奇怪的是，震耳欲聋的咆哮声也随即退去，只剩下四蹄的踢踏声，从容不迫渐行渐远。

穆萨看到多吉一行三人骑着马匹自西而来时，有些吃惊，但并不意外，仿佛知道他们要路过这里似的。穆萨微笑着张开双臂，那神态看起来有点像阿旺老爹，只是看上去比老爹还要老，须发花白。多吉赶紧张开双臂迎上去，与对方拥抱了一下。

"多吉。"多吉也报上自己的名字。

巴图与那巴也报上自己的名字。

这里的一切都是那么新奇，与西面大山村落或部落相比，的确是两个世界。看着这里的人们都穿着麻布或牛羊毛编织成的衣服，而自己裹着牛羊毛编织成的毯子和兽皮，多吉和巴图还有那巴都充满了好奇。更让多吉惊奇的是，西面大山村落和部落如获至宝的利器，在这里已经是十分常见，耕地用的，伐木用的，狩猎用的，几乎是应有尽有。

第二十章 咆哮的河流

58

　　穆萨看到多吉他们对这些铁器表现出极大的兴趣，就领着他们来到部落的中央，老远就听到叮叮当当的声音。那是一处专门用来冶炼金属和打制金属器物的地方，十几名脸色黝黑的粗壮男人各自分工，正在忙个不停。虽然言语不通，但多吉还是能看懂一些，如果西面大山里的村落和部落也有这些器具，不知道要省事多少。

　　当天，在穆萨的盛情挽留下，多吉决定留下来。对多吉来说，这些器物的吸引力实在是太大了。可多吉还是不能久留，大海的一夜解冻，阻断了那巴和巴图返回海北村落的近路，这次绕着大海走，不知道还要走多少天才能到达。第二天早上，多吉带着那巴和巴图再次启程。

　　穆萨虽有不舍，却也知道不能再挽留，他领着部落的长老，把多吉一行送到部落的最东头。翻过东头的那个小山坳，就进入海东部落的地境。穆萨说，海东部落因长期与别的部落发生冲突，对陌生人的到来心存警惕，但海东部落与自己的部落同根同源，先知萨满也是自己的至交好友，他是一个跟自己差不多的老头，只要拿着自己的火印，就会得到海东部落的盛情款待。

穆萨说着，从衣襟上割下一块羊皮，然后从怀里掏出一枚指头大小的火印，往羊皮上一按，羊皮吱地一声冒出一股青烟，上面留下一个被烧焦的火印。看到这枚火印，多吉立即想到打开玉峰上那扇冰封大门的那枚闪烁着红色光芒的钥环，相比之下，火印要比钥环小得多，但图形却是一模一样。

多吉揣上打着火印的羊皮，告别穆萨和他的部落，打马朝海东部落走去。果然如穆萨所言，当多吉一行出现的海东部落时，立刻引起一阵不小的骚动，人们手持弓箭还有金属打制的投枪围了上来。多吉赶紧勒住缰绳，那巴和巴图更是勒住马头打了一个转。他俩清楚，自己的村落时常与海东部落发生冲突，而且每次都是处于下风。

就在这时，部落里响起了通通通的声音，整个部落都骚动起来，四面八方都有人骑着马儿围了过来。那巴和巴图见多吉勒着缰绳没有前进也没有后退，就催促马儿向前几步，与多吉并排站在一起。

海东部落的人把多吉一行团团围住，直到一个骑着白马的老者出现在人群中，拥挤的人群这才让出一条道来。老者在离多吉不足十步外的地方勒住马头，然后上下打量着多吉。

"萨满。"多吉喊了一声，他猜想对方就是穆萨说到的萨满。

果然是萨满，他催促着马儿走向多吉。走到跟前时，多吉才从怀里掏出那片打着火印的羊皮，轻轻掷向萨满。萨满伸手接住，展开来一看，的确是穆萨的火印。这时，萨满将火印按在自己的胸口，朝着多吉微微一欠身，然后催促马儿走到多吉身边，部落里立即响起呜呜呜的声音，人群立即四散开来，把多吉一行迎进部落。

多吉看到天色已晚，本想在海东部落住上一晚再走，可看到那巴和巴图急着要走的神色，多吉也不便久留。看到客人还要赶路，萨满也不挽留，掏出自己的火印往羊皮上一按，然后双手捧着举到多吉面前。多吉接过来一看，穆萨的火印看起来像是喷着火焰的太阳，而萨满的火印却是环绕着几颗星星的月牙儿。

告别萨满和海东部落，那巴和巴图显得异常兴奋，不停地催促着马儿向北而去，恨不得飞回自己的部落。尤其是那巴，看到前面熟悉的山梁时更是欢呼起来，那是海北部落与海东部落交界的山梁，只要翻过山梁，就回到自己的部落。多吉也不由得兴奋起来，催促着马儿紧跟着那巴，站在山梁上，眼前顿时开阔起来，无垠的大海连着广袤的草原，大海是碧蓝的，草原是金黄的，目光尽处，是延绵起伏的山峦，在夕阳余晖的照耀下和云团雾气的衬映下，就像那大海里汹涌滔天的巨浪。

看到眼前的景物，那巴终于有了回到自己部落的感觉，顿时回想起了骑着马儿在草原上奔驰的情景，有些激动，却又有些失落，忍不住回过头来，虽然看不到西面大山里的那个村落，但再看一眼，也许会少些遗憾。

"多吉，篝火，海南村落的篝火。"那巴突然惊叫起来。

多吉赶紧回过头来，果真是篝火，火光烛天浓烟滚滚。多吉不知道海南村落发生了什么事，但他能感觉出来，昆仑大山里所有的村落和部落正因篝火的点燃与传递，已陷入了无比恐慌之中。

多吉来不及细想，把印有两枚火印的羊皮交给那巴后，掉头往南而去。那巴犹豫片刻，即便是自己和巴图跟着多吉返回海南村落，只有两个人的力量，如果回到海北部落，再带上自己的伙伴前往海南村落，岂不更好。那巴甚至想到，这个时候，西面的昆仑大山里，包括海西部落在内的各个村落和部落都在向着海南村落集结。

那巴的猜想没错，随着篝火的点燃与传递，各个村落和部落都选派出青壮年男人，朝着大海南面的村落，日夜兼程赶去。

多吉在返回途中经过海东部落时，海东部落火光通明，萨满正站在部落中央的瞭望台上向西张望，萨满还看到穆萨的部落也是火光冲天。

看到匆匆返回的多吉，萨满立即想起穆萨说起过的预言，莫非，河流转向的预言即将成真，所有人都在为应对这场灾难忙碌起来。焦急的多吉等不及萨满组织众人，就先走一步。萨满决定带上部落里的青壮年男人，连夜赶往穆萨的部落，或许，穆萨那儿能找到答案。

是的，此时，穆萨正在组织部落的男人在打制各类器物，为已经成真的预言做准备。半夜时候，穆萨叫人把这些器物装起来，还用水浇灭炉火，再把打制这些器物的整套器具都拆解下来，全部装在马背上。驮马不够时，穆萨又叫人把牛群也赶过来继续装运，看情形，他已经等不及了。当器物和器具都装好后，穆萨吩咐部落的长老领着队伍先行出发，自己还想等一个人的出现。浩浩荡荡的队伍朝着西面大山里河流的源头行进，一时间，人喊马嘶还有牛的叫唤声响彻云霄。

队伍出发后，部落立刻陷入无边的黑暗之中，没有了火也没有了光，月亮也被一团暗云包裹着，大地一片漆黑。穆萨一个人站在部落的中央，可他自己也不知道要等的人，是萨满，还是那个黑暗中突然携着一线光亮出现的人？

多吉快马赶到穆萨部落时已经是夜半时分，部落里静得可怕，多吉以为部落里的人已经安睡，就不想再打扰穆萨，紧贴在马背上，恨不得催促着马儿飞翔起来。

站累了的穆萨盘坐在地上，忽而听到马蹄的声响，似乎来自东方。从马蹄声可以听出来速度，很快，感觉越来越近。穆萨擦了擦眼脸，依然什么也看不见，只能听到马蹄声，越来越近了，穆萨以为是什么东西挡住了视线，便站起来，这才看到一线光亮，那是月亮极力挣脱暗云的遮掩射下来的一线光亮。可紧随光亮而来的，是一匹马，马背上是一个披头散发的少年。少年背对着光亮，无法看清他的脸。少年骑着马，正朝着穆萨飞驰而来。

穆萨已经来不及躲避，那高扬的前蹄几乎踢踏到他的前额。可马儿就这么被死死勒住，高扬着前蹄直直地站在那儿，还昂起头嘶叫一声。

59

"多吉。"穆萨终于看清了少年的脸，这才恍然大悟，自己等候的人不应该是萨满，可万万没有想到竟然是多吉。

穆萨一把抓住马儿的缰绳，马儿连连后退几步，这才放下前蹄。多吉看清眼前突然出现的人是穆萨时，也吃了一惊。

"穆萨，你怎么一个人在这儿？"多吉骑在马上问道。

"我在等天神的使者，来拯救善良的子民。"穆萨牵着缰绳向南走去。

"我是多吉，海南村落的篝火在召唤着我。"穆萨走得很慢，可多吉却恨不得马儿能飞回海南村落。

"萨满要我在部落里等候他，可我们只能边走边等，天亮时他就能赶上来。"穆萨牵着缰绳不紧不慢地走着，马儿似乎很听穆萨的话，跟着他不紧不慢地走着。

穆萨部落的大队人马行进的速度更慢，东方露出鱼肚白的时候，多吉和穆萨已经与大队人马会合。

当萨满领着一干人马追上多吉和穆萨时，太阳已经探出半个头来。萨满看到穆萨的人马携带的都是与农耕有关的器物，虽然感到有些意外，但他深信，穆萨已经做好了应对预言中那场灾难的准备。真正令萨满意外的是，穆萨居然为这个自己只见过两次，不，应该是三次，却仍不知道名姓的少年牵马执鞭。难道，这个少年就是天神的使者。看着多吉，萨满虽然觉得有点怪异，但这或许只是与自己部落的人相比起来才有的怪异。

看到萨满赶来，穆萨这才召来自己的骏马，翻身上马后冲到多吉的前面，多吉早就等急了，赶紧追了上去，萨满紧随其后。多吉一行三人日夜兼程赶到海南村落时，村落里已经聚集了大山中好几个村落或部落青壮年男人。在人群中，多吉看到了阿桑和巴鲁尔等人，他们正和自己部落的人聚在一起。

阿旺老爹见到多吉，心里顿时踏实了。在这几天里，西面大山里的各个村落和部落都陷入了恐慌，前所未有的恐慌，都眼巴巴等候多吉回来。可多吉也不知道究竟要发生什么事情，难道，仅凭老爹的一个梦。

"大海会在一夜之间解冻，河流会在一夜之间转向。"先知穆萨把古老预言复述一遍，"大海已经解冻，河流将会转向。"

阿旺老爹虽然迁离大海好多年了，但他知道，大海解冻通常得在两三个月以后，而且也不是一夜之间就能完全解冻的。只有多吉知道，大海为什么会在一夜之间解冻，只是没有想到，这竟然是一个古老的预言。

"当预言成真时，天神会派出使者，拯救善良的子民。"先知穆萨与萨满以及巫师莫尼、尼亚和娅妹齐声呼喊起来。

看到人们恐慌的情绪有所平息，巫师莫尼、尼亚、娅妹与先知穆萨、萨满把先行赶来的村落或部落首领聚集到一起，大伙儿商量着如何应对这场灾难，首要问题是疏散迁移河谷低洼地带的村落和部落。大伙儿商定后，都把目光投向了多吉，唯有多吉走遍了大海南面的大山，几乎熟悉每一座山峰每一条河谷熟悉每一个村落和部落。于是，多吉和曾经一起进山的伙伴们分别骑着骏马赶赴河谷低洼地带的村落和部落，将人们疏散到远离河谷的向阳坡上。

多吉带领罗布和巴鲁尔等人立即进山，途中不断遇到正在赶往海南村落的人们，图尔勒和哈儿盖带着图格和哈里以及部落的人也在其中，多吉叫上图格和哈里跟自己进山，其余人继续赶往海南村落。

进入西南方向的大山里，多吉同样感受到山谷以及森林里弥漫着的惶恐与不安，野兽们似乎已无心觅食捕食，都成群结队往西北方向的大山里迁徙。难道，野兽们也感知到河流转向带来的灾难。也许不仅如此，野兽们一定是感知到了山神的震怒，否则它们不会如此有目的有秩序地迁徙，就连猛兽都无暇顾及一河之隔的羊群和鹿群。

想到这，多吉又多了一份担心，或许，这场灾难不只是河流转向这么简单，山神的震怒造成的灾难也许更为可怕。多吉把自己的想法告诉伙伴们，大伙儿看着多吉，然后又把目光投向巴鲁尔。巴鲁尔使劲点了一下头，他长年生活在这大山深处，熟知野兽的生活习性。

多吉赶紧调整应对方案，自己带着图格和哈里继续朝着西南面的大山前进，巴鲁尔带着阿桑等人往东南方向走，沿途不仅要疏散河谷低洼地带的村落和部落，还得劝导居住在地穴中的人搬出来，最好是搬迁到向阳的山坡上。罗布立即赶回海南村落，把这个情况告诉巫师尼亚和阿旺老爹。

海南村落已是一派忙碌。在多吉带领伙伴们进山后，先知穆萨从背囊里掏出几块形状与色泽各异的石头交给阿旺老爹。老爹掂量掂量，感觉这种石头比平时常见的石头明显要重一些。老爹把石头分发给各个村落和部落的人，吩咐他们带着德勒和野牦牛群，进山搜集各种类似的石头。当穆萨部落和海东部落的大队人马赶到海南村落时，进山搜集石头的人也相继满载而归，开始提炼金属和打制各类器物。

巫师莫尼、尼亚、娅妹与先知穆萨、萨满把提炼金属和打制器物的事务安排好，日夜兼程赶往神庙里。没人知道哪些河流将会在哪一天突然转向，也许错过一天，所有的忙碌都将付诸东流。

昆仑大山里的大小河流密如发鞭，一旦汇聚起来转而向东流去，所带来的灾难将是空前的。来到神庙后，巫师莫尼不敢有片刻耽搁，再次挥舞着手杖朝石壁上一指，石壁上立即显示出大小河流的分布与流向。发源于昆仑大山中的这数百上千条大小河流中，最终向东流向大海的足有一百余条。这一百余条河流中，仅有两条大河，一条从昆仑大山中蜿蜒而出后突然向南，一条顺着西海的南岸一路奔涌持续向东，最终都流向东方的大海，其余的河流则都是流向西海，哺育着高原大陆。在高原部落古老的传说中，西海龙王本是东海龙王最小的儿子，他神游到此后，就引来一百零八条河流汇成了这个大海。

"是水向东流，是龙归大海。这本来就是天神的旨意，大自然的规律。"巫师莫尼收起手杖，石壁上的影像立即消失不见，"或许，大自然对万物生灵的惩罚，就是天神的惩罚。"

莫尼的主张是堵不如疏，把由西向东缓缓流去，忽儿转而向北流向西海的较大河流，引导继续东流去，而后汇入顺着西海南岸一路向东奔涌的大河，这样既不违背天神的旨意，也遵循自然的规律。巫师莫尼的提议得到尼亚、娅妹及先知穆萨、萨满的响应，没有人能做到尽善尽美，多吉也不能例外。

巫师莫尼、尼亚、娅妹与先知穆萨、萨满赶回海南村落时，包括海西部落海北部落的人都赶来了。莫尼把大部分人分成五个大队，分别由巫师和先知带领分赴各条水流较大的河流，再沿河寻找适合引导疏流的地方，其余的人分成若干小队，分别负责采集矿石、冶炼金属和打制器物、运送器物。

就在巫师和先知们准备分头行动时，罗布和力巴赶了回来，把野兽向西北大山迁徙还有多吉的想法与方案告诉大家。巫师和先知们听了多吉的想法，顿时幡然大悟，如果没有山神的震怒，河流转向谈何容易。而山神震怒，最先感知的就是山林里的野兽。

"也许，就在明夜。"巫师尼亚掐指一算，从阿旺老爹被梦魇惊醒，到巫师们在神庙合议，然后点燃篝火召唤多吉与各大村落或部落，再到多吉进山感知到野兽的惊慌与山神的震怒，分头疏散迁移村落和部落，至今已有旬余，而明天夜里恰好是下弦月，后天晚上将是上弦月，在这下弦月与上弦月转换的暗月之夜，最可能是预言应验之时。

60

恐慌的村落与部落都因多吉的到来开始缓和下来。

人们深信，多吉是天神赐给大地的孩子，能给地上的生灵带来吉祥。也正因如此，多吉的疏散搬迁劝导很快就得到了人们的认同，可当人们在迁离世居的地穴时，虽然有的只是从南面的大山脚下或河谷地带搬迁到北面的山坡，却依然忍不住痛哭流涕。搬出地穴的人们为了避挡风寒，只得用平时积攒的兽皮或毛毯搭起帐篷。人们都盼望着，灾难早日过去，早日搬回地穴。可多吉盼望着灾难晚点到来，才有时间疏散搬迁各个村落和部落。

多吉带着图格与哈里马不停蹄抵达河源部落已是夜半时分。世代栖居在群峰环绕的嘎朵觉吾神山脚下的河源部落相对较大，密如发鞭的河流滋养出异常丰美的草场，成为人类与动物生生不息的天堂。也正是因为河流密集，可河床飘忽不定，加上水草丰美，地下湿度过大，河源部落的人们早就从地穴生活过渡到帐篷生活。

整个部落里没有一点光亮，人们早已进入甜美的梦乡，这与沿途经过的村落或部落截然不同，他们还没有被恐慌惊扰到。大地一片漆黑，月亮还没有升起，墨蓝的天空镶嵌着无数的星星，一闪一闪的。图格和哈里看着多吉，多吉似乎也在犹豫，如果不是这场山神震怒河流转向的巨大灾难，谁也不想唤醒熟睡的人们。

然而，就在这时，大地像是被惊醒了似的，猛地晃动一下，马匹受到惊吓嘶叫起来。图格和哈里虽然早有思想准备，但还是第一次感受到山神的震怒，有些胆战心惊，尤其是在这黑暗中，什么也看不见。

河流转向的时刻到了！

多吉翻身下马，大地开始剧烈地抖动，远方起伏的群山就像那大海上的波涛在涌动，山体崩塌与巨石滚落的声响如雷滚动，提前解冻的河流也开始躁动起来。

"山神啊，请你息息怒啊，不要伤害大地的生灵。"多吉转过身来，面朝嘎朵觉吾神山，双手合十跪拜在地祈祷起来。

吓得目瞪口呆的图格和哈里见到多吉的举措，这才惊醒过来，赶紧跪拜在地跟着多吉祈祷起来。河源部落的人们也都惊醒过来，纷纷跑出帐房，对着神山祈祷。

多吉和人们的祈祷立即得到应验，大地停止了抖动，群山也不再涌动，只剩下河流还在激荡着奔突起来。多吉赶紧跳上马背，图格和哈里紧随其后，沿着河流朝下游飞驰而去。

大地剧烈抖动过后，河流开始汇集，汇聚起来的河水怂恿岸边残留的冰块，朝着下游奔涌而去。多吉不停地催促着马儿，马儿也似乎明白主人的心思，几乎是蹄不着地向前飞奔，而且越来越快，把图格和哈里远远地甩在后面。

多吉和图格还有哈里的马都是海北部落留下的，但没有人知道，就在那苏图他们在海心山歇宿的那个晚上，人马都极度困乏，很快就入睡了。突然，海上刮来一阵风，还飘起了雪花，被风刮得团团旋转。更为奇怪的是，雪越下越大，旋转也是越来越快，直到将酣睡着的人群团团围起来，围得密不透风。这时，有马匹被惊醒过来，站起来嘶叫不止。惊醒过来的都是母马，风雪中，有龙在若隐若现。

所有的母马都怀上了龙驹。多吉胯下骑着的正是一匹母马，肚子里孕育着的龙驹给了它超凡的力量与速度，自然是其他马匹无法相比的。多吉感觉自己快要飞起来，像是骑在西海龙王九子的背上，耳边只剩下风的呜咽。

越到下游，汇聚的河流越多，水流越来越大，水面上的冰块时而高高耸立，时而扎入水底，也是越积越多，漂满整个河面。多吉一直沿着河的北岸跑，当河流向北分出支流时，大河里的水流与冰块似乎犹豫片刻，然后拥向支流。多吉就沿着支流的北岸跑，也许，这条河流会在某个平缓地带突然掉头向东，冲撞出一条新的河谷。如果不能在河流转向时赶到，面对这突如其来的水流，将会有多少人猝不及防被卷走。

"黑儿。"想到这些，多吉依然觉得马匹奔跑的速度不够快，也许是它已经跑累了，只有黑儿的速度才能超过水流的速度，才能赶在河流转向后通知下游的人们。

这次黑儿没有发出吼叫，它早已感知到这场巨大的灾难，一直在等候多吉的召唤。黑儿出现在多吉身边时，甚至没有惊吓到马匹。多吉纵身一跃，脱离马背扑向黑儿，黑儿高高跳跃起来，稳稳地接住多吉。黑儿驮着多吉在山峦间跳跃，山谷及河流的走势尽收眼底。多吉看到，河流在前方已经转向了，原来顺着北面山谷蜿蜒流向西海的河道，已经被崩塌下来的山体和乱石完全阻拦，水流只能顺着大山南面的谷地向东流去，好在水流不大，转向的速度十分缓慢，只待上游巨大的水流恣恚着冰块奔涌而来，就能冲撞出新的河道来。

在昆仑大山里长大的多吉，不仅熟知动物的习性，也熟知河流的性情，那看似从无常形的水流，虽因地而制流，却能在受阻时迸发出难以想象的力量，摧毁任何阻拦物，就连那看似坚硬无比的山石，都能在水流持续的撞击与冲刷中，崩塌并被冲走。

多吉看清了河流转向后的走势后，就顺着新的河道走。新的河道看上去没有什么阻拦，直到顺着抵达谷地的末端时，大山向南延伸一道山梁。多吉催促着黑儿跃上山梁，东面的山脚下有一条河流，因地势平缓，河流一直沿着山脚奔流向北，直到遇上北面横亘着的大山后才掉头东去。河水已经涨了起来，而巫师娅妹正带领着人们在疏通河道。娅妹是方圆几个部落的巫师，他最熟悉这里的情况。

"有一条转向的河流正朝这里奔涌而来。"多吉驾驭着黑儿来到巫师娅妹跟前，指着山梁那边说。

巫师娅妹一听有些不知所措，他怎么也没有想到会有一条河流转向来到这里，如果顺着山梁西面的谷地走，最终还是要向东流去，极有可能会冲撞出新的河道来。更何况，这条旧的河道已经疏通，为别的河流转向这里做好了一切准备。娅妹看着西面的山梁，山梁与大山连接处的山脊虽然低矮，可是要从那里开辟一条河道来谈何容易。

多吉看出了巫师娅妹的心思，如果不能当机立断，不仅会前功尽弃，河水要是冲撞出新的河道来，汹涌的水流再加上浮冰就如同脱缰的野马。多吉驾驭着黑儿跃上大山，解下背上裹着兽皮的金玉神器。其实，多吉也不知道这金玉神器究竟有多么神奇，虽然曾经轻轻一画就能激起十余人高的浪涛。多吉更不知道自己拥有这金玉神器后，就有了无可比拟的神奇力量。然而，多吉已别无选择，只能竭尽全力一试，或许，还能得到天神的帮助。

"天神啊，善良的子民都在祈求，祈求天神的使者，来拯救善良的子民。"多吉举起金玉神器，不停地祈求着。

突然，金玉神器放射出耀眼的光芒，还发出嗡嗡的鸣叫声。多吉挥舞着金玉神器，对准山梁与大山连接处的山脊用力一砍，山崩石裂一声巨响，山脊被金玉神器削断。

巫师娅妹听说过玉峰的山洞藏匿着金玉神器的传说，却没想到这金玉神器竟然有如此神奇的力量。看到山脊被削断碎裂，娅妹赶紧带领人们清理山石，赶在水流奔涌而来前清出一条河道来。

多吉继续沿着河流的北岸向东，生怕遗漏一个村落一条河流。这一路上，不时看到巫师和先知们带领着人们在疏通向东流去的河道。多吉也发现，山神震怒大地抖动，无非是阻断河流的北去，转向也是汇入向东流去的河道，而这些河流最终都是汇入那条一路向东奔流的大河。

太阳升起来的时候，多吉骑着黑儿站在高高耸立的雪山上，望着南面那条大河，河床明显比从前宽阔许多，河床里翻滚着的水流与冰块，浩浩荡荡奔涌向东。

第二十一章 部落的迁徙

61

河流转向的灾难并未就此结束，只是没有人能预料到，包括巫师尼亚。

巫师尼亚一直以为，阿旺老爹的梦魇，只不过是对"大海会在一夜之间解冻，河流会在一夜之间转向"预言的一个提醒，就连巫师莫尼与先知穆萨也是这么认为。

河流转向后，多吉和村落里的伙伴们再次进山时，看到许多干涸的河，直到春末夏初冰雪消融的季节，这些干涸的河流才有水流动，只是水流很小，都是冰雪消融后汇聚起来的。多吉不曾想到的是，河流的变化给整个高原大陆带来了巨大的变化，而变化最大的是海西部落。

高原大陆上，与其他部落或村落相比，海西部落又处于一个相对高地。

"许多河流干涸后，树木不断枯死，草场都在退化，海水也在回落。"图尔勒忧心忡忡地说，"部落里人心惶惶，就连巫师娅妹也无计可施。"

娅妹是河源和海西多个部落的巫师，如果连他都想不出办法，那还有谁能想出办法。多吉决定去一趟海西部落，顺便看看沿途有什么变化。

这次多吉决定和德勒一同前往海西部落。站在牛棚前，看到夕阳的余

247

晖洒落在德吉与德旺那长长的犄角上，有些泛亮，却有些暗淡。多吉突然觉得有些心酸，眼泪开始在眼眶里打转。德吉和德旺看到情绪有点激动的多吉，试图翻身站立起来，却没有成功，只得先屈着后腿坐在地上，缓缓地站直前腿，然后才能把后腿站直。多吉赶紧走过去，一手扶着德旺的犄角抚摸起来，一手搂着德吉的脖颈轻轻地拍打，一种特别的伤感从心底里蒸腾起来，迅速传遍周身，仿佛整个人都被伤感浸泡起来。

多吉不想把伤感传递给德吉和德旺，迅速转过身去，快走几步，双手撑住德勒的尾部一用力，稳稳骑到了德勒的背上，两腿轻轻一蹬，德勒立即迈开大步朝山里走去。刚走几步，多吉感觉身后有点异常，回过头来一看，只见德吉和德旺跟在后面，整个野牦牛群都紧跟在德吉后面，没有叫唤也没有打响鼻，整个野牦牛群都显得异常的肃穆。

也许，这将是自己最后一次与德吉和德旺进山。想到这儿，多吉鼻子一酸，眼泪就涌了出来，可他不想让德吉和德旺看到，赶紧抬手擦干眼泪，从德勒的背上跳下来，走到德吉跟前，扶着德吉前背上高高突起的肩胛，轻轻一用力，翻身骑到德吉背上。

"嗷——"，德吉一声长吼，声音似乎没有以往那般嘹亮，而且还有些嘶哑。

这时，德勒回过头来，走到德吉身边，看了德吉一眼，然后再看着野牦牛群，也嗷叫一声，整个野牦牛群都叫唤起来。在叫唤声中，看到德旺和驮着多吉的德吉迈出大步后，德勒才领着野牦牛紧紧跟在后面。

这仿佛是一场仪式。海南村落的人都拥了出来，目送多吉和野牦牛群，却没有人知道为什么有这样一场仪式。就连阿旺老爹也是看到德旺和德吉重新回到队伍的最前列，才猛然醒悟过来，泪水一下就模糊了老爹的视线，当年引诱德吉的一幕幕再次浮现出来。

"如果没有德吉，真不知道怎么养活多吉。多吉是天神赐给我的孩子。"老爹突然想起了自己的阿妈，也想起了梅朵和阿妹旺毛。

"多吉。"阿旺老爹大喊一声后，追了过去。

多吉听到老爹的呼唤，立即回过头来，德吉也站在那儿，野牦牛群都停下脚步。老爹跑到德吉跟前，一把抱住德吉的头，粗重的气息喷在德吉的鼻子上。德吉耸了耸鼻子，可能有点痒，便将鼻子伸到老爹胸前，蹭了几下。卓玛看到老爹的举动，也跑了过来，村落里的人也都围了上来。

"德吉是多吉的姆妈。"卓玛抚摸着德吉脖颈，眼泪也吧嗒吧嗒直往下掉。

"德吉是多吉的阿妈。"阿旺老爹说着，解下身上那件早就泛亮还有些磨损的坎肩，缠绕在德吉的犄角上。

这件坎肩是很多年前梅朵用野牦牛皮的边角缝制的，老爹已经穿了好多年，从来没有脱下来过。

卓玛扶着老爹退到一边，村落里的人也拥在老爹身后，目送着多吉和野牦牛群消失在山谷里。人们知道，等到野牦牛群再次回到村落时，肯定会少了德吉和德旺。

多吉领着野牦牛群顺着朝西的山谷前进，越是西面的大山深处，河流干涸所带来的变化越是显而易见。本来，这是河流与大山都充满生机的季节，特别是那欢腾的河流中，更是因为鱼儿的洄游和鸟群的到来而带来无限生机。多吉已经记不清老爹说过多少次鱼儿洄游的故事，尤其是最近这些年里，老爹时常沉浸在儿时的记忆里，不厌其烦地一次又一次反反复复讲给多吉听，但每一次多吉都听得津津有味。

不光是听老爹讲述，多吉自己也能感受到鱼儿洄游带给大海与河流、草原与森林的活力，有时骑着马儿从河流中蹚过，受到惊扰的鱼儿纷纷跃出水面，试图飞翔起来，却就被俯冲下来的鸟儿叨走。可这次，多吉在沿途经过几近干涸的河床时看到，因为没有上游的来水，河床里只有一股细细的水流，那是冰雪消融汇聚起来的水流，可鱼儿仍在成群结队地朝着上游奋力洄游。

于是，每一处开阔的河床里，水里几乎全挤满了黑压压的鱼儿，搅得水花飞溅，只有为数不多的鱼儿能挤过去，顺着那股细细的水流洄游。鱼儿并不知道这条河流的上游已经断流，再也回不到世居的产卵圣地。鸟群大多集结在宽阔的水面周边，一波又一波捕食着鱼儿，直到捕食殆尽，即使有侥幸躲过鸟儿的捕食存活下来，也依然逃不过河流断流带来的灾难，摆脱不了死亡的命运。

河流断流不仅给鱼儿的洄游带来灾难性后果，也给草原与森林带来灾难。多吉明显感觉到，草原没有往年的丰美，森林也没有往年的油绿。这些变故引发的直接后果就是食草动物需要花费更多的时间觅食甚至不断迁徙，猛兽们总是跟随着这些食草动物的迁徙而迁徙。如此往复，整个草原与森林将不再充满生机与活力，而且会一年不如一年。

多吉来到卓嘎部落时，老远就看到拉珠，正坐在自家门前看巴力登和小伙伴们在打闹。清晨的阳光洒在拉珠的半个脸上，只见她面色红润还泛着光，与上次见她的时候完全判若两人。拉珠见着多吉，赶紧扶着门框站起来迎上去，巴力登更是张开双臂朝着多吉奔跑过来。多吉赶紧从德吉背上跳下来，一把抱住巴力登。

"阿爸呢？"多吉擦去巴力登的鼻涕，还抬手拭去他额头上的汗珠。

"刚刚进山去，我去叫他回来。"巴力登说完，就从多吉的怀里挣脱出来，往部落中央跑去，还大声欢呼起来，"多吉来了，多吉来了。"

多吉以为他要跑进山去追阿爸，想把他追回来，却被拉珠拦住。多吉这才注意到，拉珠的肚子已微微隆起。看到多吉的目光停留在自己的肚子上，拉珠的脸唰地一下红了。

拉珠把多吉迎进部落时，部落里的老人和女人也都出来了，还有青壮年男人。巴力登也不知是从哪弄来一只牛角，使劲吹了起来，可总是吹不响。这时，一个青壮年男人从巴力登手中夺下牛角，吹了起来。原来，自从那次点燃篝火召唤各个村落和部落后，巴鲁尔就想到要用一个什么简单有效的办法，在出现紧急情况时能把部落的人们迅速召集起来，试过好多办法后，才发现牛角的号声能传递很远，隔着几座山都能听到。

部落里的号角声刚落，山里便传来了号角声。没过多久，卓嘎就领着部落的男人出现在山谷口。看到部落里的野牦牛群时，卓嘎和巴鲁尔就想到是多吉来了，两人不约而同地奔跑起来。

62

多吉把自己沿途看到的还有想到的都跟卓嘎和巴鲁尔说了，没想到他俩也注意到这些变化。

"山里的食草动物比以前少了，也不知道都迁徙到哪里去了。"卓嘎还说，今年已经发生过几起猛兽闯进部落的事件，幸亏没有伤着人。后来，每次进山狩猎，都要留下小部分的青壮年男人留守部落，以防猛兽再次闯进部落。如此说来，极有可能是因为食草动物的急骤减少，猛兽不得不扩大捕猎范围。

这对卓嘎部落来说，的确是件大事。卓嘎部落位于西南区域的深山老林中，猛兽时常出没，却极少在部落里出现过。

"动物都迁徙到哪里去了呢？"多吉想。

在山神震怒河流转向的时候，动物都成群结队朝西北方面的大山里迁移，而不会是迁徙。

高原大陆上的生灵，都有着留恋世居栖息地的本性，鱼儿甘愿冒着被鸟群捕食的巨大风险，也要历尽千难万险洄游到世居产卵地去产卵。长角羚羊更是要跋涉千里，前往世居地产子，沿途不知道有多少猛兽虎视眈眈围追堵截，又有多少羚羊葬身猛兽之口。可无论是鱼儿还是羚羊，它们在历经九死一生前往世居地产卵或产子后，再回到栖息地。

"这次动物们的迁徙，也许就是寻找新的栖息地，再也不会回到世居的栖息地了。"多吉最担忧这个。

如果真是这样，人类也得面临迁居，跟随着动物的迁徙而迁居。想到这些，多吉决定先去寻找动物的迁徙途径和新的栖息地。

卓嘎叫上巴鲁尔以及部落里有经验的老人，同多吉一起商讨动物的迁徙途径。巴鲁尔觉得动物们最有可能迁徙到西北方向的大山里去了，多吉也到过那里，的确是动物的天堂。可卓嘎觉得动物有固定的生活习性，就像人一样，在大海南面世代栖居习惯了，就很难适应大海北面的气候环境，因此，卓嘎觉得动物最有可能是继续朝着西南方向迁徙。部落的西南面是河源地区，也是多吉十分熟悉的地方。老人们的意见倒是很统一，觉得巴鲁尔和卓嘎说的都很有道理。

"河源。"多吉想到河源部落，那是唯一不受山神震怒河流转向影响的部落。

或许，那里还是德吉和德旺最理想的最后栖居地。

想到这些，多吉决定前往河源部落。这一路上，多吉发觉人们的生活习惯正在发生变化，有的村落开始因河流的干涸而被迫迁徙，整个村落都没有人居住。多吉沿着这个村落的迁徙途径走，一直走到一处草原的边缘，才看到散落在草原上的帐篷。原来，这个村落也是追随动物的迁徙途径来到这里的，虽然没有找到河流，但来到这里后，发现这里有几个湖泊，还有几条细小的水流，这些水流不是流进了湖泊，就是消失在草原上。人们终究不想离世居地太远，就选择在这里重新定居。

这里距离河源部落已经不远了，极目远眺就能望见河源部落环绕着雪山。当多吉来到雪山脚下时，发现这里的动物种群明显比以前要多，或许，动物就是迁徙到了河源部落。

河源部落的南北两面还有西面都被雪山环绕着，几乎每一条山沟都有水流，如果站在雪山顶上俯视，就能看到这里的河流密如女人的发鞭，以及星罗棋布的大小湖泊。在河流与湖泊的滋养下，河源部落水草丰美，但没有茂密的森林。

环绕着河源部落的山峰常年被冰雪覆盖着，猛兽难以藏身，依然只能栖居在深山密林里。多吉想，今后，随着食草动物的不断迁徙，猛兽闯进村落和部落的事，只怕会更加频繁，人类的迁徙只怕是无可避免了。

在沿着雪山前往河源部落的途中，多吉竟然看到一个熟悉身影，像是曾经栖身在深山老林里的豹，只是它的身影一闪就不见了。多吉知道，豹是猛兽中的藏身高手，如果不是寻求配偶或哺育孩子，豹通常都是单独行动，而且行动敏捷也十分隐秘。看来，豹已经适应了新的生存环境。

多吉出现在河源部落时，巫师娅妹正好也在这里，他刚从海西部落赶来。在这段时间里，娅妹一直在几个部落间察看，莫尼和尼亚也是四处奔波心急如焚。即便是河源部落没有受到山神震怒河流转向的影响，但随着动物的迁徙和到来，生存环境也会随之发生变化，只是人们还没有意识到而已。多吉的到来，令娅妹突然有了几许安慰。

河源部落更是因多吉的到来而欢腾起来，人们深信，在山神震怒那天晚上，如果不是因为多吉的祈祷，河源部落也不会如此安然无恙。当夜幕降临的时候，热情的人们点起篝火，跳起欢快的舞蹈。

在整个高原大陆上所有的村落和部落中，河源部落的人们是最擅长歌舞的，"会说话就会唱歌，会走路就会舞蹈"就是他们的真实写照，这应该和他们的生活环境有很大的关联。在整个高原大陆，河源部落是最早学会驯养动物的部落，加之这里河流密集水草丰美，人们世世代代安居于此，从来不用迁徙。即便是山神震怒河流转向打破了多少年来的安静与和美，但也只是那一瞬间，当太阳再次升起来的时候，人们的生活已经归于以往的静美。

巫师娅妹还不想把自己的忧虑告诉大家，他不想再次引发部落的惶恐，在麻烦与困难面前，越是惶恐越是搞得更复杂，只有在波澜不惊的时候，也许还能找出更加有效的解决途径。

看到多吉与部落的人们围着篝火尽情地舞蹈，巫师娅妹远远地观望着，谁也没有注意到野牦牛群中的不安。德吉似乎早在多吉决定前往河源部落时，就看出了多吉的心事，只是多吉并不知道，环绕着河源部落的雪山，就是德吉与德旺世居的栖息地。

就在人们沉浸在欢快的舞蹈中时，德吉与德旺一左一右走到德勒身边，它们把脸凑在德勒的脸上，似乎在耳语，在告诉德勒，它们将就此告别，回到世居的栖息地去。这时，德珠和德尼也走了过来，所有的野牦牛都聚焦过来，把德吉和德旺围在中间。德吉和德旺抬起头来，看着自己庞大的家族，似乎感到十分欣慰。

欣慰过后是伤感。德吉突然低下头，轻轻地打了个响鼻制止，然后抬头望着多吉，还抬起前脚。德旺看出来了德吉对多吉的不舍，赶紧打了个响鼻。德吉看了德旺一眼，犹豫片刻后，前脚落在了原地，可还是不忍离去。

这时，德旺转过身去，野牦牛群立即让出一条通道。看着德旺朝着世居的栖息地走去，德吉这才转过身来，跟在德旺的后面，刚走几步又回过头来，远远地望着多吉。

多吉仿佛感应到了似的，不经意朝这边望了一眼。扑腾着的火苗映红了多吉的脸膛，脸颊还挂着汗珠，正一滴一滴往下淌。德吉的眼窝里突然涌出了泪水，它看到了牛棚里的自己，还有光着屁股的多吉，他正朝自己爬过来，屁股还左边一扭右边一扭，爬到跟前时，还张开嘴含混不清地喊了一声"姆妈"，声音依然那么稚嫩。德吉用鼻子碰蹭一下多吉的小脸蛋，算是对多吉的回应。得到德吉的回应后，多吉又飞快地爬行起来，德吉忍不住伸出舌头，舔了一下那一扭一扭的屁股，多吉爬得更快了，很快就钻进了德吉的胯下，不一会儿，就响起了吮吸奶子的声音。德吉忍不住眨了一下眼睛，一切都消失了。

看着德旺和德吉一前一后消失在雪山中，德勒这才昂着头叫唤一声，整个野牦牛群都齐声叫唤起来，悠长的声音在环绕的雪山间久久回荡。

63

"德吉。"多吉听到野牦牛的叫唤声，立即想到了德吉。

多吉冲出人群跑过来，在经过巫师娅妹身边时，娅妹一把拉住多吉的手。

"它已经走了。"巫师娅妹知道，多吉是吮吸德吉的奶水长大的，就如同德吉的孩子。

"姆妈。"多吉嚎叫的声音像一声炸雷，滚过野牦牛群，撞击着雪山，得到了群峰的回应，"姆妈——姆妈——姆妈"。

"嗷——"，雪山中传来德吉的叫唤声，有些悲怆，有些嘶哑，却依然十分的深情。

多吉早就意识到这一刻迟早会到来，只是来得有些突然。其实，无论是来得突然还是从容，对多吉来说，永远都是猝不及防和难以接受的。

几年以后，河源部落的人在嘎朵觉吾神山前看到两副野牦牛的骨架。真的只剩下骨架，皮肉应该是被野兽撕咬或鸟群啄食一尽的，就连头上的皮肉也被撕咬或啄食得干干净净。可令人奇怪的是，其中一只头骨的牛角上，还挂着一片黑乎乎薄片，虽然很薄而且被撕扯成条状，但依然很结实。发现者经过仔细辨认，有点像野牦牛的皮，可又觉得有些不可思议，怎么会有这么一片几块巴掌大的野牦牛皮挂在犄角上呢，而且没有被鸟群啄食干净。

河源部落的人们看着伤心欲绝的多吉，都围了过来，德勒也领着野牦牛群围了上来，把多吉与巫师娅妹围在中央。德勒走到多吉跟前，抬起头看着泪流满面的多吉，然后伸出舌头轻轻地舔了一下。其实，德勒的眼角也被泪水打湿。多吉一把抱住德勒的头，呜呜大哭起来。

当人群散去后，多吉哪儿也不去，头枕着德勒的后腿，仿佛是躺在德吉的身边，很快就睡着了，巫师娅妹背靠着德勒守了一夜，多吉一直睡到太阳升起才醒过来。

"难道，人类也得像动物那样迁徙，逐水草而居？"巫师娅妹看着刚睡醒的多吉说。

巫师娅妹想了一夜，也没有想出更好的办法来应对。

"人类已经开始迁徙了。"多吉相信，巫师娅妹应该早就看到这种现象了。

"可人类怎么能跟随动物迁徙呢？"巫师娅妹似乎觉得有些不甘心。

"动物有时比人类更理性，更能感知大自然的变化。"多吉想到了山神震怒的那天晚上，是动物首先感知到山神的震怒，然后成群结队的迁移，等于把山神的震怒提前告知了人类，否则，不知会有多少人会因山神的震怒丧失生命。

多吉深信，在大自然中生存，动物更有办法，何况，人类的很多生存技能，就是从动物身上学来的。巫师娅妹一时无语，也许，多吉的想法是对的，至少，目前还找不出更有效的办法。

在多吉前往海西部落时，巫师娅妹决定再找莫尼和尼亚商量，即便他们想不出更好的办法来，也可以把人类的迁徙方案计划得更周全一些。娅妹把信息传递给莫尼和尼亚后，就赶往神庙。

从河源部落到阿尼玛卿雪山，至少有半月的行程，巫师娅妹一路走一路察看森林与草原的变化，虽然发源于昆仑大山北麓的河流依然流向西海，可随着河流断流区域的动物与人类的到来，引发了新的矛盾。这一路，娅妹只要停歇下来就开始思索应对办法，可一直没有想出比人类迁徙更好的办法。

巫师娅妹抵达神庙的时候，莫尼和尼亚已经等候了一天一夜。在前往神庙的途中，莫尼和尼亚也是一路察看一路思索，也许，动物的先知先觉远比人类更敏感。自从河流转向后，动物就开始朝大山的南麓迁徙到北麓，有的甚至迁徙到大河流域。

巫师莫尼决定去大海的东面，去会会先知穆萨和萨满，或许，他们有更成熟的想法，毕竟，影响最大的还是东南面的穆萨部落和萨满的海东部落。

的确，穆萨部落和海东部落没有雪山冰川的滋养，河流断流后，赖以生息的草原已经开始大面积萎缩和退化，尤其是海东部落，已经出现过几次大规模的迁徙，有的迁徙到海北部落，有的迁徙到部落以东的农耕地区，有的翻山越岭迁徙到大河北岸。

看到自己的部落在不断向外迁徙的过程，与迁徙地的世居部落发生矛盾与冲突，先知萨满有些无奈，也有些气愤。在听到巫师莫尼的想法时，萨满立即表示反对，可穆萨认为，这也是目前唯一解决生存问题的途径。巫师尼亚与娅妹在听到萨满的看法后，也不希望自己部落在迁徙中分散或分化，更不愿看到与迁徙地的世居部落发生冲突。

"部落与部落的矛盾与冲突是可以调和的，可人类与自然的矛盾与冲突该如何调和呢？"先知穆萨反问萨满。

萨满没有回答，反而气哼哼地转过脸去。这样的结果也是巫师莫尼没有想到的，原先还认同人类迁徙方案的尼亚与娅妹竟然倾向于萨满。

"这也是多吉的想法。"巫师莫尼说，"多吉是天神赐给大地的孩子，能给大地的生灵带来吉祥的洛桑多吉。"

只是，大家都不知道多吉在抵达海西部落后，会不会也像莫尼和娅妹一样。毕竟，大批的人迁徙到别人世居的部落，不可能像巴鲁尔带着儿子巴力登融入卓嘎部落那样简单。巴鲁尔是幸运地遇上了多吉，而且还只有他们父子俩。

多吉在告别巫师娅妹后，几天就抵达海西部落，尽管一路上他都在想像河流转向会给海西部落带来多大的变故，可还是出乎意料。大海西面的海域是浅海区，海面的萎缩立即使这片浅海区与大海隔断，而裸露出来的海滩迅速开始沙化，很快蔓延开来。即便是低洼的区域也变成了一片死海，在风吹日晒下一天比一天枯瘦。

唯一庆幸的是，在海西部落的西南面，还有许多条发源于昆仑大山北麓的河流。虽然这些河流有的还是季节性河流，只有在冰雪消融的季节才有水流动，但也能滋养出大片的草原。

"要不，我们朝西南面的草原迁徙吧。"图尔勒看着多吉说，"巫师娅妹临走时说过，多吉总是能想到好办法的。"

"迁徙是目前唯一的出路，可是你们能不能适应草原呢？"多吉还是有些担心。

图尔勒也十分清楚，即便是河源部落，也是经历了几代人，才学会驯化动物，渐渐适应草原的生活。更何况，那是河流密集河水漫浸水草丰美的河源部落。与之相比，海西部落西南的草原远不如河源部落的丰美茂盛，而且那几条季节性河流即便是到了冰雪消融或雨季，也十分任性随意改变流向。因此，海西部落的草原生活，不仅要学会驯化动物，还要适应逐水草而居的新的生存方式。

图尔勒打定主意后，立即召集部落里的男人准备迁徙。有多吉带来的庞大的野牦牛群，迁徙要方便许多。当海西部落迁徙到西南方向的草原上时，才真正发现，这片西南草原并没有平常眺望中的那般河流密集水草丰美，尤其是那些非季节性河流，只有在冰雪消融和雨季来临的时候四处流溢。图尔勒不得不临时改变迁徙方向，向昆仑大山靠拢，为今后狩猎与游牧并存的生存方式做准备。

迁徙后的海西部落也因此发生重大变化，部落无法再集居在一起，而是沿着河流的流向，从山脚向草原深处延伸。虽然并不完美，但在几年以后，图尔勒才发现当初的选择是明智的。大海仍在不断的退却，虽然势头有所放缓，可伴随而来的是雨水日渐稀少，裸露出来的沙滩也在持续沙化，而那几处死海也在不断分化中被风沙淹没。

受大海退却的影响，巴达所在的海北渔村距离大海也是越来越远，迁移已是迫在眉睫。然而，是继续跟着大海退却的脚步走，还是告别大海迁往祁连山下，巴达依然难以下定决心。儿子巴图向往大山，阿爸留恋大海，可看到巴达和巴图每天都得把半天的时间花费在渔船的拖来拖去上，巴达的阿爸也是十分苦恼，对大海的留恋一天比一天淡化。没多久，海北渔村就搬迁一空。

第二十二章 九子的东海

64

看着每一天都在退却的大海，多吉决定深夜出海，没有招呼德勒，也没有惊动任何人，包括老爹。德勒似乎明白多吉的用意，抬起头目送着多吉。多吉深信，已经成龙的九子一定有办法。多吉牵着马儿轻手轻脚走出村落后才翻身骑上去，朝大海飞奔而去。

阿旺老爹的船还静静地搁在海边的沙滩上，只是远离了水边。老爹那次出海归来的时候，还是很清醒的，他借着海浪把船拖到水边，还特意埋下一根木桩把船固定住。当时，老爹想等到自己老得快不行了，就坐着这条船前往大海。老爹相信，阿爸和阿妈还有阿弟都在等着自己。

多吉把马儿的缰绳套在木桩上，然后解开缆绳，在把船拖向大海的时候，还特意目测了一下距离，估计上千步。这段距离应该就是河流转向后大海退却的距离，如果长此以往，大海总有一天会干涸的。

大海很平静，几乎没有浪，微波轻吻着海滩，吐出一串白色的小泡。海面也没有雾，一眼就能望见海心山。多吉想，这时候，九子应该睡着了，估计还打着微鼾。

多吉把船推下海时，就刮来一阵风，涌来一波大浪，把船推上沙滩。多吉没有多想，再次把船推下海，可又是一波海浪涌过来把船推上沙滩。

"也许，九子知道自己要来，立即醒过来了。"多吉猜想着。

九子的确是醒了，龙王与龙婆也都醒了。龙王已经知道多吉出海的目的，可这种时候，他已经自顾不暇。自从被天神惩罚后，发源于河源部落神山上的圣水都转而流向了东海，没有了神山圣水的哺育，西海的干涸只是时间问题。然而，在对待多吉的事情上，龙王与九子发生了争执。

"阿爸，九子是多吉解救出来的，您怎么能把我的救命恩人拒之门外。"九子央求着龙王。

"他是来求你的。"龙王一边说着一边怂恿着海浪把船推上沙滩，"虽然他还不知道自己是天神最小的儿子，王母最宠爱最挂念的九子，可他来求你，我们能不答应他的请求吗？"

"阿爸，如果没有多吉，九子还在洞中酣睡，永远也不会醒来。"九子跪拜在龙王脚下。

"你说的是没有错，可我只是叫海南村落的阿旺报答我的恩惠。"龙王依旧无动于衷。

很多年前，阿旺的阿爸掉进冰冷的大海，龙王念阿旺的阿爸可怜，就把他收留下来，后来又收留了阿旺的阿妈。

"可是阿爸，这一切都是因我而起的。"九子说，"而且是您窥破天机，才有意施予恩惠给阿旺。等到阿旺历尽艰难把多吉养育成人，您又引诱着阿旺老爹出海，请求老爹搜救九子，可老爹根本没有能力搜救九子，就将你的请求转达给多吉。"

"阿爸所做的一切都是为了你，我的九子。你知道吗，多吉是唯一能解救你的人，他是天神的儿子，最小的儿子。"龙王自知理亏，可依然理直气壮。

龙王仍对天神惩罚九子一事耿耿于怀。天神和王母把多吉送至人间，不仅时刻关注着多吉，还派出黑金刚时刻护卫着多吉。可自己的九子只是打了一个喷嚏，却被囚禁在雪峰之下，一囚就是七万年。

"可是阿爸，您是答应过多吉的，西海的龙族和高原的水族都要听从多吉的号令。"九子仍不死心苦苦哀求着阿爸。

"此一时彼一时，河流转向，西海正面临着干涸的大难。难道，我们还能回到东海去？"龙王也是自身难保有苦难言。

"我们为什么就不能回东海呢，那是我们世居的大海。"九子虽然生在西海，可还是对世居的大海心驰神往。

九子没有见过东海，可那万顷碧波总是在心底涌动。那里应该比西海宽广很多很多，也应该不像西海这般单调，会有很多很多种鱼类，有强大的有弱小的，有凶猛的有温顺的，更像是一个王国。而且，海中应该有大片的珊瑚，肯定要比阿爸摆放在寝宫的那一株美丽千倍万倍。九子甚至想到，东海应该有高山有深谷，有森林有平川，只有这样，才能有水族的多样性，就如同多吉生活的高原大陆一样。

"再大再美的东海，也只有一个龙王，我的九子啊！"龙王说完，不禁回想起当年。

十万年前，自己仗着是东海龙王最小也是最宠爱的儿子，私自来到这高原大陆，然后凭借自己的法力，调集了一百零八条河流汇聚成西海。天神知道此事后大为震怒。东海龙王为了自己最宠爱的儿子请来南海龙王和北海龙王，密谋之后一起向天神求情，他们把责任全部揽在自己身上，说是西部高原大陆一直没有龙王司雨，而那又是王母素来喜欢巡游之地，更是天神地宫之所。于是三海龙王商议后，委派东海龙王之子前往西部高原大陆，调集河流汇聚西海。而这些流向西海的河流，原本也是流向东海的。

想起这些，龙王忍不住一声长叹。他的一声长叹，在海面上推起一波滔天巨浪，把多吉的船掀了起来，摔落在海岸时，已经是七零八落，海面又恢复了平静。

看着被摔烂了的船，多吉越发觉得奇怪，却又无可奈何。这时，马儿四蹄乱踏嘶叫不止，似乎在呼唤着多吉。可多吉还在看着散落的木板，不知如何是好。马儿扬起前蹄站立起来，把缰绳直接从木桩上拉了出来，然后飞奔到多吉身旁蹲了下来。多吉虽然感到纳闷，但还是领会马儿的用意，一转身就跨上马背。马儿驮着多吉沿着海岸线飞奔起来，速度越来越快越来越快，像是要飞起来。突然，马儿扭头侧身朝大海奔去，在海面上转了一个大弯，然后朝着海心山直直飞奔过去。

这时，海面再次涌起浪涛，朝着多吉扑了过来。多吉抱紧马儿的脖颈，准备迎接着浪涛的拍打，可奇怪的是，浪涛扑到马儿的跟前时，竟然被分了开来。浪涛越涌越高，可只要扑到马儿跟前就被分了开来。浪涛越来越汹涌，可只能在马儿的两侧扑腾翻滚，前方，像是有一双硕大无朋却又看不见的手掌，将滔天巨浪一分两半。

"多吉是天神的九子，谁也无法把他阻拦。"九子看到多吉正骑着龙驹朝着海心山飞奔而来，连忙站立起来，准备去迎接多吉。

九子心中已经有了打算，为了报答多吉的解救之恩，也是为了报答阿爸阿妈的养育之恩，既然回不去东海，就得保全西海永不干涸。

这时，龙王根本无暇顾及阻拦九子，他正舞动着双臂兴风作浪，竭力阻拦着多吉，可无论多高多大的浪，都无法阻拦多吉。龙王怎么也没有想到，多吉胯下的马儿，正是他曾经骑过的母马产下的龙驹，虽然不能像龙一样在大海里面的遨游，却完全具备避水斩浪的能力。

龙王不但没有阻拦住多吉，反倒把自己累得气喘吁吁四肢乏力，而九子已经站在海心山迎候多吉。看到多吉骑着龙驹跃上海心山，九子赶紧上前牵着缰绳，多吉仿佛是做了一场大梦，大梦醒来时，人已经站在海心山上。

"河流转向，大海退化，部落迁徙，多吉请求九子想出办法。"多吉见到九子，一面祈求一面准备拜倒在地，九子慌忙跪下，举起双手托住多吉，"恩人啊，请受九子一拜。"

多吉赶紧扶起九子，正如龙王之言，多吉这次来的目的，就是希望得到九子的帮助。

"既是恩人开口，九子就只有没有办法的办法。"九子想出的办法，就是兴云作雨，让河水暴涨致大河决堤，重新流向西海。

"只要是能让善良的子民回归从前的生活，不管付出多大的代价都是值得的。"多吉没想到九子这么爽快就应承下来，高兴地伸出双臂紧紧抱住九子。

然而，九子面色凝重，也许，这次违反天条，所面临的惩罚将不再是七万年囚禁那么简单，甚至有可能将是万劫不复。

65

送走多吉后，九子环顾四方，便能感受到来自四面八方的哀怨与悲苦，是龙总是会回归大海的，即便是西海干涸了，可生息在这里的人们，却只能在不断的迁徙中流离失所饱受苦难，最终，整个高原大陆将被沙漠取代，成为真正的死海。

回到海南村落的多吉没有把自己出海的事告诉任何人，可心里一直惦念着九子，虽然不知道九子会用什么办法，但多吉深信，九子历尽劫难已经成龙，而且是一条与众不同的龙，肯定会有好办法的。

多吉还像往常一样，在西面大山与东部山丘的部落与村落间奔波，各部落与村落的往来与交流也更加频繁，尤其是穆萨部落的冶金技术与纺织工艺，已在西面大山的村落和部落广为传播。可多吉最为关注的还是萨满的海东部落与东面及北面部落的冲突，海东部落的迁徙仍在继续，冲突也就从未断过，就连先知穆萨也放下部落的事务，跟随多吉四处奔走。

令人颇为欣慰的是，海北部落的人在那苏图与巴达的耐心说服下，对海东部落迁徙过来的人家的敌意渐渐化解，经过多吉和各部落首领的协调，还从各部落的接合部划出大片的草场，用来安置从海东部落迁徙过来的人家。只是往东面迁徙的人家一时难以融入当地，有的还被迫迁回海东部落。

先知萨满在无力扭转部落居民的迁徙潮时，居然想到通过战争逼迫东面的部落让出一块地盘。越是往东的部落越是富足，像纺织、冶金等许多先进的工艺与器物都是在东面部落的接触与交流中传递到海东部落，然后由东向西向北传递，这也正是海东部落的人更愿意向东迁徙的原因所在。

得知萨满的意图后，穆萨一点也不觉得意外。在高原大陆和西海边，海东部落一直是众多部落中最为强大的部落，部落青年更是在与周边部落的频繁冲突中练就了骁勇善战的本领，他们早就想向东面富足地区拓展。这次，在萨满的鼓动下，海东部落的青壮年已经是蠢蠢欲动。

先知穆萨与多吉闻讯赶到海东部落时，萨满正准备派人联络迁徙出去的青壮年，那些原本计划向外迁徙的人家也都打消了迁徙的念头，这令萨满更加深信，通过战争可以维护部落的团结与安定。

"战争本身就是最大的不安定。"先知穆萨极力劝慰萨满，"而且雨季就要到来。"

"战争会让许多女人失去男人，让许多孩子失去阿爸。"多吉虽然没有体会过战争带来的伤害，但深知失去亲人的苦痛，而战争必然会带来死亡。

最终，在多吉与穆萨的极力劝阻下，萨满不得不打消战争的念头，但这个念头却如同一颗种子，早已在他的心底里生根发芽。

当高原大陆雨季来临时，九子的机会也就来临了。在龙王接到司雨令时，九子自告奋勇为阿爸代劳。龙王看着自己最为宠爱的九子历尽劫难终于成龙，已是深感安慰，自然也想让九子深刻领会龙庭的司职，就将司雨的事务交给了九子。

九子飞临云端，在海心山上空布洒一团云雨，再携带着云雨绕着西海布洒一圈后，就把萦绕着阿尼玛卿山、祁连山和昆仑大山的云雨全部卷走直奔河源部落，然后沿着大河一路倾力布洒，顿时暴雨滂沱河水暴涨，一路奔腾咆哮滚滚向东。只见那河床里翻滚的水流，如同数以千计的野牦牛群在河谷里狂奔，左冲右突势不可当，所到之处乱石崩塌，大山都为之震动，一些曾因山神震怒而阻塞的河道再次被贯通。

咆哮的水流飞过峡谷，掠过草原，势头这才有所减缓。九子看到水流奔涌的气势有所减缓，便在草原上空翻腾着盘旋一圈，更为强烈的暴雨倾盆而下，继续推动着水流翻滚起来。当水流再次涌入狭窄的河谷地带时，奔突咆哮地动山摇，山石堆积起来的河堤，在水流的冲撞下，很快就分崩离析。奔突咆哮的水流立即涌向决口，大地随即被撕开一道口子。

九子仍不肯罢休，继续沿着大河盘旋而下，将大河的堤岸再撕出了几道决口。直看到奔突的水流从决口奔涌而出，一道道直奔峡谷而去，乱石纷纷闪避，森林为之呐喊，草原为之让道，一路向北奔涌而去，九子才肯罢休。

奔涌的水流浩荡向北，有的找回了故旧的河道，有的在左冲右突中将草原撕裂，冲撞出新的河道。

太阳升起时，大山北麓的人们在迎来湿润清新的一天时，谁也没有想到，接踵而来的竟然是铺天盖地的洪流。大山里的村落和部落是幸运的，洪流在峡谷中咆哮奔涌，隔着几座山都能听到，动物更是从峡谷中奔涌而出，朝着高山陡坡逃窜。听到水流的咆哮与动物的异常，大山村落和部落里的人们也爬上山坡，等待着洪流的到来。

看到几人高的洪流从山谷中奔涌而出，阿旺老爹猛然想起那个梦魇，可一切都已经晚了。老爹想到了卓玛，可卓玛就在自己身边，多吉和罗布他们正在帮助村落里的老人和小孩往山坡上转移。

"多吉，多吉。"阿旺老爹呼喊起来。

听到老爹的呼喊，多吉赶紧奔跑过来。老爹把梦魇告诉多吉，老爹依稀记得，两面是荒芜的山坡，山坡上有牛羊，中间是河谷，河谷里有村落，人们正在享受着下午温暖的阳光，一个几人高的巨浪顺着河谷排山倒海而来。

这情景有点像是穆萨部落和海东部落，多吉抬头看了一眼太阳，太阳已是几竿子高，怕是已经来不及了。

"黑儿。"多吉知道，从海南村落到穆萨部落，马儿再快也得一天一夜，但愿黑儿能在洪流到来前赶到。

黑儿早就在村落的后山等候。

昨晚，黑儿在雪山上看到九子兴风作雨，就预料到即将有大事发生。

海南村落的后山正对着大海，黑儿站在后山上，目睹了黑夜中大海里发生的一切。

龙王没有想到，九子竟然利用司雨令，再次令河流改道，转而流回西海，虽然暂时保全了西海，也保全了大山北麓的村落和部落，却惊动了天神。

"令河流转而流向东海，那是天神对西海的惩罚，你却再次令转向的河流回流西海。"龙王听闻已经惊动天神，顿时脸色苍白。

"阿爸，司雨是天神的旨意，九子已经成龙，为您代劳也是情理之中，若有惩罚，也应由九子代为承受。"九子自知擅自席卷云雨飞临河源部落沿着大河布洒而触犯天条，由此带来的后果也应由自己承担。何况，九子早就有此决心，既是报答多吉解救之恩，也是报答阿爸阿妈养育之恩。

龙王深知九子的用意，却又十分犯难，惩罚若让九子独自承担，只怕将是万劫不复，如若自己承担，想必西海龙王之位难保。龙王尚不知道，天神也同样犯难，西海龙王九子是应自己的九子请求拯救善良的子民，而且是借司雨令降下倾盆大雨，令河流改道再次回归西海。

"九子与九子是天赐的缘分，也许才刚刚开始。"就在天神深感犯难之际，王母终于发话了。

"王母的意思，这是一个天赐的良机。"天神顿悟，该责罚的已经责罚过了，而且，责罚西海龙王九子如同责罚自己的九子，奖掖西海龙王九子如同奖掖自己的九子。

天神既而降下旨意，西海不再设立龙宫，西海龙族重回东海，为西海龙王九子另立龙宫，自此，西海司雨之职一并归于东海。

天神的旨意传至西海，没过多久，大海中央腾起一道墨绿的光芒，朝着海南村落的方向凝望片刻，只见海南村落里也闪烁出一道墨绿的光芒。那是即将前往东海坐上龙庭的九子，赋予戴在多吉手指上的那枚墨绿指环至高无上的权力，无论沧海桑田，无论是谁拥有这枚指环，四海龙族九州水族都要听从指环主人的号令。

这是九子继任东海龙王后颁发的第一道号令。而后，九子在海心山上盘旋一圈，便朝东方飞射而去。紧接着，又腾起十来道光芒，紧随墨绿光芒而去。

66

多吉召唤黑儿后，话音刚落，黑儿已经落在多吉跟前，就像一道黑色的闪电，把阿旺老爹和卓玛都惊了一跳，直到看清是黑儿才镇定下来。

多吉翻身骑在黑儿背上，纵身一跃就越过了海南村落，消失在山林里。黑儿沿着山梁纵跃，多吉看到大山南面的河谷里水流奔涌，突破重重阻拦，重新夺回了原来的河道，莫非，这就是九子所说的没有办法的办法。

看清形势后，多吉驱使着黑儿顺着原来的河道走，劝告河谷里的村落立即向山上转移，一定要等到洪流通过才能回来。多吉赶到穆萨部落时，看到地上的影子已不及自己的半身高，多吉将沿途看到的告知穆萨，叫他赶紧组织部落里居住在河谷地带的人撤离，自己还得继续赶往海东部落。多吉知道，海东部落是最为严峻的，大河已经被洪流撕出几个巨大的决口，正朝着海东部落奔涌而来。

海东部落位于一条大峡谷出口外的平缓地带，部落居民大多集居在河谷和川谷地带，河流虽已断流，但在这冰雪消融雨水丰沛的季节，河谷与川谷里还是水流潺潺。昨晚一场大雨，令海东部落的草原迅速返青，整个部落正沉浸在欣喜之中，看到多吉骑着一头浑身乌黑发亮的怪兽出现在眼前，都惊恐万状，先知萨满也只敢站到距离多吉十步外的地方。

"山洪就要来了，整个部落都得撤离，往山上撤离。"多吉低下头看了一眼自己的影子，正午很快就要来了。

"哪来的山洪。"萨满一脸的茫然，还四处张望。

萨满不是不知道山洪，只是昨晚的雨并不是很大，就连河床里的水流都恢复了清澈。

"大河已经决堤，洪流正朝这边涌来。"多吉急得团团转，可萨满还在犹豫不决。

萨满仍对多吉心存不满，如果不是多吉和穆萨，也许这时候，自己早就带领海东部落的勇士挥师东进，即便征服不了东部地区的整个部落，至少也能拓展出一块新的栖息地。

就在这时，正在草场上吃草的牛群、马群还有羊群突然警觉起来，然后朝着西面的山坡奔跑起来。

"山洪已经来了。"看到动物的反应，多吉立即反应过来。

萨满依然没有反应过来，多吉只得驱动黑儿走上前去，冲着萨满大吼一声。萨满吓得连连后退，这才命人擂鼓集结整个部落，向东西两面的山上转移。这时，部落的南面传来了洪流的咆哮声，人们纷纷抬头南望，只见峡谷中涌出一条巨大的洪流，浪头至少有七八个人高。

"快跑。"多吉大喊一声。

突然，多吉看到峡谷的出口处还散落着一户人家，一个女人正抱着孩子，坐在自家的门前。

"萨满，那里还有人家。"多吉指着洪流呼叫萨满。

萨满的耳朵已经被洪流的咆哮和人们的惊叫塞得满满的了。多吉的两腿使劲蹬了一下黑儿，黑儿立即朝着洪流飞奔而去。

洪流在山谷中左冲右突，可岩石的阻拦并没有阻碍洪流的奔涌，反而更加奔突汹涌，在冲上岩石后又急转飞泻而下。女人似乎听到了异常的声响，这才抬起头来，看到山谷里奔涌而来的洪流，一把抱紧孩子，吓得跌坐在地上。

多吉驾驭黑儿飞奔到谷口时，还是晚了一步，第一个浪头已经把谷口淹没，第二个浪头正扑向多吉。

"孩子。"就在这时，多吉听到一个清晰的声音在呼唤，以为是刚才看到的那个女人在呼喊着寻找自己的孩子。

多吉正四处搜寻，只见眼前突然出现一个老太婆，一个十分丑陋的老太婆，拄着一根拐杖，在翻滚的洪流中若隐若现。

黑儿突然呜咽一声，竟然紧跟在老太婆身后。更为奇怪的是，洪流一分二，从老太婆的身边咆哮而过。多吉回过头去，只看到浑浊的水流翻滚而下。等到多吉再回过头来时，老太婆已经不见了，只感到黑儿纵身一跃，跃上了山顶。

多吉一时没有想明白，还有些恍惚，难道，出现在自己眼前的老太婆就是那个住在谷口的女人，被洪流淹没后，她仍在水中挣扎着搜寻自己的孩子。

而这时的山下，已是惊慌失措，人们正朝着东西两面的山坡逃窜，萨满不知从哪弄来一匹马，也在拼命地朝山上跑。

洪流直到太阳西斜时才平息下来，先知穆萨也带着部落里青壮年赶了过来，看到眼前的情景时震惊不已。海东部落已是面目全非，河谷和川谷地带的房舍已被泥石掩埋，草场也被红泥完全覆盖。侥幸逃生的人们无望地坐在山坡上，泪眼汪汪地看着被泥石掩埋的地方，多少行动不便的老人和小孩，已经葬身泥石之下。那些依山而居的人家拿出家中的全部食物，分发给无家可归的人。只有萨满，一个人站在山梁上，遥望着东方，在犹豫片刻后，目光突然变得异常坚定起来，朝着前方走了，再没有没过头来看海东部落一眼。

没有人注意到萨满。先知穆萨和多吉正领着众人救助死里逃生的人们，直到哀叫与哭嚎声渐渐平息，穆萨才想起萨满。

"巫师骑着马跑上了山坡。巫师感到十分的愧疚，他一个人总是自言自语，说后悔没有及时听从多吉的警告，可他还说不该听信多吉和穆萨巫师的劝告。"有人看到萨满已经死里逃生，可部落里却找不到他的人影。

"他能去哪里呢？"巫师穆萨爬上东面的山梁，遥望东方，那是萨满一直向往的方向。

东方，已被残阳染成一片血红。

第二年，水面开阔起来的大海开始解冻的时候，海东部落再次迎来了春天，曾经被红泥掩埋的地方开始泛青，先知穆萨看到满目疮痍的海东部落再次焕发出勃勃生机，这才朝着自己的部落走去。这一路上，穆萨看到高原大陆开始递次复苏，自东而西。

天刚刚放亮的时候，多吉就骑着德勒带着野牦牛群出现在山谷口，身旁是德珠，后面是健壮的德刚。这次进山，德刚带回来一条母牦牛。

"多吉回来了。"听到响动的阿旺老爹立即翻身下榻，走到牛棚前时，多吉已经挤在德勒身旁睡着了。

阿旺老爹没有惊动任何人，一个人沿着欢腾的河流来到海边，河流的入海口，已经聚焦了黑压压拥挤不堪的鱼儿，天空盘旋着黑压压的鸟群。可鱼儿似乎还在等候什么，也许等候水流传递过来的信息，可以洄游的信息。当太阳升起，阳光撒在水面上，鱼儿突然欢腾起来，朝着河流的上游窜动起来。鸟群也分散开来向下俯冲着，它们似乎早就是急不可耐。老爹知道，洄游开始了。

在西面大山中，阿桑正准备和部落里的男人进山狩猎，阿姆倚在门口，把手掌遮在额头上，却回过头去，深情地望着大海的南面，眼前总是浮现出跟随着多吉寻找蓝色圣湖的一幕幕。

巴鲁尔也正准备进山狩猎，走到门外时，却忍不住回过头来，看到拉珠正盘坐在榻上给怀里的婴儿喂奶，巴鲁尔脸上的笑容顿时流了一地。门外的平地里，巴力登正领着阿弟、阿妹和部落里的孩子一起玩耍。

阳光铺满草原的时候，图勒正和哈里骑着马儿你追我赶，朝着前面的山谷奔跑。图尔勒和哈儿盖望着孩子的背影，相视一笑，勒住缰绳，站在那儿等候部落里的人。

海北部落里，巴达和巴图分别在那苏图和那巴手把手地传授下，已经学会了骑马射箭，完全融入狩猎的新生活。

高原大陆上的千百条河流，在崇山峻岭间蜿蜒回旋，滋养着世代生息于此的人民，然后汇入东去的大江大河，最终流向东方的大海。

还有数十上百条河流，在崇山峻岭间千转百回，冲破重重阻碍，朝着西海奔涌而来。只是，西海再没有从前那般宽广，但依如往日的平静，如同一块硕大无朋的墨蓝色宝石，镶嵌在这高高耸立的高原大陆之上。